只为途中与你相见

Only

to meet with you on the way

婉约——著

中国出版集团 现代出版社

图书在版编目（CIP）数据

只为途中与你相见 / 婉约著. -- 北京 : 现代出版社, 2018.9

ISBN 978-7-5143-7369-1

Ⅰ. ①只… Ⅱ. ①婉… Ⅲ. ①长篇小说 - 中国 - 当代 Ⅳ. ①I247.5

中国版本图书馆CIP数据核字(2018)第209440号

著　　者	婉　约
责任编辑	杨学庆
出版发行	现代出版社
地　　址	北京市安定门外安华里504号
邮政编码	100011
电　　话	010-64267325 64245264（传真）
网　　址	www.1980xd.com
电子邮箱	xiandai@cnpitc.com.cn
印　　刷	三河市金泰源印务有限公司
开　　本	700mm × 980mm　1/16
印　　张	18
字　　数	280千字
版次印次	2018年11月第1版　2018年11月第1次印刷
标准书号	ISBN 978-7-5143-7369-1
定　　价	45.00元

目录 Contents

Chapter 1

欧阳飞感觉胃痛已很长时间了，要不是李妍逼着他来医院，他才不会到这个充满了药水气味的地方来。都说五十知天命，自从父亲去世那天起，他就是信命的。准确地说，他是信自己的。他明白自己想要什么，也相信自己能要什么。至于别人怎么想，他是不顾及的。

李妍和欧阳飞结婚二十多年，也很了解他的脾气秉性。身为这个家族的老大，大事小情他都不管，他只一心执着于自己的音乐，甚至为此放弃了别人眼里的“铁饭碗”。李妍记得他辞职的那天晚上在外面喝了酒，回来后眉飞色舞地说了一句话：老婆，我自由了。

在欧阳飞的兴高采烈面前，李妍的心很沉很沉。那一年，女儿还在中学读书，她一直在超市做寄存保管员，收入很低。如果欧阳飞能够在那个国企工会坚持工作，这个家是没有负担的。可是，他不愿意被束缚，不愿意按部就班。

生活的琐碎，他不愿意承担，那么，她就得承担，就得愿意接受他的选择。或许，真的像自己婆婆所说的，她是惯着男人的。其实，她和欧阳飞一样，信命。自从见他的第一天起，她就被他特有的气质降服了，而且付出到底。

爱情，就是一物降一物。经历了岁月的爱情，依然是。

欧阳飞坐在医院的长椅上，点燃了一支烟，潇洒地吸着。李妍站在挂号的人群里，还不时地回头望向他。他总是让她不放心。

挂了号，两个人一起来到二楼的消化内科。坐在对面的医生有些秃顶，很学究的样子，看上去很让人信赖。

“胃疼多长时间了？”

“一个多礼拜吧。”欧阳飞有些不确定，他是一个没有时间概念的人。

“有十天了。”李妍站在一旁答。

医生看了看她，又问欧阳飞：“从前有过胃病吗？吃过什么药？”

“从来没看过，应该是没病。我这个人经常夜里加班，吃饭也不定时，胃疼是常事，时好时坏的，有时候喝杯热水就过去了。这一次疼的时间长一些，应该也没什么大事，要不是我老婆非要我来……”

“有事没事咱需要检查以后再说。”医生并不理会欧阳飞的轻描淡写，顺手开了一张单子，递给他，说：“先做个胃镜检查吧。”

“大夫，有这么严重吗？还要做胃镜？”欧阳飞显然不想做。

“你可以选择不做，不过，我建议你还是对自己的身体重视一些。现代人工作压力大，亚健康比较普遍。”说着，医生看向门外，分诊护士立即叫了另一个人的名字。

“就是，大夫说得对，查查咱就放心了。”李妍接过检查单，问：“胃镜检查在几楼？”

“上三楼，左拐就是了。”分诊护士说。

“走吧，既然来了，咱就查查。”李妍拽着欧阳飞的胳膊上到了三楼。胃镜室门前的座椅上已坐满了人。欧阳飞蹙了蹙眉头，心想，医院可真是个好行业，不愁没饭吃。

排到收费口，收费员点了钱后，对李妍说：“后天早晨空腹，早八点来检查。”

“大夫，能安排今天吗？他疼得厉害。”

“做胃镜检查的都是胃疼的，照顾了你别人会骂我的。等着吧，大家都一样。”

李妍无奈地转身走到走廊的窗前，对正在抽烟的欧阳飞说：“要后天才能查呢，要不咱给小袅打个电话吧。让她帮帮忙。”

“我都说了不查，真是的，就知道来医院是自找麻烦。”

欧阳飞嘟囔着拨通了妹妹欧阳袅的手机：“小袅，我和你嫂子在你们门诊三楼胃镜室呢，排队的人很多，你看看能不能给哥加个塞儿？”

“你怎么了？胃不舒服？”

“没事，是你嫂子大惊小怪的。”

“哥，你稍微等一会儿，我处理完手头的活儿就过去。”

大概二十分钟后，欧阳袅穿着白大衣跑来，她是这个医院消化内科的护士长。接过李妍手里的单子，欧阳袅说：“你们在这儿等会儿，我先进去看看今天约的病人多不多，如果能行，我让他今儿给你做了。”

欧阳袅说的“他”是消化内科主任陆天。陆天和欧阳袅同一年参加工作。那一年，他毕业于医科大学，她毕业于卫生学校，又同时被分配到消化内科。二十年后，他已经是本地区知名的消化专家，而她，也担任护士长多年。在医院，没有人不知道欧阳袅喜欢陆天，但也没有人看好这份情缘。毕竟，当年轻不再，爱情这个词听起来都略显单薄。

推开胃镜室的门，分诊护士正在喝水，见欧阳袅进来，忙放下杯子打招呼：“护士长，有事？”

“嗯，今天大夫谁的班？”

“陆主任的。”

“在里面做胃镜了？”

“嗯，正做着呢。”

“还有多少人？我哥今天也想做个检查，还能加进去吗？”欧阳袅一边说着一边查看着桌上的预约单。

“别人不能加，护士长来了当然能了。”小护士笑微微地答道。

欧阳袅一笑：“那我把单子放在这儿了，劳烦你们中午加一会儿班。”

“小袅，谁要做胃镜啊？”无菌区的门一响，陆天穿着蓝色手术服出来，两只手在前胸位置举着，大口罩遮住了多半个脸，只露出两只眼睛。说来也奇怪，岁月沧桑，容颜会老去，可这双眼睛却和当年一样像一汪深潭，只要欧阳枭看过去，就会沦陷。

欧阳枭很温和地笑着说：“是我大哥。”

“哦，是大哥啊？让他等一会儿，我做完这几个重病人，就先给他做。”陆天的语气也是透着亲切，本来嘛，他一直把小枭当成自己的亲妹妹，也曾参加过她们家族的聚会，彼此之间是很熟悉的。

“好的，我们在外面等着叫号吧。”说完，欧阳枭冲陆天点了点头，出去了。

欧阳飞一直在抽烟，时不时地接电话，而李妍很焦虑地望着那扇写着“胃镜检查”的门，她心里很害怕，害怕欧阳飞真的被查出什么病来。如果真是那样，自己可怎么办？虽说在这个家，欧阳飞是甩手掌柜，可男人是家的主心骨啊。

欧阳枭一出来就从哥哥的手里抢过烟，摁灭，说：“哥，你怎么还抽？”

“没事，人的命天注定，抽烟还能抽死啊？”欧阳飞并不恼，笑着看向妹妹，在这个家里，他和小枭最谈得来，也最受用她的话。

“嫂子，你也不管管他，总是瞎说。怪不得咱妈说，我哥都让你给惯坏了。”欧阳枭埋怨着李妍。她知道，这个嫂子心眼最好，无论是对大哥，还是对这一家人，都是没得说。

李妍嘴角一翘：“你还不知道吗？我哪管得了他啊，在这个家里，他最听你的话了。小枭，你和大夫说了吗？找个有经验的大夫给你哥查仔细点儿，好不容易把他拽来的。”

“嫂子，放心吧，陆天在里面呢，一会儿让他给我哥做。”

“陆天？就是那个人？”李妍悄悄问。

欧阳枭一笑，很大方地点头：“是的，嫂子。”

李妍有些忧虑地望向那扇门，欧阳枭笑着问：“嫂子，你信不过他呀？”

“不是信不过，是为你委屈。”李妍喃喃着。

“行了，别瞎操心了。小枭又不是小孩子，都四十岁的人了，知道自己在做什么。”欧阳飞在一旁淡淡地说道。

李妍不说话了，她真是不理解这个妹妹。喜欢一个人，却不能和他在一起，还要为他苦苦守着……爱情，对一个女人来说是需要归宿的，她到底图个啥呀？

欧阳袅也习惯了，习惯了旁人的质疑，尤其是家人的关心。在这个家里，只有大哥欧阳飞站在她这一边，用母亲的话说就是：四个孩子中就这么俩各色的。还说，就这俩特别随他爸。父亲去世的时候，欧阳袅也就是刚刚记事，对父亲的印象并不深，只记得高高大大的样子，笑起来眼神特别温和。第一次见到陆天的时候，她没有丝毫的陌生，好像他一直都是和自己在一起的。陆天调侃说，那是因为前生见过。后来接触得多了，她才明白，陆天就像是自己的父亲，尽管他比自己才大三岁，但和他在一起时，自己心底的踏实和温暖是支撑她一路走过来不离不弃的原始动力。

她不求任何人的理解，包括陆天。能够依着自己的一颗心生活，已很好。至于那些世俗的形式，比如婚姻，她可以不要。

“欧阳飞。”分诊护士推开门喊道。

“在这儿呢。”李妍忙答应着。

“嫂子，你在外面等着吧，我陪哥进去。”欧阳袅将外套递给李妍，和欧阳飞一起走进了胃镜室。

“大哥来了。最近是不是喝酒喝得勤了些？”陆天戴着大口罩给人以距离感，一句“大哥”又透着亲切。

欧阳飞一边在护士的指示下换拖鞋，一边笑着说：“我这人随便惯了，烟酒不离身，谁知道算不算勤啊？反正是找你来了，别给我定死罪就行。”

“哥，你又胡说。”欧阳袅在一旁嗔怪着。

“大哥贵人有福相，没事的。不过，检查还是应该的，现代人亚健康普遍，你们搞艺术的比我们老百姓更金贵，不能等有了病再进医院。”陆天一边说着，一边扶着欧阳飞躺在检查床上，问：“不害怕吧？呵呵，没人愿意来我们这儿。大哥放宽心，我请了最好的麻醉师，给你打针后，你一会儿就睡着了，等醒过来就做完了，保你无痛苦的。”

“没事，老爷们儿还怕这点儿疼。”欧阳飞笑着说，任欧阳袅帮他挽起胳膊，静静地望向天花板，渐渐地，头和眼皮都开始发沉，他忽然觉得累了，不自主地合上了眼睛。

“欧阳，今晚有我的演出，你来吗？”迷迷糊糊中，他听到了乔叶羽的声音。她的声音还是那样脆，就像是一股清泉流过他的心底。

“当然，我一定去。”欧阳飞坐起身，笑着说：“永远喜欢听你的《茉莉花》。”

乔叶羽担心地问：“你的身体没事吧？”

“没事，我壮得像头牛，会有什么事？倒是你，要记得休息，钱没有够的，挣得差不多就行了。”

“我知道的，只是……唉。”乔叶羽轻叹了一声，只轻轻的一声，落在欧阳飞的心坎儿上，便弄疼了他的柔软。这么多年了，乔叶羽的坎坷一直是他心头的重负，不知从什么时候起，这个小女人住进了他的心里，她的喜怒哀乐都让他放不下。

“欧阳，他……他该回来了……”乔叶羽欲语还休的样子。

“谁？”欧阳飞一时没反应过来。

“……他。王进。”

“……”

“我不知道该怎么面对他，也不知道还能不能接受他。十年了，尽管也常去看他，可是感觉已经很陌生了。”乔叶羽的声音很低，在欧阳飞听来却是闷雷滚滚。王进是乔叶羽的丈夫，十年前因为经济案子进了监狱，当时两个人结婚才三个月。后来乔叶羽和欧阳飞说起这件事时，用了“度日如年”的字眼。照理说，苦守了十年的婚姻有了光亮，是好事，然而，无论是乔叶羽还是欧阳飞都高兴不起来。

“回来也好，一家子团圆了，好好过日子吧。”欧阳飞有些言不由衷地说。

“欧阳，你真的这样想？”乔叶羽抬起头时，眼里有了泪。

“不这样想又怎样？除非你不想和他走下去了。但是，为了孩子也不能这样的。”

“我，我怎么想的你还不知道吗？”

“羽，别这样。我说过有些东西不可说破，你要的我给不了。”

“那你听说他要回来了，为什么不开心？”

“我没有不开心，是你太敏感了。”

“不是我敏感，是你太不善于掩饰了。我太了解你了，你的智商和你的情商一样丰富细致，两者碰撞时，你总能超冷静地理性遏制住内心的狂热。欧阳，你的内心太强大，也太脆弱……”

“羽，别说了，你是懂我的，我的选择你知道。”

“那好吧。”乔叶羽转过身，走出几步后又回头浅浅一笑，说：“对不起啊，是我‘违规’了，别介意。晚上见。”

“好，晚上见。”欧阳飞看着乔叶羽的背影，怅然若失。她越是体贴懂事，他的心越疼。可是他和她有一个心照不宣的约定：两条轨道平行，相望不相交。

“哥，哥，醒醒了，做完了。”欧阳飞睁开眼，发现自己还躺在检查床上。怎么回事？刚才乔叶羽来过？

“大哥，做什么美梦了？”陆天一边收拾着器械一边开着玩笑：“我经历过很多病人，特别有意思，麻醉后，有很多说梦话的。有些话幸亏家属不在身边，不然非得引起轩然大波不可。”

欧阳飞一笑：“看来你这麻醉药有特效。”

“呵呵，我倒是觉得，人在麻醉的状态下是无意识的、本真的，有最真实的心理活动，所以才会‘失言’。”

“相当于酒后吐真言？”欧阳飞也调侃道。

欧阳袅扶着欧阳飞坐到检查床一旁的软椅上，说：“哥，你先歇会儿，等麻醉剂的药性过去了，咱再回家。”

“怎么样？没什么大病吧？”欧阳飞漫不经心地问。

“有点儿炎症，需要做个病理，三天后病理结果出来后咱再制订治疗方案。”陆天在一旁替欧阳袅回答道。

“好，那你就多费心了。改天我请你喝酒。”

“行，最愿意和搞艺术的喝酒了。你们俩先聊会儿，我还有个病人。”

“去忙吧。谢谢啊，哥们儿。”

陆天笑着走进另一间检查室，欧阳飞转过脸问：“真的没事吧？”

欧阳袅笑了：“我大哥什么时候怕过啊？”

“我怕？我是担心自己走得太早，万一你被这小子欺负了，没人给你做主。”

“又来了，瞎说加瞎想。我才不用你管，你还是管好你自己吧。哥，刚才你可说‘梦话’了。”

“哦？骂你了？”

欧阳袅把头一歪，一字一句地说：“听好了，刚才你在麻醉状态下喊了一个人的名字：羽。”说到此，顿了顿，欧阳袅盯着他的眼睛问：“说，是谁？别告诉我是我嫂子的小名。”

欧阳飞想了想，说：“你怎么知道是一个人的名字？”

“我就知道，而且还知道是一个女人，你和她关系不一般。”

“瞎猜。无凭无据的。”

“哥，别耍赖，从小你的想法就逃不过我的心思，这一次也一样。”

欧阳飞只得点了点头，说：“没错，是一个人的名字，是一个女人，但我们只是普通朋友。”见欧阳袅继续等他说下去，他又说：“不许在你嫂子跟前提起，知道吗？”

“既然没什么干吗怕我说？”欧阳袅嘟囔着。

“嗯？”欧阳飞瞪了瞪欧阳袅，两个人都不说话了。欧阳飞想起前天乔叶羽专门和他说过王进就要刑满释放的事，而且今天晚上她确实有演出。看来乔叶羽说得对，自己没有看上去那么强大，内心里始终无法安放这样的一份牵挂和酸涩。所以，才会在麻醉剂的作用下，回放了那天的场景和内心的纠结。

而欧阳袅更是心事重重，并不是大哥嘴中念了一个女人的名字，其实她只是随口问问而已，她担心的是大哥的病。在消化科工作多年，她看出胃镜显示的状况不妙。陆天也说，凶多吉少。

走出检查室，李妍急急地迎上来："怎么这么长时间啊？急死我了。没事吧？"李妍看看欧阳飞，又转过脸问欧阳袅。

"嫂子，没大事。但是为了安全起见，做了一个病理，三天后才出结果呢。"欧阳袅尽量保持着语气的平和。她知道，大哥的病情是这个家的炸弹，在没有确定之前，只能自己一个人默默承担着。

"没事就好。这几天我这心一直在突突突地跳。"李妍长长地吐了一口气。

"你们回家吧，等病理结果出来后我给你们打电话。"说完，欧阳袅回病房了。望着她的背影，李妍关切地问欧阳飞："是那个陆天给你做的？"

欧阳飞看了看李妍，说："嗯，走吧。"他知道，自己的老婆是真关心这个妹妹，不过，李妍是一个相对简单的人，她不懂得一个人内心的执着。

简单，是她的幸福也是她的不幸。

乔叶羽的演出是晚上7:30开始，欧阳飞7点就坐在了前排的最佳位置。静静地欣赏这个小女人清脆的嗓音和温婉的深情是他生命中的美好。这份美好是他的，也是她的。多年前，欧阳飞在一家国企的工会工作，经常组织一些文娱活动，乔叶羽是骨干。那时候，她叫他欧阳老师，喜欢听他吹萨克斯。一晃多年过去，他已离职成为一名自由音乐人，而她也从一个甜甜的女孩变成了优雅的少妇。

岁月能改变很多东西，包括一个人的心境。

当年乔叶羽找到他，请他帮忙介绍一些演出时，他还以为她是出于对音乐的喜好。后来才知道，是她老公蹲了监狱，家里负担重。一个女人抛头露面养家糊口，很让欧阳飞敬佩。开始时，他也就是带着她在一些酒吧唱歌，唱得多了，有了一些小名气，地区文化馆的一些活动也会找她。今天的演出就是。

开场歌舞后，主持人报幕："下面请欣赏民歌《茉莉花》，演唱者：乔叶羽。”

掌声中，她穿着白色拖地长裙走上来，银光灯下愈发美丽，正是“又香又白人人夸”的美姿。欧阳飞再一次陶醉了，他喜欢在暗影里看她，这样便可以毫不掩饰自己的心动。偌大的场子里，是没有人知晓他的心思的，也没有人发现他眼神里淌出的渴念。

一曲终了，她该谢幕了，鞠躬的一瞬，台下有人喊了句“再来一个”。随之，全场掌声响起，主持人示意乔叶羽再唱一曲。她微笑着站在舞台中间，略微迟疑了一下，说：“谢谢大家的厚爱，真的没准备……这样吧，我再清唱一曲《茉莉花》，和刚刚大家熟悉的版本不太一样，是梁静茹的，可以吗？”

“好。”欧阳飞带头喊了一句。

乔叶羽听出是他的声音，便循着他的方向望过来，稍微顿了顿，轻轻地唱道：

好一朵美丽的茉莉花，芬芳美丽满枝丫，不让谁把心摘下，就等那个人爱呀。

你说我真好，谁当我情人做梦都会笑。我望着窗外的街角，看到辛酸走来幸福走掉。

如果我真的那么好，你为什么不要？茉莉花呀茉莉花……

欧阳飞怔住了，他从不知道《茉莉花》还有这个版本的，而且，他清楚地看到了乔叶羽眸子深处的泪。心，又一次不可克制地疼了。

接下来的节目，欧阳飞再也看不下去。

当他走出剧场时，看到卸了妆的乔叶羽正站在夜色中的梧桐树下，等他。

“走吧，我们出去喝一杯。”乔叶羽说。

“太晚了，要不改天吧？”欧阳飞有些不敢看她的眼神，躲闪着说道。

“下个周末，我们一家去接王进……他一定不喜欢我出来唱歌的，以后……也许以后我们在一起的时间会很少了。”

“那好吧，咱们去‘水晶之恋’，好吗？”

“嗯，听你的。”

霓虹灯下，“水晶之恋”几个大字格外刺目。欧阳飞和乔叶羽是这里的常客。进得门来，直接进了靠窗的一个小包间。服务生送了红酒进来，笑着问：“叶羽姐今晚有节目？”

“没有，把酒放这儿吧，有事再叫你。”说着，乔叶羽点了一支烟。

“好的。欧阳老师，您还要些什么吗？”服务生转过头又问。

“不用了，谢谢。去忙吧。”

服务生退出包间后，欧阳飞对望着窗外吸烟的乔叶羽说：“羽，少抽烟，对身体不好。”

“那你为什么抽？”

“我是男人。”

“男人就可以随心做自己喜欢的事，女人就不可以吗？”

“男人也不可以做到随心的。”

“……”

窗外夜色正浓，两个人都沉默了。静默中，时光仿佛一下子回到了几年前：

那一天，欧阳飞正在家里给一个朋友的歌词谱曲，门铃突然响了。他想，一定是有人找错了，自他从原单位辞职，便与很多人断了往来。经常往来的几个朋友从来都是在酒吧聚会。

会是谁呢？

欧阳飞只得起身，开门处，一个面庞清秀、身材微胖的女人笑吟吟地看着他。

“请问，你是？”

“欧阳老师，我是乔叶羽啊，您忘了我了？”女人极尽讨好地说。

“乔——叶——羽？”

“您真是贵人多忘事，我们原来是同事，那一年您组织元旦联欢会，我唱的是《茉莉花》，您还表扬我唱得不错呢。”

被她一提醒，欧阳飞恍惚记起有这么一个人，不过，那时她是一个小姑娘，皮肤白皙，身材修长，可眼前的女人胖了些，脸上还有些许的小雀斑。

乔叶羽似乎猜出了他的疑惑，笑着说：“欧阳老师，我结婚了，孩子刚刚三岁……呵呵，我可以进去说话吗？”

“当然，当然可以，快请进。”欧阳飞被人看穿心思，有些不好意思。

坐到沙发上，欧阳飞递过来一听可乐，说：“喝饮料。”

一个中年男人不喝茶喝饮料，这样的习惯与他披到肩头的长发，性感的青腮搭在一起，格外与众不同。乔叶羽接过可乐放在茶几上，笑着说：“欧阳老师，我是无事不登三宝殿。今儿来打扰，主要是想请您帮个忙。您也知道，我喜欢唱歌，所以想请您帮我做个推荐，我想到酒吧唱歌。”

“哦，是这样啊？酒吧的老板我倒是认识几个的。不过，在那里唱歌的大多是年轻人。当然，你也很年轻。我是说，毕竟你有家有孩子，而酒吧都是晚上上班……”

“欧阳老师，我能来找您，就是我能接受这些。我这方面没任何问题，主要是看您愿不愿意帮忙了。”乔叶羽诚恳地说。

“是这样啊？那我试试吧，关于报酬你有什么要求吗？”欧阳飞问。

“没有，这一切全靠您做主，多少都行，只要能唱歌。”

就这样，欧阳飞把乔叶羽领进了自己的生活。无数个夜晚，她在台上唱，他在台下听。为了关照她，他让酒吧老板尽量安排她先唱，唱完后早早回家。他从来不知道她是一个人带着孩子生活，直到有一次，她连着跑了几个酒吧，午夜时分才唱完最后一场，他顺路送她回家。

在一个很破旧的小区的楼门口，他第一次看见她的儿子，可怜兮兮地躲在路灯下，见到她，竟“哇”的一声哭了。

欧阳飞很不解地说：“孩子爸爸不在家？”

乔叶羽搂着孩子很尴尬地点了点头，便上楼了。敏锐的欧阳飞感觉出这个女人的心酸，却也没多想。结果几天后碰到从前的老同事，那个人说，多亏了你帮忙，给小乔找了份挣外块的工作，不然她一个人带着孩子真是太难了。欧阳飞这才知道，乔叶羽的丈夫因为经济案子进了监狱，她的工资不足以保障娘俩的开销。知道了她的不容易，便多了一份怜惜。以后的日子里，只要是演出散场晚了，欧阳飞就会送她回家。逢上周末她有演出，孩子有时候会和欧阳飞在酒吧里消磨时光。

渐渐的，彼此间都有了暖暖的情意，只是，从不曾说破。

欧阳飞给两个杯子都倒上了红酒，说：“羽，咱俩干一杯，为了你的苦尽甘来。”

乔叶羽回过头来，已是泪水盈眶：“欧阳，你真的这么想？”

欧阳飞心头一颤，他知道，一个女人的幸福不在于家里是否有个男人，而是这个男人能否给她需要的爱。干了杯中酒，欧阳飞说：“羽，你要给他时间，也要对自己有信心。”

“或许，没认识你之前会的，但现在……”

“别这样说，这样会让我有负疚感。”

“欧阳，我想好了，等他出来后，我就和他离婚。”乔叶羽坚定地说。

欧阳飞一惊，忙说：“你不是小孩子了，怎么如此轻率？等了他十年，好不容易团聚了，怎么能说分手呢？”

乔叶羽的泪落了下来：“欧阳，和他结婚的时候我才二十五岁，我以为我们是相爱的，可是他的事他从来都是瞒着我。警察来家里的时候我简直蒙掉了……他什么都没说，便跟着警察走了……法院判了以后，我去看他，以为他会和我说些什么，可他还是一言不发……我不知道何去何从，在这个城市我没有亲人，也不敢打电话给遥远的父母。就在这时候，他妈和我说，小羽啊，十年后王进出来时都快四十岁了，岂不是耽误了你的青春，不如你们离了吧。看着他妈老泪纵横的样子，我更没了主意。就这样，不说等也不说分，一晃一年过去了，他妈又对我说，小羽啊，妈看出你是个好孩子，既然你想和王进过下去，你们就要个孩子吧，我都打听好了，经济犯的家属探视是可以留宿的。”

欧阳飞递过一张纸巾给乔叶羽，听她继续说："现在回想起来，我最大的失误就是答应了他妈的要求。将近半年的时间，我每个月都去看王进，去了后便在那里住一宿……终于，我怀孕了……也给自己套牢了……即使如此，我也没怨恨什么，觉得这就是自己的命。上个星期接到王进获释的通知，他妈给我打电话说是一起吃饭庆祝一下，我就带着孩子去了。饭吃到一半的时候，他姐突然说，还是妈厉害，要不是妈灵机一动想出这妙招，王进出狱后就没家了。他妈瞪了他姐一眼，赔着笑说，那是小羽懂事，没有孩子也守得住的……原来，这一切都是……他们一家合起伙来骗我。"

"羽，别难过了。其实一个母亲为了儿子的婚姻使些小伎俩，也是可以理解的。"欧阳飞也点了一支烟，吐了一个圈劝道。

乔叶羽擦了擦泪，说："是啊，我也是这样劝自己的。可是这十年，都是我一手带孩子，他的家人从不帮我，好像唯恐一旦离了婚，帮了我就吃亏了……其实，我要是不想过了，有孩子也牵绊不住我。"说到此，她幽幽地看向欧阳飞："欧阳，和你在一起的日子，我才知道男人应该是什么样子的，才知道爱是一种什么滋味。"

"别这样说，其实，我也没你说的那么好……对于家庭来说，我付出的很少。真的，女儿今年都上班了，工作是她姑姑帮忙找的，老婆一直在一家超市打杂，很累也没多少钱……都是我没本事，才会让老婆孩子跟着吃苦。"欧阳飞轻轻地说着。

"不许你这样说自己。我是女人我懂女人，一个女人爱一个男人，便愿意接受来自这个男人给予的一切，包括苦累、酸楚。欧阳，你知道吗？爱情的最美境界是什么？是'我愿意'。"

欧阳飞苦笑了一下，说："也许吧，不过一个男人不能给老婆孩子富足的生活是很丢人的一件事。爱情放进柴米油盐，要有烟火气才是。"欧阳飞摇了摇头，自嘲地接着说："可我就是这样一个自私的人，喜欢无拘无束，当年的辞职在很多人看来简直是疯了，放着好好的清闲工作不做，偏偏去玩什么音乐。事实证明：音乐的确不能当饭吃。不过，我不是为了吃而活着的，我只为自己的心活着。”

乔叶羽的眼睛一亮，问：“那你的心里有我吗？”

欧阳飞弹了弹烟灰，端起酒杯，与她碰了一下，一饮而尽，说：“羽，我的心对于你来说是透明的，有什么没什么，你是看得见的。可是，人活着要有底线。我是一个放纵自己的人，我可以不顾旁人的反对做自己喜欢做的事，我可以不在乎身体以外的任何东西，但，唯独不能对不起李妍。她是一个好女人，只是跟错了人……这些年，我很少顾家，是她把女儿带大，是她照顾我妈，是她给了我自由的空间……人，不能没良心。”

“感恩，是爱吗？”乔叶羽的声音很小很小。

欧阳飞看向窗外，没有回答。生活中有很多问题是没有答案的，有的只是烦琐的日子深处实实在在的点滴。

家里。李妍在看新版《西游记》，一个人看一个人笑，猪八戒多好啊，总是那么疼女人，不像欧阳飞，满脑子只有音乐。不过，猪八戒既没有才气更不帅气，和自己的夫君是没法比的。唉，想到此，李妍叹了口气，这世上的事从来都没有两全的。

想当初娘家妈说，一看欧阳飞就像是没有责任心的男人，李妍满心的不爱听。日子久了，老人的话得到了一丝印证，李妍也是无怨无悔。有什么好抱怨的？自己的选择。话又说回来，欧阳飞对她也是蛮不错的，从没和她红过脸，家里大小事都依着她，只要她支持他活在音乐里。

就这一个条件，也不为过吧。

婚姻，就是一种习惯，习惯了欧阳飞的我行我素，李妍也没觉得生活有什么不好。只是这一次他的胃痛，有些让她担心。听婆婆说，公公是患胃癌去世的，据说癌症有遗传……

越想越糟心，李妍拿起了茶几上的电话，她要打给女儿莎莎，毕竟孩子也是学医的，问问她，心里或许能踏实些。

电话通了，那一端传来欢快的彩铃声，唱了一遍又一遍……

Chapter 2

妇幼医院的产科病房，灯火通明。

欧阳莎莎紧张地站在抢救室的一角，有些手足无措。这个病人是昨天住院的，怀的是双胞胎，当时家属要求剖腹产，可是杜主任没同意。今天夜班一接班，产妇就出现了宫内窘迫症状，值班医生连忙联系了杜主任来会诊。

欧阳莎莎看见杜小梅像一阵风跑进抢救室，心才踏实了很多。姑姑欧阳袅曾经和她说过，杜小梅是本地区最有名的妇产科专家。

杜小梅急急地询问值班医生：“情况怎么样？”

值班医生悄声汇报着：“不太好。胎心越来越弱了。”

“马上准备手术。我去和家属做术前交代。”杜小梅果断地下了指令后，回头对角落里的欧阳莎莎说：“你去把家属叫到我办公室来。”

“嗯，她丈夫就在抢救室门外守着呢。”欧阳莎莎说。

推开门，一股酒气袭来，杜小梅本能地皱了皱眉。

“大夫，我媳妇儿怎么样了？儿子生出来了吗？”那个喝酒的男人迎上来问道。

“你是家属？我正要找你呢。产妇现在胎心不稳定，又鉴于是双胞胎，风险大，我们建议马上手术，你跟我到办公室签个字吧。”

“手术？昨天你和我丈母娘说，自己生对孩子、对大人都好。”男人急急地说。

杜小梅一边往办公室走，一边和他解释："产妇现在的情况与昨日不同，很危险，如果不及时进行剖腹产，孩子恐怕保不住。"

"什么？可昨天我们入院的时候，想要剖腹产的，是你们大夫没同意。现在怎么又反过来说了？你们到底有准没准啊？要是不行我们转院。"男人有些气急败坏。

杜小梅很严厉地看了他一眼，说："是否施行剖腹产，我们是需要手术指征的。你爱人刚住院的时候各种症状都很好，不需要剖腹产。而现在的情况如果继续待产会很危险，所以我们才建议手术。如果你拒绝签字并强行转院，那么，后果自负。"

显然，男人被吓住了，有些底气不足地说："大夫，我不是那个意思，是我丈母娘一直想让她闺女自己生。"

"这是人命关天的事，你如果做不了主，赶紧和家人商量，我们没有太多时间了，但是家属不签字，我们也不会自作主张的。"杜小梅一字一句地说。

"好的，我马上打电话。"

看着男人去走廊一侧打电话了，杜小梅对身边的欧阳莎莎说："一切按急症手术准备，争取最佳时间，越快越好。"

欧阳莎莎点了点头，她从心里佩服杜小梅。半年前，自己通过姑姑的关系，经杜小梅介绍来到这家医院工作，发现杜小梅的人格魅力极具感染力。在这里，她是很多年轻医生护士的偶像，欧阳莎莎也不例外。

所有的都准备好了，只欠家属签字，可是那个男人迟迟不见。欧阳莎莎拨通了他的联系电话，显示已关机。这可怎么办？没有家属签字擅自手术是违规的，可是耽误了抢救时间也是人命关天啊。

杜小梅在抢救室里来回踱着步，所有人都急得团团转。就在这时，病人出现了大出血，呼吸急促、脸色苍白，濒临半昏迷状态。

不能再等了。

杜小梅带着值班医生进了手术室，并对欧阳莎莎说："你在这儿等病人家属，不停地打他电话，一旦通了，立即让他来签字。"

“好的，杜主任，您放心。”

欧阳莎莎转身回到护理站，继续拨电话。还是关机。真是急死人了，他干吗去了？怎么把自己的老婆孩子扔在这儿不管了？

大概半个小时后，那个男人搀着一位老人跌跌撞撞地跑来，进门就喊“我媳妇儿呢？我媳妇儿呢？”

欧阳莎莎急忙迎上去说：“别着急，病人已经在手术室了，里面有什么情况会及时通知您的。”说着，拿过签字单，对他说：“这是手术签字单，您签个字吧。”

那个男人拿过来看了一眼，便吓住了：“我不签，我要是签了，我媳妇儿有什么事你们就没责任了。”

“这是正常手续，您签了吧。”

“不签，你们杜主任不是说我不签她就不手术吗？可是现在她就在手术室给我媳妇做手术呢，没事罢了，要是有事，我和她没完。”

旁白的老太太也说：“我的乖乖，三条人命哦。”

欧阳莎莎很是气愤，忍不住回道：“你这人怎么不讲理啊？杜主任正在救你媳妇又不是害你媳妇，你怎么倒打一耙不识好人心啊？我问你，你刚才干吗去了？我们都把你的电话打爆了，你知道吗？你要真是关心你媳妇儿，你干吗扔下她不管？”

“我？我手机没电了，我就回家接我丈母娘去了。”男人有些理亏。

“那也要和我们打声招呼啊，你知道你这一走，耽误多少时间吗？真没见过你这样大脑进水的人。”欧阳莎莎顺口说。

“喂，你这个小同志怎么这样说话？你说谁脑子进水？”男人也有些急。

这时，值班电话响了，杜小梅在里面说：“莎莎，病人家属来了吗？让他赶快到手术室，我要和他交代情况。”

“好的。”欧阳莎莎放下电话，对家属说：“杜主任来电话了，我领你们去手术室吧。”

“杜主任有没有说孩子生了吗？是不是龙凤胎？”一边走那个男人一边问

着，欧阳莎莎没好气地说："我怎么知道？"

手术室门前，杜小梅一脸凝重地对家属说："病人情况不是太好……孩子肯定是保不住了……大人出血太多，我们正在尽全力，争取保住她的子宫……"

"什么？我的宝贝儿啊——"老太太身子一软，欧阳莎莎连忙扶她坐在候诊椅上。

"大夫，孩子没了？一对儿啊，都没了？"男人颓然坐到椅子上，一下子没了刚才的气焰。

杜小梅安慰他说："你要坚强些，这件事最伤心的莫过于产妇，我们还没有告诉她……你要多关心你的爱人……"说完，杜小梅又进了手术室，走廊里死一般静寂。惨淡淡的月光下，欧阳莎莎忽然觉得这个男人很可怜，却又不知道该如何劝慰。想不到几分钟后，那个男人竟像只狼一样"嗷"地号了一声，吓得欧阳莎莎倒退到墙角，心突突突地跳个不停。上班半年的时间，她看到的都是母子平安，全家喜悦，几乎天天吃喜糖，她从来不知道，其乐融融的产科病房里，会有如此的惊心动魄和伤心欲绝。

病人的子宫最终没有保住，几个小时里，她没了孩子，没了子宫，没了一个女人最宝贵的东西。她被推到病房的时候，还处在麻醉状态，帮她输上液体，掖好被角，欧阳莎莎也禁不住悲从心中来。

坐到值班室的椅子上，欧阳莎莎长长呼出一口气，这个夜班实在是太累了。随手打开抽屉，拿出手机，有三个未接电话，都是老妈的。抬头看了看表，已是凌晨两点了。

又累又困，趴在桌子上，欧阳莎莎睡着了。

"护士，我找杜主任。"男人的声音很大，将欧阳莎莎惊醒，她揉了揉眼睛，懒懒地说："杜主任不是夜班，已经回家了，您早上再找吧。"

"不行，我现在就找她。"

欧阳莎莎看了看男人凶巴巴的样子，只得耐着性子解释说："现在是早上五点了，还有两个多小时杜主任就上班了，您稍微等一下吧。"

“凭什么让我等？我花钱住院到你们这里生孩子，结果，孩子没了，媳妇儿的子宫也没了。你们让我断子绝孙，我也不让你们好受。把她的电话给我，我要让她和我说清楚。”

“您的心情我们是理解的，不过您真的别这样，杜主任已经尽力了。为了你们家的这个手术，她连夜赶来，也很累。”

“少和我来这套，她累？她就是干这个的，她累活该。”

见男人语气不善，欧阳莎莎便不再多说，扭过头翻看桌上的病历。男人敲了敲桌子说：“喂，说你呢，把那个姓杜的电话给我，听见没有？”

“我不知道。”

“你们在一起工作，怎么不知道？你存心不给是不是？”

“对不起，我还要做重症记录，如果您没别的事，不要打扰我工作。”

“打扰？你个小丫头片子，我就打扰你了怎么的？”

欧阳莎莎忍不住沉下了脸：“请您说话放尊重些，不要满嘴酒气地冲着别人大喊大叫。我知道您心情不好，但也无权这样。这里没有人欠你的。”

“你们医院都欠我的，我要你们还我孩子。我没签字你们就把我媳妇儿的子宫切了，我要告你们，告你们谋杀。”男人开始歇斯底里，惹得其他病房的人也都出来围观。

欧阳莎莎从没经过这样的阵势，一时慌了神，忙拨了保卫科的电话：“保卫吗？产科病房有人闹事，你们马上过来一下。”

“谁闹事了？”男人听见了欧阳莎莎的电话，越发恼怒，竟顺手抓起桌上的病历夹向她扔去，欧阳莎莎来不及反应，便被重重地击中了额头。

血，顺着她的脸颊流了下来。

“啊——”欧阳莎莎叫了一声，所有的人都惊呆了，病房里一片混乱。

一大早，看着欧阳莎莎头上包着纱布被同事送回家，李妍和欧阳飞都很震惊。听欧阳莎莎诉说了原委，李妍自责地说：“当初选专业的时候，我只想着在医院工作风吹不着雨淋不着的，穿着白大衣素素净净的，很适合一个女孩干。谁承想还能遇上这样的人和事？唉，真是委屈我闺女了。”说着，用手摸了摸欧阳莎莎的头，轻轻地问：“很疼吗？”

“妈，我不干了，我要辞职。”欧阳莎莎抹着眼泪说。

“对，不干了，咱还不伺候了，咱家的心肝宝贝，凭什么看别人脸色？爸再给你找个清闲的工作干。”欧阳飞在一旁跟着拱火。

李妍狠狠地瞪了他一眼，转过头对莎莎说：“别听你爸的，找工作那么容易啊？要不是你姑姑的关系，现在还在家待业呢。再说了，干什么工作都会遇到这事那事的。唉，我说昨晚打你电话你就是不接呢。”

“妈——，我就是不想干了。”欧阳莎莎撒着娇。

“好，好，咱先不说这些，饿了吧？妈给你熬小米粥了。”

“闺女，那人叫什么名字？家住哪儿？爸爸找人收拾他，给你出气。”听欧阳飞如此说，李妍再一次瞪了瞪他：“都五十岁的人了，怎么还点火就着？他打咱闺女不对，那你找人打他就不犯法？”

欧阳飞喘着大气：“我闺女，我闺女是金枝玉叶。”

“好了，好了，都别说了。”李妍劝道，转身进了厨房。

欧阳飞凑近莎莎，悄声问：“那小子现在在哪儿呢？爸去揍他。”

“爸，他在我们医院保卫科呢。”

“怎么不报警？叫‘110’抓他走。”

“我们杜主任说，最好别报警，那样事情就闹大了。”

“闹大了就闹大了，那是他自找的。”

欧阳莎莎看了看欧阳飞，轻声说：“爸，其实那人也挺可怜的，本来是高兴的事，谁知孩子没了，老婆以后也不能生了。杜主任说，这样的大喜大悲搁谁身上都难以承受，所以，还是互相谅解吧。”

“哼，可怜之人必有可恨之处。杜主任？就是你姑姑的那个好朋友？她不是挺厉害的吗？怎么给人家造成这么大的伤害？”

“这种事谁说得好啊？我们学医的就是一脚医院一脚法院，其实也不怨我们主任，是他们家迟迟不签字，才延误了抢救时机。”

“他为什么不签？”

“开始是不想剖腹产，后来是害怕，不敢签。”

“要是我我也不敢签，你们医院一列列出那么一大堆风险，谁看了不眼晕啊？签了就等于是把亲人送上了鬼门关。”

欧阳莎莎笑了：“老爸，想不到你也那么胆小，其实这是正常手续，那上面写的并发症啊什么的，概率很低的，但我们有责任告知家属。”

欧阳飞摇了摇头，说：“怕怕。再小的概率万一摊上了就是百分百。”

“我们杜主任也这样说，可是，有些手术没有选择。”

“那家属不签字，病人本人签不可以吗？”

欧阳莎莎想了想，说：“我也不太清楚，当时这个产妇已经半昏迷了，可能签不了的。”

“那要是大马路上捡来的病人，没家属，你们就不救死扶伤了？”

“老爸，那是另一种情况，和这件事不一样的。”

“唉，瞧瞧我闺女，柔弱的肩膀却承受了这么多。”欧阳飞说着，还有意拍了拍莎莎的肩头，一副崇拜加钦佩的样子，逗得她咯咯地笑起来。

“不哭了？”李妍端着小米粥出来，说：“我和超市请假了，今天哪儿也不去，在家陪我闺女。”

欧阳莎莎接过小米粥，正要喝，门铃响了。欧阳飞去开门，一个陌生男人拎着一大兜水果站在门口。

“请问，是欧阳莎莎的家吗？”

“是，你是谁？”

“哦，是这样，今天早晨5点多，欧阳莎莎被我的员工给打了，我是代表他来赔礼道歉的。”男人毕恭毕敬地说。

“赔礼道歉？他本人怎么不来呀？我正要找他呢，把我女儿打成这样，我非得打残他不可。”欧阳飞刚压下去的火又燃起来了。

“是，是他不对，给您赔礼了。”男人再一次鞠躬。

李妍忙过来帮腔：“就是呀，怎么能对一个小姑娘动手呢？这个人可真是够浑的。别说我们家莎莎没做错什么，就是错了也不该动手啊。”见那个男人诚惶诚恐的样子，李妍说，“进来坐吧。”

“谢谢。”男人进屋见到沙发上的欧阳莎莎，又鞠了一躬，说：“实在抱歉，请您原谅他的鲁莽。您有什么要求尽管提出来。”

这是一个看上去文质彬彬的男人，身材高大健硕，衣服笔挺。欧阳莎莎注意到他的皮鞋很亮。老爸欧阳飞一直都是一个不拘小节的人，与这个精致的男人站在一起，让欧阳莎莎忽然有了一种看惯杨柳看松柏的新鲜感。

见欧阳莎莎没有答话，那个男人以为她还在生气，便接着说：“欧阳护士，打人确实是他不对，但这件事对他打击太大了，不但孩子没了而且以后永远都不会有了，这对一个男人来说真的是致命的打击，而且，而且那晚他喝了点酒……”

“喝酒打人就有理了？那醉驾伤人还罪加一等呢，我看啊，要让他进拘留所蹲几天才能长记性。”欧阳飞气哼哼地说。

那个男人谨慎地看了看欧阳飞，转过脸对欧阳莎莎说：“我今天来，一方面是看望您，另一方面也是请您原谅他……如果你们保卫科把他移交公安局，他就可能被拘留……”

“害怕了？早干吗去了？自己的行为自己负责。”欧阳飞在一旁又说。

李妍看了看一直没说话的欧阳莎莎，说：“闺女，你给医院打个电话吧，得饶人处且饶人，毕竟那一家人也够糟心的。”

看欧阳莎莎还不说话，那个男人从包里掏出一张名片，说：“我叫孟森，是做食品生意的，以后欧阳护士有什么事尽管打我电话。真的，这件事非常抱歉。”

“他打我和你有什么关系？你为什么代替他来道歉？”欧阳莎莎开口问。

“哦，他是我一个好朋友的亲戚，在我公司打工，无论于公于私，我都是该来看看您的。请您务必给我一个面子。谢谢。”说着，把名片放在了茶几上，又鞠了一躬。

“你是日本人？”欧阳莎莎忽然说，孟森一下被问蒙了，李妍忙拉了拉她的胳膊。见欧阳莎莎嘴角微微上扬，孟森才明白过来，这个女孩在取笑他。

“给你一个面子？就凭你是他的领导？”欧阳飞余气未消。

欧阳莎莎直视着眼前的男人，似乎是想了想，说：“好吧，那就给你一个面子。我会给医院保卫科打电话的，你回去告诉他，他很令人同情但并不代表他可以撒野。”

“好的，我一定带话给他。谢谢您，非常感谢。”说着，又要鞠躬，似乎是想起刚刚被取笑为日本人，孟森直起腰，礼貌地点了点头，走出了这个家。

门一关，欧阳飞便坐到莎莎身边说：“闺女，就这样算了？”

“瞧你这个当爹的，哪能尽是拱火不消气呢？冤家宜解不宜结，咱闺女那么年轻，医院又是一个公开场所，如果逞一时之快，把那人拘留了。他出来后恨上咱了，总去医院找咱闺女的麻烦，岂不是得不偿失？”李妍在一旁说。

“你妈就是胆小，他敢找我闺女麻烦，我也敢找人收拾他。”

“别听你爸的，那样的话，这日子还能消停吗？”说着，李妍又把小米粥递过来，说：“闺女，赶快趁热喝了。”

欧阳莎莎一边喝着粥一边若有所思地拿起那张名片看了看，抿着嘴儿笑了。

欧阳袅接到杜小梅电话的时候，正举着一份绿豆煎饼走进陆天的办公室。她知道，陆天最喜欢吃绿豆面的吃食。

“这么好？你怎么知道我今儿还没吃呢？”陆天接过来，大口地咬着，吃得很香。欧阳袅笑着看了看他，便走到窗前，摁了“接听键”。陆天并不知道那一端的杜小梅都说了什么，只见欧阳袅心事重重地说着：“嗯，我知道了……好，你放心……没关系的，谁也不想出这样的事……你自己也想开些，别太往心里去……好的，再见，有时间请你喝咖啡。”

“怎么了？出什么事了？看你表情这么严肃？”陆天一边嚼着煎饼一边问，“需要帮忙吗？”

挂了电话，欧阳袅叹了口气，说：“是我侄女被人打了。”

“啊？严不严重？谁打的？”

“一个病人家属，用病历夹打了她的额头，估计没什么大碍，但她肯定是吓坏了。”

“这病人也太张狂了。”陆天忍不住声音提高了八度。

欧阳袅看了看他，说：“妇产医院收住院的产妇，怀的是双胞胎，最后都没保住，而且产妇的子宫也切了。你说家属啥心情？据说那个人喝了酒，可能我侄女也没经验，对这样有纠纷倾向的病人不懂得避让。两个人言语上有冲撞……”

“那现在怎么解决的？”

“病人家属怕被拘留，想让我侄女大事化小小事化了。杜小梅也是这个意思，不想把事态搞大。毕竟，妇产医院死了双胞胎，传到老百姓耳朵里就解释不清了。”

“哦，是这样啊？看来医院也是有责任的。”陆天小声说。

“唉，有些责任很难界定，反正病人是弱者，也是受伤害的一方，现在的医患环境你又不是不知道，一进医院的大门，病人都怀揣着戒备心理，好像我们学医的就没有好人似的。这事儿啊，够杜小梅闹心的。”

“真是应了我们上大学时的校训‘如履薄冰如临深渊’了。”陆天一边穿上白大衣，一边说：“赶快给你侄女打电话安慰安慰她吧。我今天出门诊，有事到门诊找我。”

“好的。”

看着陆天走出办公室，欧阳袅拨通了欧阳莎莎的电话，还没等她开口，那边便哭了起来：“小姑，你和杜主任说说吧，我不干了。我想辞职，我不受这气了。”

“莎莎，事情我都知道了，你先在家休息几天。至于辞职不辞职的以后再说。另外，这件事别太声张了，你还小，问题如何处理要多听听杜主任的，不要太执拗。知道吗？”

欧阳莎莎噘着嘴说：“哦，小姑，我知道了。”

“是你小姑电话？我和她说两句。”李妍在一旁接过电话，说道，“小袅啊，你看又让你跟着操心了。放心吧，我和你哥都劝她呢，刚才打人的单位领导也来了……嗯，没事了，就是受了些惊吓……你也知道的，咱家的闺女是个娇小姐……我会在家多陪陪她的……你哥啊？也不生气了，伤了他宝贝闺女心疼呗……没时间就别过来了，知道你忙的。对了，小袅，你哥的病理结果出来了吗？”

“嫂子，最快也要三天的，结果出来了我会打电话给你，不会有事的，别担心。对了，刚才忘了嘱咐莎莎了，这件事别让妈知道，她岁数大了，经不起这些了。”

“小袅，我知道的。忙吧。挂了啊。”

放下电话，李妍看着欧阳飞和欧阳莎莎说：“你姑说了，不许和奶奶说起这件事，都记住了吧？”

欧阳飞转身一边穿外套，一边对欧阳莎莎说：“爸出去一趟，你和你妈在家待着吧，想吃什么爸给你买回来。”

“老爸，我都这样了，你就不能不出去啊？”欧阳莎莎嘟起了嘴。

“爸和几个叔叔定好了，今天那个曲子必须完成，等爸拿了稿费都给你买衣服，行了吧？”欧阳飞拍了拍莎莎的脸。

“中午回来吃吗？”李妍问。

“估计回不来，到时再打电话吧。”欧阳飞换了鞋，关门出去了。

“莎莎，你也睡会儿吧。这一夜又累又吓的，等做好了饭妈喊你。”

欧阳莎莎忽然想起什么似的说：“对了，妈，刚才你和小姑在电话里说我爸的病理结果？我爸怎么了？你怎么没和我说呀？”

“也没什么大事，你爸总说胃疼，昨天去你小姑的医院做了个检查，我这心里总是惦记着，晚上给你打电话也是想和你念叨念叨。”

“哦，是这样。老妈，放心吧，我爸壮得像头牛，不会有事的。”欧阳莎莎并不在意。

“我知道的，你去睡会儿吧。”

李妍扶着莎莎去卧室躺下后，一个人在屋里做着家务，心烦意乱。是不是更年期了？自己这心里怎么就搁不下事儿了呢？女儿的伤口离眼睛很近很近，稍微有一点偏差就瞎了，真是越想越后怕。还有欧阳飞的病，尽管结果没出来，却很让她揪心。

抬起头，看到墙上的日历，李妍忽然想起三天后就是婆婆73岁大寿了。老话说，七十三八十四都是坎儿……

她想，这个生日要和小袅商量商量，看看怎么过才吉利。

消化内科的护理站，欧阳袅正在查看重症病例记录，陆天走过来。她抬起头，问："有事儿？"

"嗯，大哥的病理结果出来了。"说着，递过一张单子。

欧阳袅看了看陆天的表情，心怀忐忑地接过来，只见上面写着：胃（腺癌）。在消化内科工作二十年，见多了癌症病人，但是面对自己亲人的检验结果，欧阳袅还是心神俱乱了。

"小袅，没事吧？病理科的小刘告诉我，分化很差。你是知道的，这种情况需要做手术……你先想想，怎么和大哥说，是坦言相告还是隐瞒实情？"陆天有些担心地望着欧阳袅。

"嗯，我知道。明天是我妈的生日，我和大嫂商量过了，今年在三哥的店里一家人聚一聚。我想，等聚会后再说吧。"

"那也好。明天是大娘的生日，我备份寿礼吧。"陆天说。

欧阳袅苦笑了一下："别了，我代她老人家谢谢了。你还是别招惹她了，你又不是不知道她怎么看你。"

陆天也苦笑了一下，是啊，在欧阳袅母亲心里，他就是一个大坏蛋，害她女儿人到中年还未嫁。有时候，陆天一个人的时候细想起来，自己的确就是个坏男人，这么多年辜负了小袅的深情。如果人生可以有遥控器，他会愿意回到最初的地方，在小袅和杨丽霜之间重新选择。只是，尽管如此，他也并不后悔当年选择了杨丽霜，如果不是背后有她父亲的关系，他陆天怎么能仕途如此顺利？医院马上会有两位领导退休，也就是说将会提拔两位新院长，陆天是最有可能的后备干部。

所以，陆天不得不承认，自己是自私的，尤其是在小袅的执着与善解人意面前，他总是心有愧疚。

欧阳袅曾和他说过，自己前生一定是欠了他的，所以这辈子要用寂寞的光阴来偿还。她是笑着说的，听起来却格外薄凉。

“想什么呢？不高兴了？你别太在意我妈的看法，真的，没事的。”欧阳袅见陆天半天不说话，小心翼翼地说。

陆天忙说：“嘿，我怎么能和老人计较呢，再说了……本来就是我的错嘛。”听了这话，欧阳袅淡淡一笑低下了头。这么多年了，每次与陆天说话触及情感时，都会是这样的结束。岁月真的是最好的和事佬，无论爱与恨都会被它说服而最终握手言和。

欧阳袅知道，她与陆天的这段感情，自己是心甘情愿的，怨不得谁。

Chapter 3

欧阳林的饭店规模不小，生意相当红火。今天，他特意留了两个最好的雅间，一间给母亲过寿，一间给小舅子王进出狱庆贺。两间房一个南端，一个北端。他原本想安排两个相邻的房间，这样自己周旋起来也方便，妻子王诺坚决不同意。欧阳林知道，她是一个极爱面子的人，也霸道惯了，妯娌之间总是一副养尊处优的姿态，自己弟弟蹲监狱这样的事，还是越少人知道越好。

适逢周末，饭店的人很多，前台服务生若巧走过来和欧阳林商量：“老板，孟总打电话想预订一个12人的包间，可是都订满了。您看怎么办？”

“10人间还有吗？”

“10人间倒是有的，和他说过了，他说太小，而且没有沙发……”

这时，王诺花枝招展地走过来接话说：“老公，要不把咱留的南边那一间给他，反正是自家人，房间大点儿小点儿都一样。”

“那怎么行？我妈都七十多了，要有个沙发坐才舒服，不然会很累的。”欧阳林想也没想回答道。

“吃顿饭也就两个小时，两个小时怎么不能将就将就啊？”王诺不满地嘟囔着。

“这事不用你管。”欧阳林很果断地说，“我们一家难得聚在一起吃饭，我不能寒酸了。”

“啿，你家是名门望族啊？还讲排场？”

欧阳林并不理会王诺的冷嘲热讽，她就是这样的一个人，盛气凌人不懂事。当着王诺和若巧的面，欧阳林随即拨通了孟总的电话："老孟，刚若巧和我说了，你有个重要活动是吧？我现在只有一个带沙发的房间了，想留给我老妈庆寿的。你看看，实在不行我腾出来给你？别耽误你发财啊。"

趁着欧阳林打电话的工夫，王诺仔细上下打量了若巧一遍，问："你来多长时间了？"

若巧答："一个多月了。"才来一个多月的小丫头，看上去已是八面玲珑。王诺又问："谁介绍你来的？"

"我和孟总是老乡。"若巧低眉答道。

王诺还想再问些什么，欧阳林挂了电话说："若巧，安排一个宽敞些的10人间，加两把椅子，一会儿孟总他们就到。"

"好的，老板。"若巧答应着和王诺点点头，转身走了。

"这个小丫头够伶俐呀。"王诺酸溜溜地说。

"不伶俐行吗？弄一帮傻子在这儿干，饭店早关了。"

"是吗？看来是这帮小姑娘帮你撑着啊。"

"行了啊，别瞎泛酸了，我倒是想让你帮我操心，你愿意吗？"

听欧阳林这样说，王诺没话了，前两年他一直想让她来掌管前台，自家人管钱多放心。可是王诺干了没两天便不干了，说是腿酸腰疼地站一天，哪里像个老板娘啊？老公能挣钱老婆就要会享受才是。

于是这几年里，前台服务生几乎隔几个月就换一次人，欧阳林一直都不满意。上个月，老客户孟森找到他，介绍了若巧，试用这段时间很合欧阳林的心思。

"三哥三嫂，妈来了。"是欧阳袅的声音。

欧阳林和王诺赶忙迎过去，搀住健朗的欧阳老太太，老太太笑着推开他俩的手，说："我是又老了一岁，不过还能行。你们去忙你们的，别围着我转。"

"妈，今儿您是老寿星，我们必须围着您转。"欧阳林一边说着一边引领着家人走进了预留的房间。

“哟，哥，你又装修了？真气派。”欧阳袅踩在松软的地毯上，抚摩着紫色的落地纱帘，满心喜欢地说。

欧阳老太太更是高兴，坐在沙发上不住地打量着，啧啧称赞着：“瞧我老儿子，就是厉害，从小就你聪明，长大了也是你最有本事。”

“妈，您别偏心了，您闺女也不赖呀。”欧阳袅在一旁笑着打趣。

“不赖不赖，我闺女也有本事，护士长，那可不是一般人能干的。”

正说着，欧阳飞一家三口也到了，欧阳莎莎提着一大盒蛋糕，进来就偎到奶奶身边，说：“奶奶，生日快乐！”

“好，好，我孙女快乐我就快乐。”说着，看了看莎莎的头说：“莎莎，是不是又调皮了？从小就是个假小子，在哪儿又摔着了？”欧阳飞和李妍与欧阳袅互看了一眼，欧阳莎莎摸了摸额上的创可贴，故作轻松地说：“嘿嘿，奶奶真是明察秋毫啊，上班时骑车不小心跟树亲了一小下，都一个星期了，快好了。”

“妈，大哥大嫂，三弟弟妹，小袅，莎莎，你们都这么早？”欧阳海和媳妇儿陈琼拎着一个红色的盒子走进来，陈琼说：“妈，给您买了一套红色运动衣，您二儿子说，让妈穿上常锻炼身体好。”

“红色的？我穿得出去吗？我衣服那么多件了，怎么又买衣服？你们总是瞎花钱。”老太太不是很心甜地说。她一直都不喜欢二儿媳妇，嫌二儿子窝囊，他们两口子做什么事老太太总是横竖挑不是。

欧阳袅忙过来说：“红色的好，穿上显精神，二哥二嫂就是会买东西。”

“就是呀，红色的还贵呢，有一款蓝色的才500多，欧阳海嫌质地不够软呢。”陈琼有些不悦地说。其实，她才懒得给老太太花钱，而且给老人不必买那么贵的东西，都是欧阳海坚持，才害得她花钱不落好。

欧阳袅知道二嫂的心思，一笑，从手包里拿出一个精致的小盒子，说：“妈，我也有生日礼物给您。”打开，是一枚方形的“福”字金戒指。

“哎哟，我的乖乖，这可是太贵了，闺女，你也太舍得了。”见母亲笑开了花，欧阳袅开心地说：“给妈花钱当然舍得了。”欧阳莎莎凑过来说：“我小姑是单身贵族嘛。”

李妍悄悄拉了莎莎一把，“怎么了？我说错了吗？”欧阳莎莎口无遮拦地看向妈妈。欧阳袅并不介意地说：“对，我侄女说得对。”说着，把戒指戴在了老太太的手上，灯光下戒指的光泽格外耀眼。

老太太很是欢喜地说：“还是我闺女和我贴心，大小正合适。嗯，好看，妈先戴着，等妈闭眼以后，妈再留给你。”

“妈，瞧您说什么了，今儿是好日子，不许瞎说啊。给您了，就是您的，以后您想给谁都行，我不要。”

“不要了？真不要了？那我就给莎莎。”老太太笑眯眯地开着玩笑。

欧阳莎莎脱口而出：“我才不要呢，那么老土的样式。”

一家人都笑起来，只有陈琼面带不悦。欧阳飞唤着欧阳林说：“人都齐了，赶快上菜吧。”

“好好好，马上。咱这屋今天是贵宾席，上菜会很快。妈，哥哥妹妹给您准备了生日礼物和蛋糕，我给您准备的是海鲜全席。我特意让厨师给您做了您最爱吃的糖醋大虾，还有又鲜又肥的螃蟹，请您老人家给我们饭店多提宝贵意见。”欧阳林说着，还把手放在胸口，弯腰低头，做了一个谦逊的姿势。

“就你贫嘴。妈不用尝就知道好吃，我老儿子是谁呀？”老太太满脸喜悦。

“三叔，我想吃水煮鱼。”莎莎在一旁叫着。

“没问题，大侄女，想吃什么尽管点，三叔请客。”

王诺拿腔拿调地接话说：“现在都讲究养生了，大鱼大肉的对身体不好，尤其是老人要以清淡饮食为主。”

听了这话，老太太脸一沉，欧阳林忙说：“要清淡，也要有鱼肉，荤素搭配才科学。妈，你们先喝会儿茶，菜马上就好。”说着，给王诺使了个眼色，两个人一起走出了包间。

“你怎么回事？存心让我妈不高兴是不是？我可告诉你啊，今儿你妈也来，你看着办。”

王诺听了这话，有些不服气：“谁让你妈不高兴了？我说的都是事实，又是螃蟹又是虾的，消化得了吗？”

“行，既然这样，那你爸妈那一桌咱不上硬的，全以清淡为主，健康饮食嘛。”

“凭什么？你妈吃螃蟹，我妈也要吃。”王诺立即嚷嚷道。

欧阳林笑了：“好了，今儿高高兴兴的，两个妈咱都伺候好了，行了吧？我知道你的养生不无道理，不过呢，咱请客没有大菜多寒酸，是不是？”王诺打了他一下，撒娇说：“你就知道欺负我。”

“行了行了，老婆，快去那边看看你爸妈来了没有？今儿是王进出狱的日子，让他们开心点儿。”

“嗯，知道了。”

看着欧阳林两口子出去了，李妍瞪了一眼欧阳莎莎，转脸对老太太说：“妈，今儿是您大寿，王诺说得对，现在生活好了讲究养生才更健康。咱别点那些贵的，贵的也不一定好吃。”

老太太说：“知道，妈心里有数，小林打理饭店不容易。”

欧阳莎莎在一旁撇嘴说：“小气。”

从看守所回来的路上，王进一直没说话。十年的墙内生活，让性格内向的他越发孤僻。人生有几个十年啊？外面的自由世界，有些陌生了，外面世界里的那些人，已有些疏离。他不知道墙外的生活会怎样重新开始。十年啊，一切都不一样了，不是吗？

走出监狱大门的一瞬，他看到夕阳中的乔叶羽，依然动人。那个在他怀里撒娇使性的女孩已经是三十多岁的少妇了，岁月给予她的是更有味道的韵致。站在她面前，他的自卑已经钻到了尘埃里。

乔叶羽也有些恍然，十年的岁月怎能没有沧桑？而她的沧桑隐在眸子最深处，很少会有人看见。王进，自己青春时期的爱人，他还能读得懂吗？

“我们回家吧，爸妈和孩子都等你呢，姐备了酒席，晚上我们一家人一起吃饭。”还是乔叶羽首先开了口。

王进看了看她，说：“我想一个人走走。”

“我陪你吧，这个城市变化了很多……”王进不再说话，他知道乔叶羽话里的意味。

两个人一前一后，围着护城河走着。王进知道十年会变化很多，但置身其中时，华灯初上的城市还是让他眼花缭乱了。他有些迷茫，两手空空走出高墙，他想把这不堪的十年都丢在墙里，就像从来不曾来过。可是，有些烙印是在心上的，抹得掉吗?

“妈，我接到王进了，您放心，没事……好的，我们直接去姐店里。”乔叶羽接了婆婆的电话后轻声说：“妈来电话了，让我们直接去饭店，他们带着飞飞从家里出门了。”

王进回过头，看了看身后的女人，还是没说话。乔叶羽拢了拢头发，叫了一辆的士，两个人钻进出租车，直奔欧阳林的饭店。

走进那间预留的包间，王进有些拘谨地站着，所有的一切离他都那么远。乔叶羽说：“坐吧，这饭店是姐姐姐夫新装修的，还可以吧？”王进依然不语。乔叶羽忽然觉得两个人之间的距离不是一两句话就可以拉近的。

“王进。”乔叶羽回过头，看到王诺和欧阳林站在门口，王诺几步抢进来一把抱住弟弟，说：“你可回来了，爸妈都想死你了。”王进很木讷地被姐姐抱着，不言语。

“王进刚回来，你别缠着他，让他坐着先歇会儿。”欧阳林进来，拉着王进坐下，递过一支烟，说：“回家了，别拘束，以后有什么需要姐夫帮忙的尽管说。”

吐出一个烟圈，王进长长地呼出一口气，还是没说话。

“儿子，我儿子回来了。”抬起头，看见老爸老妈领着一个男孩走进屋的刹那，王进忽然泪如泉涌，扔掉烟头，扑通一声跪在地上：“妈、爸……”

两个老人一边流着泪一边扶起王进，说：“孩子，回来就好，回来就好，瞧瞧，你都瘦了，也黑了……”说着，拉过男孩的手说：“飞飞，这就是你爸爸，爸爸回来了，快喊‘爸爸’，快喊啊。”飞飞似乎是被场面惊住了，一个劲儿往乔叶羽怀里躲。

乔叶羽蹲下身，轻轻地说：“妈妈不是告诉过你吗？爸爸出远门了，一直很想飞飞的，今天爸爸回来了，飞飞应该怎么样啊？”

一家人都满是期待地看着孩子，飞飞低着头，用很小很小的声音喊了句：“爸爸。”尽管声音小得几乎听不见，王进的泪还是流了下来。他很想抱抱儿子，伸出手，飞飞却再一次躲到了妈妈的身后。

欧阳林打圆场说：“好了好了，要给孩子时间，慢慢来。王进，别着急，咱们都慢慢来。大家都坐吧，这就上菜。王进，你姐给你点了你爱吃的红烧狮子头，你一会儿多吃啊。”

一家人落座，欧阳林又说：“爸、妈，今天正好是我妈的寿辰，所以，我不能在这全程陪您。你们先一边吃着一边说说话，我和王诺过去敬杯酒就过来。”

“哦，是亲家母生日啊？照理说，我们也该过去敬酒的……”乔叶羽的公公说。

“爸，不用了，王进刚回来，咱们一家多说说话吧，那一边不用照应的。生日年年过，没什么的。再说了，王进的事他们也不知道，我也没说。”王诺在一旁劝阻着。

王进低下头，姐姐的话让他刚刚褪去的难堪再一次浮起来。他知道，自己的不光彩没有人会瞧得起。

“那好，那好。你们去忙，不用急着过来。”老两口看着王进小心翼翼地说。

“三叔三婶怎么还不来啊？菜都齐了。”还没进屋就听见欧阳莎莎嚷着。

“来了来了，就知道我侄女馋得等不及了。”欧阳林和王诺进来坐下，望向欧阳飞，说：“大哥，开始吧。”

“还差一个人呢。”欧阳袅说。

“还差谁呀？果果？他不是在上大学吗？”莎莎看着奶奶和姑姑问。

“是呀，我孙子能回来？要是果果回来了，那咱可就是大团圆喽。”老太太也疑惑地说。

“还差我。”一家人循声望去，包间门口站着手捧鲜花的杨大爷。他笑呵呵地走进来，说：“秀芹，祝你生日快乐！”

欧阳林的脸一下子阴了下来，王诺在一旁阴阳怪气地说：“哎哟，这是玫瑰花吗？”陈琼也在一边笑着说：“是呀，杨大爷还挺浪漫的。”

欧阳海拽了拽陈琼的衣袖，憨厚地笑着迎上去：“杨伯伯，您来了？快坐。”

欧阳袅也站起身说：“杨伯伯是我请来的贵宾。杨伯伯，您挨着我妈坐。”重新落座后，莎莎问：“奶奶，原来你叫秀芹啊？”

老太太忽然脸色红润，不好意思起来。欧阳飞看在眼里，微微不悦，瞪了瞪欧阳袅，心里怪她擅作主张，嘴上又不便说。李妍笑着打圆场：“今儿是妈的生日，杨伯伯也不是外人，我也好久没见您了，您老身体挺好的？”

“嗯，挺好，硬朗着呢。大飞媳妇，谢谢你惦记了。”杨大爷满脸喜悦。从前，在老城厢住的时候，杨大爷和欧阳一家是邻居，而且是欧阳父亲的老领导。那些年，他们孤儿寡母过着艰难的日子，杨大爷经常鼎力相助，尤其是欧阳林和欧阳袅从小吃惯了杨大爷买的芝麻烧饼。

欧阳飞清了清嗓子，说：“我先说两句，今儿是妈的73岁生日，咱们一家聚在一起，祝老妈身体健康，心情愉快。来，大家举杯，干一个。”

“干，干，生日快乐！”

“奶奶，您许个愿吧。”莎莎在一旁雀跃着，并将蛋糕捧到了桌前。

“是啊，妈，今天杨伯伯也在这儿，您也讲几句吧。”欧阳袅说。

看着亲人围在一起，欧阳老太太忽然眼睛湿了，慢悠悠地说：“其实啊，人老了不喜欢过生日了，尤其是73岁生日。都说73是道坎儿，忌讳，可是仔细想想，人这一辈子有太多的坎儿了，还怕多一道不成？你们杨伯伯也在这儿，他是看着你们长大的，在我们最难的时候帮过我们，咱不能忘。”

“秀芹，你又说远了不是？过去的不提了，说现在，说高兴的。”杨大爷说。

“对对，不说过去，说现在。”欧阳老太太试了试眼角，继续说：“你们都大了，大飞都五十岁了，小袅也四十岁了，二海、小林过得也都不错，连莎莎都上班了。有时候啊，我一个人的时候就琢磨，咱这一大家子在一起那就是缘分，大家和和气气地就是幸福。要是你爸活着，他得多高兴啊……”

“妈，瞧您啰唆的，您还没许愿呢。”欧阳袅赶忙接话说。

李妍也说：“就是啊，妈，生日这一天许下的愿望可灵了，您好好想想。”

看着儿女们都眼巴巴地望着自己，老太太笑了，闭了一会儿眼，说：“好了，许完了。”

“奶奶，是什么愿望呀？里面有我吗？”莎莎调皮地问。

“有，有，都有。你们都好才是我的福。”说着，老太太切了第一块蛋糕，放到了杨大爷的盘子里，说：“他杨伯伯，你吃。”

趁着一家人分吃蛋糕的空隙，陈琼和王诺咬起了耳朵。陈琼说：“你看见了吗？老太太的想法还挺多呢。不过，再多的想法也不一定有咱的份儿哦。”王诺瞟了一眼笑眯眯的老太太，轻声说：“没我的份儿倒没什么，我又没个孩子，不过看这架势，果果也没人想着呢。”一句话戳到了陈琼的神经上，刚才老太太说把戒指给莎莎，她就老大的不高兴，凭什么给她呀？果果才是这个家唯一的孙子，要说财产，那也得给我儿子才是啊。

知道陈琼的斤斤计较，王诺故意又说：“小袅也真是的，老太太过生日干吗喊个外人来？二嫂，你说，这杨大爷是不是还惦记着咱家老太太？要真是这样，以后可有的乱了。”

“不会吧？都这么大岁数了。”陈琼小声叨念着，看了看两位老人，她又凑到王诺的耳根处，说：“就算是，能有什么乱的？自己过自己的日子。”

“可没那么简单呢，两个人都七十多岁了，有个病啊灾啊的，就得花钱。

听说杨大爷就一个闺女，工作收入也不高。你没听说嘛，老年人再婚最大的问题就是财产纠纷。”

“是吗？那么复杂呢？”陈琼不由嘀咕着。

见陈琼入了套，王诺又故作轻松地说：“反正我家有饭店撑着，不缺钱。”

“说什么呢？”欧阳林碰了碰王诺的胳膊，打断了两个女人的谈话，小声说：“咱先敬妈一个酒，再到那边看看去。”说着，两个人一起站起来，说：“妈，我们敬您老一杯酒，祝您老福如东海寿比南山。”喝了一口后，欧阳林又说：“妈，今天是周末，外面挺忙的，您和哥嫂先吃着，我俩得出去照应一下。”

“好，妈也祝你们生意兴隆，去忙吧，自家人不用客套，我们边吃边说会儿话。”

“莎莎，想吃什么点啊，三叔先出去忙了，这里交给你了。”

“放心吧，欧了。”莎莎和欧阳林做了一个胜利的手势。李妍在一旁笑着说：“别和你三叔贫，这孩子，没大没小的。”

“没事，嫂子，我们爷俩儿有缘。”欧阳林笑着拍了拍莎莎的肩，和王诺出去了。自始至终，他也没和杨大爷说一句话，一副爱搭不理的样子。

“这孩子，真是的，他杨伯伯，你别往心里去。别看他都四十多岁的人了，也没要个孩子，所以总是长不大。”欧阳老太太看着欧阳林出门后对杨大爷说。

“没事，秀芹，这小子，有点儿他爹当年的样儿，脾气倔，还记仇。”杨大爷笑着说。欧阳飞在一旁听见了，没说话。他知道，杨大爷说的是十年前，杨大爷向母亲求婚，小林强烈反对并差一点与杨大爷动手的事。自那以后，妈就再也没提过这事，后来老城厢拆迁，与杨大爷来往的也少了。谁知今天小袅竟把他也请来了，尽管当年身为长子的他并没有像三弟那样剑拔弩张，但内心里他也是不赞成妈与杨大爷来往。只是，他的反对方式是沉默。

在这个家里，只有欧阳海和欧阳袅客气地称杨大爷为“伯伯”，这些细微

一家人啊……对了，你父母在哪间？我们应该过去给你父母敬个酒，要不多失礼。”

王诺忙拦着说：“不用了，大哥……我弟弟这些年一直在外忙生意，现在回来了也不想声张……一家人在一起简单吃个饭……您也别和咱妈他们说……”

欧阳飞听明白了王诺的言外之意，也忽然想起欧阳林似曾说过，小舅子在外地做生意……想到此，他忙说：“弟妹放心吧，我知道了。那我就不过去了，你们慢慢吃。”说着，转身走开了。

乔叶羽低头领着孩子走过王诺和王进的身边，姐弟俩对视了一下，没说话。

重新回到一家人中间，欧阳飞的心却游离了。这个世界真是太小，原来乔叶羽的丈夫竟是王诺的弟弟。凭着对王诺的了解，欧阳飞知道了乔叶羽不快乐的根源。那是一个缺乏温暖的家庭，王诺和她母亲都是虚荣、自私的人，身处她们中间，哪里去找幸福？欧阳飞的心疼了一下，不由皱了皱眉。

“怎么了？胃又不舒服了？”李妍在身边看到了欧阳飞的表情，关心地问。

欧阳飞本能地拿起筷子，掩饰着说：“没事。”李妍没再说话，一个女人的直觉告诉她，欧阳飞有心事，至于他的心事是什么，她不知道。

她在他的生活里，却不在他的世界里，一直都是。

“小林两口子怎么还不来呀？外面这么忙吗？”老太太看着欧阳飞问。

欧阳飞忙说：“是啊，今天周末，人多，要不我去喊他们？”

“让他们忙吧。”老太太叹了口气说：“唉，你说这个小林啊，太惯着媳妇儿，王诺不愿意要孩子他竟然会同意。这么大的一个饭店，干得再红火也要有人继承不是？钱挣得再多也拿不走不是？大飞，大飞媳妇儿，私下里你们当哥哥嫂子的还是要开导开导他们……我是活不了多少年了，等我一闭眼，你们各过各的，都是暖暖和和一家人，他们两口子该有多冷清。”

“妈，儿孙自有儿孙福，您别操那么多心，现在条件好了，您想吃什么喝什么想做什么都随心，其他的，都别管。”欧阳臬在一旁说着，给老太太又夹了一只虾。

“还说呢，还有你，老大不小了不成家，妈要是真走了，最放心不下的就是你和小林，身边没个知疼知热的人，妈能不惦记着嘛。”

“妈，又来了，咱娘俩儿可是有约法三章的啊，我的事您不管。您可别说话不算数。”

老太太摇了摇头说：“说不管就不管？那还是当妈的吗？其实人老了，吃喝都不重要了，重要的是儿女们都好。”

杨大爷也说：“秀芹说得对。儿女们孝顺，总想着让咱们吃好的喝好的，其实，他们过好了，咱们才真的是过得好。”

“妈，我们知道，孝顺孝顺，顺者为孝。您放心吧，小林小臬也都懂的。”李妍说。

老太太点了点头，说：“嗯，这么多年了，还是大飞媳妇儿说话我爱听。”

陈琼白了欧阳海一眼，低声说：“你妈看不上你，连累我也跟着你受气。”欧阳海憨厚地一笑，不吱声。从小到大，他都是这样的，哥哥有才，弟弟能干，自己平庸，和他们在一起，他只有听话答音的份儿。陈琼总是不服气，他倒没觉得，包括在单位也是一样，参加工作这么多年，身边的年轻人都提拔了，他还是原地踏步。妈说他笨，陈琼说他没有上进心，其实他心里明白，人有多大本事干多大的事儿，他就是一个不出彩儿的人。

人活一辈子，活好自己，亲人平安，还有什么比这更幸福的？比上不足比下有余的日子是欧阳海的本分生活。

一家人走出饭店的时候，没有人注意到孟森也正和一帮男人歪歪斜斜地出来，边走边寒暄着。他酒气熏天地走过欧阳莎莎身边，莎莎皱着眉看过去，夜色中，有一种感觉似曾相识。原来是他？来不及细想，李妍便拉着她的手说：“莎莎，跟奶奶、叔叔和姑姑再见。”

“再见。”

欧阳飞一家三口坐上了一辆出租车后，欧阳海又招呼了一辆的士，他要去送杨大爷。临上车，欧阳袅悄悄叫住他说：“二哥，我先送咱妈，一会儿咱俩都回这儿来，我有事找你和三哥商量。”看着妹妹认真的表情，欧阳海隐隐忐忑不安，会是什么事呢？

Chapter 4

送走了自家人，转过身，乔叶羽正陪着公婆出来，欧阳林见了，忙又叫了两辆出租车，并分别付了费。出租车上，王诺的父亲说："小林这孩子实在，这回又花了不少钱。"

王老太太不在乎地说："他有的是钱，这点小钱算什么。"言外之意，不必知情。老头看了看老伴儿，不再说话，她就是这样自私，无论旁人付出多少从不觉得亏欠。

另一辆出租车上，乔叶羽也说："这一次让姐姐姐夫破费了。"见王进不言语，乔叶羽便搂着孩子说："等飞飞挣钱了，要孝敬姑姑姑父，知道吗？"

终于得闲和王诺坐在饭店一角歇息，欧阳林点了一支烟。

"哎哟，累死我了。"王诺懒洋洋地把双腿搭在了椅子上，看了看欧阳林，忽然神秘兮兮地说："老公，你猜刚才我看见大哥和谁在一起了？"

"谁呀？"欧阳林漫不经心的样子。

"乔叶羽。"

"嗯？他们俩怎么认识的？"欧阳林转过头问。

"是呀，我也这么想啊，听乔叶羽说，他们原来在一个单位工作，后来，大哥帮她介绍了几家酒吧，她在那里唱歌挣钱……"

"哦，是这样啊。"

看欧阳林不在乎的样子，王诺想了想又说："老公，你不觉得奇怪吗？"

"这有什么奇怪的？"

"可我总是有些怪怪的感觉，我估计王进也有这感觉。刚才在走廊里，她领着孩子和大哥说话的样子很耐人寻味，连飞飞看上去和大哥都是很亲热。"见欧阳林还是没当事儿，王诺像是自言自语地喃喃道："不行，这事儿我得和我妈说说。这些年，乔叶羽一个人带着孩子过，很少有事找到我们帮忙，难道她外边有人了？"

欧阳林一听急了："我说你这个女人是不是闲得无聊，唯恐天下不乱啊？王进不在的这些年，你们很少管她们娘俩，这样做对吗？再怎么说孩子也是你们老王家的骨肉，你们不反思反思自己还倒打一耙了？这个乔叶羽我不知道，但我知道我大哥，你别把屎盆子往他身上扣。否则，别怪我对你不客气。"

"干吗呀？我这不就是顺嘴说说嘛。瞧你那德行，这一有事就看出来了，你们哥们是打断骨头连着筋，我这睡在你身边的人到头来还是个外人。"

"得得得，别又和我说这些没用的。你有本事也给我生个一男半女的，有了孩子，咱俩也是打断骨头连着筋。"

"哼，我才不受那罪呢。"王诺白了欧阳林一眼，又说："我可把丑话说在前头，那乔叶羽要真是和你大哥有什么事，别怪我王诺不饶他。"

"我也把丑话说在前头，你敢在我哥面前惹是非，有你好看。"

"怎么了？刚刚还好好的，怎么这会儿急赤白脸的？"欧阳袅送了母亲回来，进门便看见三哥三嫂你一句我一句地抢白着什么。

"你们聊吧，我去前台看看。"王诺转身走开了。

欧阳林说："没事没事，你三嫂闲得难受我逗她玩呢。咱妈送到家了？老太太今儿喝了点红酒，没事吧？"

欧阳袅一笑："没事，咱妈有量，喝白酒都没问题，更别说这点儿红酒了。"环视了一下周围，她又问："二哥送杨伯伯还没回来呢？"

"没呢。"欧阳林看了看欧阳袅，说："请那老头是你的主意吧？小袅，我知道你疼妈，可也不是这个疼法啊，咱妈都奔八十的人了，你别给她整那些没用的。”

“什么有用没用啊？三哥，你这个人啊就是犟，咱爸去世后，杨伯伯没少帮助咱家，你忘了你从小吃他的芝麻烧饼了？”

“那是两回事。再说了，当年他是爸单位的小领导，照顾咱也是分内的事儿。细想起来，他简直就是假公济私……一想起他惦记着咱妈，我这心里就别扭，就窝火。”

“行行行，咱不提了，妈白疼你了，你就不能为咱妈想想？她这些年拉扯着咱们兄妹四个容易吗？”

“我知道妈不容易，所以咱孝顺，给妈过生日，让妈高兴。”

欧阳袅叹了口气，说：“可妈需要的不止是这些。她一个人独守空房的时候，你在哪儿呢？你能填补她心底的寂寞和凄凉吗？”

欧阳林不说话了，道理是懂得的，可这感情上真是接受不了。正说着，欧阳海一溜小跑儿地进了饭店：“三弟，小袅，什么事？这么着急。”

“我们找个清静的地方说吧。大厅人多，怪乱的。”欧阳袅说。

欧阳林冲着服务台喊了句：“若巧，沏壶龙井送到茶室。”说着，三个人走进了饭店走廊尽头的一间茶室。

倒上茶，哥俩儿看着欧阳袅，等她说话。谁知，她一言不发，眼圈先红了。哥俩儿一见都慌了手脚，自小这个妹妹就是说一不二的，今儿这是出了多大的事？

“妹子，别哭啊，有事说事，你这样哥都不知道怎么办了。”欧阳海说。

欧阳林也说：“是啊，我的小姑奶奶，出什么事了？”

欧阳袅平复了一下情绪，眼泪汪汪地说：“大哥他，大哥他被查出了胃癌。”

“啊？这是什么时候的事？”欧阳林急急地问，欧阳海惊得一句话说不出来。

“病理结果昨天才出来……”

“确定吗？”欧阳海有些不敢相信。

“嗯，专家看过了。”欧阳袅含着泪说，“专家建议手术，做进一步的确诊和治疗。”

“大哥什么意见？”欧阳林问。

“还没和他说呢，大嫂也不知道，想先和你俩商量商量。”欧阳袅顿了顿，又说，“这事也不能让妈知道，她老了，经不起这样的打击。”

三个人都沉默了，欧阳林点了一支烟，欧阳海说：“也给我一支。”欧阳林知道二哥是不吸烟的，看了看他，犹豫着递了过去。接过来，欧阳海狠狠地吸了一口，被重重地呛着了，忍不住猛烈地咳嗽起来。

欧阳袅看在眼里，心一阵紧似一阵地疼。自从几个哥哥相继成家搬出去独立过日子，亲情就成了逢年过节的小聚，那种血脉相连的温暖似乎随着年少时光隐在岁月深处了。在这样的突发变故面前才发现，生命中的亲缘或浓或淡都会一直在。

“二哥、三哥，我了解大哥的脾气秉性，如果他知道了一定不会接受手术治疗的。”欧阳袅说。

“我知道大哥的生活不宽裕，手术费我出了。”欧阳林拍着胸脯说。听了这话，欧阳袅的心一热，在这个大家族里，三哥是生活最好也是最抠门的那一个，凡事都是随大溜儿，从不多付出。母亲曾说，小林没孩子所以想法和有孩子的人不一样，比较独，你三嫂和人也不热乎。没想到这一次……

欧阳海看了看弟弟妹妹，也说：“我也可以拿出一部分……不过，现在的关键问题不是钱，是大哥的想法……”

“大哥不接受手术不就是因为钱吗？咱帮他凑齐了，他不就同意了吗？”欧阳林很着急的样子。

“二哥说得对，现在的问题不是钱。大哥虽然五十岁了，却是一个前卫的人，面对癌症不知道他会做出什么抉择，不是我们愿意为他出钱就可以解决的。”欧阳袅慢慢地说着，“再者，癌症是一个无底洞，我还好说，毕竟你们都有家，出钱的事还是要和嫂子们商量的……”

“小袅，我这儿没问题。你三嫂敢说半个‘不’字我就和她离婚。”

“三哥，瞧你说的，你要是因为这个和三嫂离婚了，大哥能安心吗？”欧阳袅转过头看着欧阳海说，“二哥，咱合计合计，是不是应该告诉大哥实情？”

“要我说，还是瞒着好，你没听说癌症病人十个有九个是被吓死的吗？”欧阳林说。

欧阳海也说：“事儿是这么个事儿，可是不告诉他，大哥会埋怨我们的。我总觉得，凭大哥的性情，还是告诉他好，只是别说得那么严重，就说发现得早，做个手术就没事了。”

“小袅，你和哥说实话，如果做了手术，大哥是不是就真的逢凶化吉了？”欧阳林问。

“哥，我是学医的，我心里清楚，就大哥现在的状况做手术和不做手术的后果都不会太好，不过大多数人出于求生本能都会选择手术……其实，瞒着也瞒不了多久，他的身体状况会越来越差的。我想，大哥那么聪明，他不会猜不到，我们要做的是怎么减少他的痛苦……”

一句话，兄妹三人又沉默了，这个世界真是太不公平了，在他们年少的时候夺走了父亲的生命，人到中年，大哥又要遭劫难。

“小袅，大哥最听你的话，我想，还是你和他说吧。”欧阳海打破了沉默。

欧阳袅点了点头：“嗯，让我想想吧。在我没找大哥之前，你们回家都先别说，这件事知道的人越少越好……唉，总要面对的，是祸，躲也躲不过。”

欧阳飞来到西餐厅的时候，陆天和欧阳袅已经等在那里了。

“怎么？你小子良心发现了？这么隆重地请我吃饭，是向我妹妹求婚吗？”一进门，欧阳飞就笑吟吟地旧话重提。

陆天并不介意地笑着说：“大哥，你就别总拿我取笑了，我知道我欠了小袅的，我下辈子一定还，行不行？”

“下辈子？那她这辈子找谁去？”

“好了，你们一见面就拿人家说笑，太不仗义了。”欧阳袅说着，给两个男人倒上了红酒。

欧阳飞点了一支烟，吸了一口，说：“我可不是说笑，天底下最傻的就是我妹妹了。你说我这个当哥的再不替你说句话，你往哪里说理去？”

此话一出，欧阳袅伤从心头起，自幼丧父的她从小就依赖大哥，大哥有才情、懂生活，他在自己心中的位置是不可替代的。他和陆天都是自己生命中最重要的男人，一个不在自己的生活里，一个就要永远离开。或许，命运无常本身也是一种生活吧。

“小袅，你还是要牛排？七分熟？”陆天看出欧阳袅的情绪，忙岔开话题，“大哥，你也要牛排吗？”

“我还是来盘意大利面吧，最近胃还是不舒服。”欧阳飞说，“陆天，你这胃药不管用啊，怎么吃了这么久还是不见好呢？”

陆天与欧阳袅对视了一下，说：“这胃病主要靠调养，吃药也要有个缓解的过程。据我所知，您这又熬夜又吃饭不定时的生活状态，不容易好。所以，要从改变生活方式开始。”

“呵呵，这样啊？小袅最知道我，让我改变什么都可以，就是改变不了我行我素。”欧阳飞笑着抿了一口酒，问，“这烟和酒也要戒掉？”

“酒少喝一些对身体有好处，尤其是红酒，这烟啊，一点益处都没有。”陆天说。

没等欧阳飞说话，欧阳袅接过来说：“要我说，哥，烟酒咱都不戒，想抽就抽想喝就喝，只要不过量，没事儿。别让自己活得那么拘谨。”

“还是我妹妹了解我，就是嘛，都2012年了，想那么多干吗，末日来临之前充分感受生活的每一章节，那才是真正的活。”欧阳飞很开心的样子。

陆天也笑了：“大哥，说实话我真服你。人这一辈子，活明白很简单也不简单。在医院工作，接触的人形形色色，对生活的感悟也是参差不齐。”

“嗯，这倒是，我已经是奔六的人了，不敢说自己活得精彩，但活得不累也算是一种精彩吧。”

“大哥这话很富有哲理。”陆天嘴上附和着，心里却在盘算着如何开口。这次小聚，小袅给他的任务就是把胃癌的信息传输给欧阳飞，并劝他接受手术治疗。工作中，接触的癌症病人很多，大多都是经不起这个打击的，所以，这样的一顿饭吃起来并不是那么轻松。

“哥，别只顾着说话，吃点儿水果沙拉，补充维生素。”欧阳袅说着用叉子叉了一些放到欧阳飞的盘子里。“你吃你的，我不吃，最近这胃娇气了，凉的也不消受。”欧阳飞说着，忽然问，“对了，我的病理结果该出来了吧？”

陆天装作很淡然的样子说：“出来了，问题不大，但还是有点小问题。”

“哦？”欧阳飞看了看妹妹，若有所思地说，“小问题？癌症算小还是算大？”

“瞧你，又瞎说了。”欧阳袅接过话说，“哥，从病理结果看，胃部有个小东西，虽然是良性的，但养着它对身体无益，而且……而且也不排除时间久了会恶变。所以，陆天说，还是手术切除比较好。”

欧阳飞夹着烟的手在嘴边微微颤了一下，不过只是那么一瞬，他又恢复了笑容，说：“有那么严重？要做手术？”

“做手术不是因为严重，是为了避免以后的麻烦……用大哥的话说，是为了提升生活质量。”陆天在一旁解释着。

欧阳飞故作轻松地说：“你俩别和我卖关子，不严重也不至于请我吃饭，看来这顿饭有非同寻常的意义。”

“哥，你就不能听别人一次吗？”欧阳袅有些着急。

“小袅，你是知道哥的。哥是一个透明人，不喜欢藏着掖着，其实这一次胃疼哥表面上不在乎，但内心里还是重视的。人到中年，你不找病病也会来找你，哥懂。而且这一次与以往不同，我有预感……”

“哥，没你想的那么严重。”欧阳袅的心微微地疼。

欧阳飞看着陆天说：“陆天，陆医生，我知道你和小袅有缘无分，但这并不妨碍你们成为知己朋友。你是小袅的朋友，也就是我的朋友。我长你几岁，攀个大辈儿，也算是你的兄长。我希望你能和我说实话，我的病是不是癌症？”

陆天看了看小袅，她的眼圈已经红了。

欧阳飞稳了稳神，说：“我知道了，那么，还有多长时间？”

“哥，瞧你说的，真的没那么严重。”欧阳袅已明显心口不一。她真的不愿意将实情相告，或者说是不敢。她不确定欧阳飞在重创面前的承受力到底有多大。其实，身为一个医者，她知道病人有知情权，但也知道很多癌症病人不具备足够的承受力。毕竟，那是生与死的较量。

欧阳飞又点了一支烟，说：“小袅，你不说我可以去网上查，也可以拿病理结果去找专家咨询……绕一大圈回到原地，小袅，别让哥那么累，好吗？”

“哥——”

“其实，死没那么可怕，不知道自己什么时候死才可怕。”这是欧阳飞的心里话，没有人不害怕死，但是当死临近的时候，生的渴望会逼迫你好好活，活好每一天。

“大哥，从医学的角度讲，癌症并不是不可攻克的，只是需要病人的积极配合。比如，接受手术、化疗，以乐观的心态面对生活……”陆天说。

欧阳飞一笑：“好了，你们不用说了，我已经知道了，陆天，你告诉我，我的最长和最短期限是多少？我不想荒废我最后的日子。”

陆天看了看他，又看了看欧阳袅，说：“如果手术顺利，化疗效果好的话，存活率还是很高的。”

“如果不手术不治疗，最短是几年？还是几个月？”

被欧阳飞逼到墙角，陆天不得不说：“好了是一年，最糟……半年。”

“哥——”欧阳袅心疼地望着欧阳飞。

“没事。我想一个人静一静。你们俩先回去吧。”欧阳飞感觉身心俱疲，尽管他预感到身体的不妙，但是如此的最后通牒还是超出了他的想象。

“让大哥静一静吧，小袅，我先送你回家。”陆天站起身，帮小袅拿起外套。欧阳袅还是不放心的样子，不肯走。

欧阳飞抬起头，强打精神笑着说：“哥没事，别把哥看扁了，你让哥慢慢消化消化，好吧？对了，先不要和你嫂子说，她心里装不下事儿，知道吗？”

“嗯。哥，那我先走了？”

“好。陆天，麻烦你送小袅了。”

“大哥你客气了，这样吧，你随时打电话给我，相信我，我会给你制订一个科学的治疗方案。”说完，陆天与欧阳袅离开了西餐厅。

欧阳飞重重地坐进沙发里，身体的每一个关节都是松软的。他欧阳飞是谁？我行我素地生活在天地间，没有什么事能让他怕的。当生命开始倒计时，他的周遭竟是如此虚空。原来，自己没有自己认为的那么强大，这个世界也没有看上去那么高远。半年，不到200天的时间，自己要怎么来安排？

要躺在医院里，在亲人的怜悯中度过自己的余生吗？

不，坚决不。

想到此，胃又微微地疼了，他下意识地抵住了桌角，有汗顺着脸颊流下来。疼痛稍稍缓解了一下，他想再点燃一支烟，却发现烟盒空了。他紧紧地攥住，捏着，纸张摩挲的声音很脆，在幽静的环境里就像是时光的碎片，一声声，一下下，击在他的痛处，令其不堪承受。他一直以为自己是为自己活着的，橘黄的灯影里，他强烈地想起了母亲，想起了李妍和女儿，想起了乔叶羽……

原来，人活着，不可能是独我的。

李妍和莎莎在家里看着《西游记》聊着家常。这几天，莎莎一直在家休养，没上班。她越来越感觉到自己并不适合做医生。在书本上，医务人员是天使，是崇高的职业，可是在现实生活中，医患矛盾突出，医生和护士根本得不到应有的尊重。社会上总有人说医生黑了良心，可在她接触的人里，比如杜小梅，比如小姑，都是那么善良那么兢兢业业，人们为什么看不到光亮的一面而总是放大那一点点晦暗呢？小姑曾经和她说，我们改变不了别人的看法，也无力改变很多事情，但是我们可以做好自己。

但是，做好自己也并不容易。昨天，一个护士姐妹打电话给她，说是那个死了孩子的病人坚持不出院，而且把两个婴儿的尸体摆在了医生办公室，严重扰乱了医疗秩序。那个小姐妹还悄悄对她说，你最好多休几天，上班也是堵心。

“莎莎，明天是不是该去上班了？”李妍嗑着瓜子说。

“妈，我不想去，在家多好啊。”莎莎偎着李妍撒着娇，“老妈，我最近想了想，我不适合做医生，真的，要不我辞职吧。”

李妍一听拉下了脸，说：“你都多大了？说话还不经过大脑，你姑给你找个工作容易吗？再说了，你不去医院上班，你能干什么？”

“干什么都比做医生强。真的，妈，做医生不但累而且担风险，还要没完没了地考试，干一辈子学一辈子，干到老也把自己透支了。”

“你这孩子，一说话就随你爹，这世上没有不吃辛苦白白享受的工作。哪一行都不容易的。你不是常说吗？这世上没有免费的午餐。”

莎莎一笑：“也许天上掉馅饼砸我头上呢。”

“就是真掉了，掉的也是铁饼。”李妍戳了一下女儿的头。

“哎哟，老妈，对自己女儿那么狠哪。呵呵，我不是想不劳而获，而是想人生苦短做自己喜欢的事才开心嘛。唉，我发现，越来越不喜欢现在的工作了。”

看着女儿说话的样子不像是开玩笑，李妍不由叹了口气，心想，基因真是太厉害了，这孩子和欧阳飞简直就是一个模子刻出来的，从长相到想法，如出一辙。其实，谁不想按自己的喜好活着啊，只是，人活着也要有责任，有些责任是需要忘我的。李妍知道，在这方面，欧阳飞是欠缺的。

有人说，婚姻就是赌博，女人要愿赌服输。所以，对自己的婚姻，李妍是不抱怨的。随着年龄的增长，她也渐渐觉得，她和欧阳飞是合适的，他满足了自己对一个男人的的崇拜和向往，而她帮他打理家事任劳任怨，给予了他所需要的足够空间。

或许，在旁人眼里，他有些自私，她不够知性懂风情，然而婚姻有很多种，幸福也一样。李妍觉得，两个人就这样互补着走到老，也是一种美满。

传来门锁转动的声响，欧阳飞回来了。

“爸，今天这么早？”莎莎望向门口，惊喜地说，“今天不用去酒吧创作吗？”

“哦，今儿爸想休息，陪我闺女。”欧阳飞说着，望了望李妍。李妍看在眼里，站起身，帮他挂好外套，问：“吃过了？”

“嗯。和小袅一起吃的西餐。”

“我小姑有什么好事要请客？怎么不叫着我？不够意思。”欧阳莎莎噘着嘴说。

“就你嘴馋，大人的事儿怎么能带着你呢？”李妍在一旁说。

“我不是小孩了，我都二十多了。老妈，拜托你，不要用老眼光看我，行不行？”说着，莎莎搂住欧阳飞的脖子，说，“老爸，你背背我。”

“你这孩子，没看出你爸累了吗？还说自己长大了，一点都不懂事。”李妍笑着说。

“老爸，那家西餐好吃吗？改天你请我啊。”欧阳莎莎还是不依不饶的样子。

“好，没问题。”答应着女儿，欧阳飞忽然一阵心酸，想想自己竟然很少有时间陪家人。莎莎从小到大，他几乎不过问孩子的学习和生活，记得在李妍怀孕五个月的时候，他还和几个朋友去了西藏……对此，李妍从没说过什么，他也没觉得怎样。

可今天，心底的歉疚却姗姗来迟。

“小袅是不是有什么事啊？”李妍坐下来问。

“她能有什么事啊，没事，就是和陆天一起吃个饭。”

“哦，有陆大夫啊？”李妍再次想起胃镜检查，看了看欧阳飞的表情，担心地问，“你的检查结果出来了吗？他没说说你的胃病？”

欧阳飞一边弹掉烟灰，一边若无其事地说：“说了，没什么大事，吃点药注意调养就行。”

李妍心头的石头终于放下了，轻松地一笑：“没事就好，这几天我一直担心呢。”

“我就说嘛，我老爸那么壮那么帅，能有什么事？我妈就是爱瞎操心。”欧阳莎莎在一旁搭话。欧阳飞笑笑，五味杂陈涌向心头。他知道，只有隐瞒才能让这个家多些快乐。

电视里孙悟空正和唐僧闹矛盾，他顺口说：“这个猴子与这个世界总是格格不入。”

“老爸，我就喜欢他这样活着，循规蹈矩多没劲。”欧阳莎莎往嘴里塞着零食。

李妍笑着说：“这个孙悟空就是挺让唐僧闹心的。”

“老妈，这与众不同的人才能干与众不同的事，像那个沙和尚，跟屁虫一个。”

“我看啊，莎莎就是咱家的孙悟空，折腾。”李妍看着欧阳飞笑着打趣。

欧阳莎莎马上接话说：“老妈，我可不敢当，咱家要说折腾，那得数老爸了。”说着，还凑到欧阳飞眼前，逼问着，“你说，你是不是挺让老妈操心的？”

欧阳飞学着沙僧的口气说：“对，大师兄说得对呀。”

欧阳莎莎忽然反应过来，大笑着说：“老爸狡猾，你才是大师兄呢。”

整个晚上，欧阳飞没有像以往那样躲进书房沉浸在一个人的音乐世界，而是坐在沙发上陪着娘俩儿边看电视边说笑着。对他如此难得的做法，李妍有些受宠若惊，时不时地看向欧阳飞，满眼喜悦。这些细微的小节，欧阳飞在余光里看得清楚，看在眼里，疼在心上，如果不是生命进入倒计时，或许他永远都不会意识到爱有亏欠。

临睡前，李妍端过一碗姜汤，说是暖胃。欧阳飞接过来，喝了一口，一股暖流经口进胃流入心脏，他问：“你这是什么配方？”李妍一笑：“别管什么配方，反正能管你的胃病就行。”能管我的胃病？欧阳飞在心里说，现在已经无药可救了。

熄了灯，李妍偎过来。搂住她的肩，欧阳飞情不自禁叹了口气，李妍问：

“怎么了？”欧阳飞感慨地说了句：“女儿大了，我们都老了。”李妍在黑暗中笑了笑：“大了也是个疯丫头，随你。”说着，又往欧阳飞身边靠了靠，贴着他的身体闻着他身上的味道，她感觉自己是如此幸福，至于容颜老不老，她才不会在意。

只一小会儿，李妍便安稳地睡着了，听着她均匀的呼吸，欧阳飞睁着眼睛望向窗外的夜……

另一扇窗里，乔叶羽哄睡了孩子，转过头对王进说：“今天怎么样？”王进头也没抬，消极地说：“还能怎么样。”她知道，王进出狱后找工作遇到了阻力，尽管他有经济管理的本科学历，但是曾经的污点是抹不掉的。这个世界就是这样的，人们远没有你想象的宽容，很多时候很多人甚至是势利的。

乔叶羽说：“你别想那么多，慢慢来。十年里，这个世界变化了很多……好在，我有工作，还可以去酒吧挣些钱，你不用急的。”

见王进还是没说话，乔叶羽又说：“其实，你也不用对工作的期望太高，先从小事做起，找个简单的工作还是不难的。”

“什么是简单的工作？让我去刷盘子吗？”王进的口气里有了挑衅。

乔叶羽看了看他，小心地说：“我没有这个意思，是怕你放不下身架儿。”身架儿？自从进了高墙，自己还有身架儿吗？王进觉得在老婆孩子面前都抬不起头。儿子飞飞很少叫他“爸爸”，老婆还是那么漂亮，这一切都是压力，压得王进喘不上气来。

乔叶羽也感觉很累，王进就像是一只刺猬，她生怕自己的一句话无意中触碰了他的敏感自尊。这一段时间以来，两个人很客气地相处，彼此戒备着，如此的生分也让两个人很苦恼。可是，他们不知道如何化解。

“不早了，睡吧。”乔叶羽说。

王进默默地躺向床的一侧，背对乔叶羽。乔叶羽犹豫了一下，也慢慢躺下，试着把胳膊搭在他的身上，轻轻地说：“你抱抱我吧。”

王进没动。

忽然，就有了泪，乔叶羽贴在他的耳根问："王进，你是不是不爱我了？"

王进还是没动。

"你回来也有一段时间了，可是你碰都不碰我，你到底是怎么想的？我等了你十年，你知道这十年我是怎么过来的吗？尤其是在孩子很小很小的时候，真的好累啊……我真怕自己撑不住了，唯一撑着我走到今天的理由就是飞飞要有爸爸，我们一家三口要快快乐乐地生活在一起……现在，你终于回来了，可是你不和我们娘俩亲……王进，你是不是觉得我们拖累了你？"

王进背对自己的老婆，一言不发。拖累？如果有，也是自己拖累她们才对，一米八的汉子，挣不来钱，靠什么支撑一个家？强烈的自卑像一团火每时每刻烧着他的心，尤其是乔叶羽去上班以后，他一个人在小小的房间里，心都是空的。下午去学校门口接孩子，不敢站在家长中间，怕给儿子丢脸。有一次，一个小同学看见他和飞飞在一起，问，今天你爸爸来接你啊？儿子的小脸在瞬间闪过的不快乐仿若一根针，扎在他的心上。他知道，儿子不喜欢他。

乔叶羽总说，要给孩子时间。可是，谁给自己时间？十年高墙生活已经给了自己的人生以教训，难道还不够吗？还要搭上一生的耻辱和卑微？

"王进，你和我说说话吧，别这么憋着，好吗？"

乔叶羽的声音很温柔，王进不是木头，更不是石头，高墙内的想念他忘不了。可是自从乔叶羽怀孕后就很少去探望他了，她说是身体不方便，是孩子还小离不开……这些理由对一个自卑的男人来说都是利剑。痛，和想念一样，忘不了。

"王进，别这样——"

乔叶羽把头靠在王进的后背上，柔得如一汪水，要将一个男人的脆弱拥进怀里融化掉。王进觉得自己就要崩溃了，或许他没有必要强撑着，在自己的女人面前放下矜持又有何妨?十年啊，十年改变了太多，自己已经不太会和乔叶羽相处，她想什么要什么，他已不知道。不懂她，怎么拥有她？

乔叶羽更是悲凉。十年，她从对一个男人的思念到失望，再到迁就，她好委屈。她不知道到底还要将自己放低多少，王进才能接纳她？错的不是我，为什么忍受惩罚的是我？

乔叶羽的泪水弄湿了王进的后背，他终是不忍，扭过身，抱住自己的女人，捧着她的脸，内心一阵阵悸动。自己是对不起她的，女人最美好的时光都在等待中消逝了，自己要好好补偿她给她一生的幸福才对啊。

两个人颤抖着吻向对方……

“妈妈——”睡在小床上的飞飞醒了，揉着双眼正看着他们。

“妈妈在这儿，是不是想尿尿啊？妈妈给你拿盆盆啊。”乔叶羽连忙起身，王进则像是被泼了一盆冷水，一个刹那，从沸点回到冰点。

安抚了孩子，乔叶羽回到大床上，见王进又背过身去，想想也觉无趣，便也躺下睡了。

静夜里，有些人的梦是醒着的。

Chapter 5

欧阳袅约杜小梅出来的时候，并不知道她正处在水深火热之中。前几日，欧阳莎莎被打，多多少少也算是给杜小梅添了麻烦，她想请杜小梅喝咖啡聊聊天，顺便了解一下莎莎的工作状况。莎莎是她唯一的侄女，她是当成女儿看待的，而且大哥的病情如此严重，他的宝贝女儿的事更成了当小姑的责任。

等了大约十分钟，杜小梅一身休闲打扮出现在欧阳袅面前："小袅，不好意思啊，有事耽搁了。"

"怎么？换风格了？穿上牛仔裤了。"欧阳袅笑着问。

"唉，别提了，穿牛仔裤是为了跑得快呀。"杜小梅放下手包，先喝了一杯柠檬水，自嘲地笑着。

"还是蓝山？"欧阳袅知道她喜欢这一款咖啡。

"好的。"

叫了服务生后，欧阳袅纳闷地问："你刚才说'跑得快'？看来追求者见多嘛。"

"要是追求者就好了。说来真是心寒，是我的病人。对了，就是打莎莎的那个人，他三天两头来医院里闹，为了不耽误其他病人的手术，有时我就在保安的护送下从旁门出去，然后转到手术室。唉……"

"啊？听起来怎么这么不舒服啊？"欧阳袅郁闷地说。

"就是啊，这样的事哪一个学医的听起来都会不舒服。这简直就是农夫和蛇的故事，你救了它反倒被反咬一口。”

“这样明目张胆扰乱医院就医秩序，报警啊。”

杜小梅无奈地摇了摇头，说：“病人是弱者，而且很多人都是站在病人的角度挑医院的毛病。所以，除非出现不可控制的恶性场面，一般情况公安部门也不会硬性干预。”

“唉，也真是不公平，医学不是万能的，从行业的角度是允许出现医疗差错的，可是医疗上的差错都是人命关天，无论是病人还是医生都承受不起。”正说着，服务生递上了蓝山咖啡，欧阳袅端起杯子说：“你自己要学会调节，学会缓解压力。”

杜小梅也抿了一小口：“谢谢你开导，其实我心里并不完全怪病人和家属。毕竟，这件事我们在应急处理上也是有缺陷的。记得上次我们一起培训的时候，一位老专家也说过，病人可以选择医院，但医院不能选择病人。病人的文化水平和素质层次不同，认知力也不同，再加上医学本身的不完美，出现这样的纠纷也是难免的。”

“嗯，我听莎莎说了，是病人家属迟迟不签字延误了抢救时机。”

杜小梅点了点头，说：“是这样的。不过事情出现后，我也思考过，我们的医疗制度需要严谨，但也需要灵活，如果我经验更丰富些，或许就会避免这场灾难。”

欧阳袅也点了点头说：“是啊，从医者的不容易就在这儿，活到老学到老。不过你也别太自责，医学的能力也是有限的。对了，莎莎最近没给你惹事吧？”

“没有，这孩子不错。”

“还不错呢，她从小娇惯，锋芒太露，干医疗服务这一行，她缺少一种气度和韧性。”

杜小梅笑了：“年轻人不都是这样吗？我们也年轻过，愤青过，只有哭过笑过闹过气过以后，我们才算是真的长大了。”

“长大了，也老了。”欧阳袅看着窗外的行人说。

“小袅，你就打算这样过下去？”杜小梅也望向窗外。

“不这样还能怎样？我有选择吗？”

“怎么没有？嫁一个爱你的人。”

欧阳袅笑了笑：“爱我的人？都四十了，豆腐渣的年龄，还会有人爱？”

“瞧你说的，只要你愿意，生活就会是另一种样子。”

“只要我愿意……”欧阳袅喃喃着，“那我问你，你愿意改变现状吗？”

杜小梅再一次望向窗外：“是啊，我们都是傻女人，傻女人的爱情是摸不着看不到的，空空的，却晶莹透明，让你割舍不下。”

“他什么时候回来？”欧阳袅问。

“没有尽头。”杜小梅答。

“没有尽头……等待无期……”欧阳袅忽然觉得，这世上的女人都是为爱而生的，只是有的女人比较幸运，能够如愿与自己相爱的人相守，而有的女人要用很长的时间甚至是一生来坚守一座空城，爱的空城。杜小梅的先生是一名脑外专家，医科大学毕业后小梅进了妇产医院，他继续读研读博，在出国深造前两个人才走进了婚姻。本以为他三五年便会学成归来，谁知这一走就没有回头。他想让她出国，她想让他回家，扯来扯去，光阴就溜走了。人到中年，留守的日子越发寂寥。

杜小梅说：“有时候想想，这么多年都过来了，都是奔五的人了，折腾不起了，就这样吧。可是没事还好，有一点点小事就会觉得好委屈。就拿这次纠纷来说吧，病人家属好几次威胁我的人身安全，一个人的时候会很怕，可是找个肩膀靠一靠都是奢望……”说着，她眼圈红了，“小袅，你说我们女人活着图什么？不就图暖暖地过日子嘛……”欧阳袅并没有打断她，而是静静地听她说下去，“有时候，真想要一个孩子……有个孩子自己也有个伴儿啊，是吧？”

“嗯，那就要一个。给他打电话，让他回来。他敢说没空就告诉他，如果不回来就找人代替了，看他急不急。”

“呵呵，这方法好。今晚就和他说。”杜小梅被欧阳袅这句话逗笑了，看着她说，“小袅，我要是男人一定爱上你，你温柔漂亮聪慧又善解人意，那个陆天，真是没福气。”

欧阳袅也灿烂地笑了：“也不是，其实他对我挺好的，真的。”

“你看你看，又护着他，真搞不懂他有什么好，让你为他一辈子不嫁。”

“也不是完全为他，也是为自己。走到今天，我想我已经不适应婚姻生活了，生命中有一个相爱的人，已足够。你不是也一样吗？”

两个女人相视一笑，举起咖啡杯，说：“为了自己干杯。”

见杜小梅看表，欧阳袅问：“怎么？还有手术？”

“嗯，有一个子宫肌瘤的病人，本想周五做的，情绪不太稳定，下午我还要去医院看看情况，能做就周末给她做了。”

“杜主任真是太辛苦了，劳模标兵啊。”

听欧阳袅取笑自己，杜小梅拿出手机，说：“给你读一个短信啊——”

有一个寓言是这样的：

草原上有一对狮子母子。小狮子问母狮子：“妈，幸福在哪儿？”母狮子说：“幸福就在你的尾巴上。”于是，小狮子不断追着尾巴跑……但始终咬不到。母狮子笑道：“傻瓜，幸福不是这样得到的。只要你昂首往前走，幸福就会一直跟随着你。”

欧阳袅很认真地听完，托着腮说：“是啊，不必在意别人怎么看，自己认定的生活就走下去好了。幸福不幸福，刻意不来的。”

正说着，杜小梅的手机响了，她说了句“不好意思啊”，便摁了接听键。欧阳袅坐在对面看见她表情凝重地点着头，说着“我知道了。”“我马上过去。”“好，通知院长办公室。”

“出什么事了？要帮忙吗？”欧阳袅端着咖啡杯问。

“对不起啊，小袅，我得马上走了。是莎莎的电话，今天她值班，那个病人家属纠集了一帮人到产科病房闹事，怎么劝也不走，嚷嚷着非要见我。我得马上去处理一下。”

“这种事你不能露面啊，多危险。”

“没事的，已经通知院领导了，看来这次来者不善。估计是‘医闹’。”

“啊？要不我陪你去吧。”欧阳袅紧张地说。在医院工作，她是深知“医闹”的厉害的。最近几年有那么一帮闲散人员专门帮着医疗纠纷家属闹事，影响医疗秩序和激化医患矛盾，很让医院头疼。

“没事，你放心吧，莎莎也会没事的。改天我们再聊，走了啊。”

杜小梅匆匆地走了，隔着玻璃窗看着她的背影，欧阳袅心绪难平。都说心中有爱的女人是幸福的，有谁知沉甸甸的爱放在心里也会耗尽女人的全部。人到中年的杜小梅和欧阳袅都是爱的俘虏，是陷落在爱的城池不能自拔的傻女人。

“小袅，我是嫂子，这几天一直没给你打电话，可我这心里总是发慌。你哥说他的胃病没大事，是这样吗？”李妍的电话打断了欧阳袅的思绪。

“嗯，嫂子，是没什么大事，不过，你以后多管管他，别让他由着自己性子来，总熬夜，吃饭也没个准点儿。”欧阳袅故作轻松。

电话那端的李妍笑了：“你又不是不知道，你哥听谁的呀？连咱妈的话他都当耳旁风。嗯，没事就好，嫂子最信你了。”李妍刚要挂断电话，欧阳袅又喊了声“嫂子——”

“什么事？小袅。”

“也没什么事，我是想再嘱咐嘱咐你，我哥的病必须重视，虽然现在没什么大事，但是调养不好也许会需要手术治疗的。”

“哦，这么严重啊？”尽管欧阳袅说得很轻松，李妍还是被吓住了。听出她的惊恐，欧阳袅有些后悔，大哥已经说过的，嫂子心里最装不下事。

“嫂子，你别多想啊，真的没事，我就是不想你总是惯着我哥。”

李妍松了口气：“行，知道了，他不听话我就给你打电话，可以了吧？”

“嫂子，那你忙吧。我一会儿去看看咱妈。”

“我昨儿刚去过，买了些水果，够她吃几天的。你要是买东西别买重了。对了，我去的时候杨大爷也在，两个人好像在研究经书。”

“哦，嫂子，这事千万别和大哥说起，他听了心里会不痛快。”欧阳袅又叮嘱了几句，挂了电话，一个人坐在阳光里静静地发着呆。三个嫂子中大嫂最厚道，不像二嫂那么势利，也不像三嫂又馋又懒，对妈也最孝顺。只是，她好像天生缺少悟性，也缺乏支配生活的能力。日子，对于她来说，就是吃饱穿暖，一家人和和气气。细想起来，这样的要求似乎是生活的基点，可又好像没那么简单。

欧阳袅看了看表，正是母亲午睡的时间，想想一个人坐久了也无聊，便起身到附近的商店逛了逛。生活对于她来说，除了工作之外，还有大把的闲散时间，很多同龄人在陪孩子陪老公的时候，她在美容院、商店或健身房里为自己活着。或许，这些都是令家务缠身的女人艳羡的地方，然而其中暖与凉，只有欧阳袅自己最清楚。

“妈，你穿蓝色挺好看的。爸，你说呢？”

“是，女儿眼光不错，这件挺适合你的。”一个男人的声音传来，她再熟悉不过了。欧阳袅转过头去，果然，是陆天一家三口在一个品牌店前说笑着。一愣一闪身，只是几秒钟，欧阳袅本能地躲到了一个宣传牌后面。忐忑不安地站定后，欧阳袅问自己：有什么好躲的？你做了什么亏心事？没有啊。既然没有，干吗要怕？

“真的行吗？”杨丽霜从试衣间走出来，看着镜子中的自己问身后的陆天。

“嗯，挺好的，蓝色显精神。”陆天笑眯眯地说。

“就是，老爸都说好看了，你就买了吧。”陆天的女儿已和她妈妈一般高，长得很像陆天，有一双耐看的眸子。

“是不是贵了些？”杨丽霜还在犹豫。

“老婆，别财迷了，喜欢就买了，老公给你买件衣服的钱还是有的。”陆天说着把手搭在杨丽霜的肩上，很舒适地笑。这笑也太熟悉了。在病房、在门诊，在胃镜室，在朋友聚会上，在他接过欧阳袅递过来的煎饼时……她忽然心头酸涩，她以为自己的生活是不在乎形式的，自己的爱情是不要结果的，可这一家三口如此温暖的样子还是像利剑般狠狠地刺伤了她的脆弱。原来，自己怕的是面对，面对只有一个人的爱情啊，要多残忍有多残忍。

黯然转身，欧阳袅实在不忍再看到他们的笑容。

“欧阳护士长？”是杨丽霜在背后叫她。

不得不回过头来，淡淡一笑：“是陆主任和嫂夫人啊？你们好。”

“叫欧阳姑姑。”陆天也笑着对女儿说。小姑娘礼貌地点了点头，并没有出声。陆天也没有勉强，而是笑着问欧阳袅：“这么巧？一个人转转？”他的笑容很坦然，也许他的内心也是淡定的吧。他的坦然和淡定让欧阳袅很受伤：“是啊，一个人瞎逛。”

“欧阳护士长是个有品位的人，你帮我看看这件衣服行吗？”杨丽霜笑着问。

“哦，很好的。在我们消化科，陆主任才是有品位的。他若说好嫂子尽管穿就是。”

“是吗？他们男人哪懂啊。”

怎么不懂？他当初选择了你就是因为他懂得自己需要的是什么。这些年，傻的一直都是我欧阳袅，苦守着一份痴情。

看出欧阳袅走神了，陆天忙说：“丽霜，护士长都说不错了那就买了吧。我还要去趟医院，约了病人了。”

“你们一家说话吧，我先走了。”欧阳袅欠了欠身说道。

“你也去医院吗？”一直没说话的陆天女儿突然问。

欧阳袅看了看这个敏感的小姑娘，一笑：“不，今天我休息。再见。”

走出很远，转弯处欧阳袅不由又回过头来，发现陆天的女儿还在盯着自己，她眼神中的敌意令她不寒而栗。

“爸爸，我不喜欢这个姑姑。”望着欧阳袅的背影，女儿说。

“不许这样说话，你也不小了，这样说不礼貌。”

“是啊。”杨丽霜接过陆天的话酸酸地说，“别这样说，你爸会不高兴的。这个姑姑多温柔啊，人长得又漂亮，只可惜啊，也不是黄花大闺女了。”

“丽霜，别冲着孩子说这些，你看看你哪像个妈妈。”陆天收起了笑容，冷冷地说道。

“哎哟，不爱听了？心疼了？可我说的都是事实啊。我这个当妈的不该这样说，那你这个当爸的又怎样呢？你做的那些事好意思和女儿说吗？”

“住嘴，越说越离谱。”

“我离谱？要不咱今天就说说，让女儿听听咱俩谁离谱？”杨丽霜不依不饶着。这些年，她一直都知道欧阳袅爱着陆天，而且始终未嫁。她不相信他们的纯洁，怀疑他们是有肌肤之亲的。

“够了。”陆天厉声制止住杨丽霜，转身走出了商场。

“妈妈，你们在说什么？”女儿没想到爸爸妈妈会忽然翻脸。

杨丽霜眼含泪水，不说话。

“老妈，到底怎么了？你也不喜欢那个欧阳姑姑？可是，刚才你和她很谈得来的样子。”杨丽霜扬了扬头，收起了泪水，说：“这件衣服妈买了。”

她知道，很多话是不能和孩子讲的，比如，她对付婚姻侵略者的招数。她从来不会和陆天撒泼大吵大闹，也从来没和欧阳袅撕破了脸。她知道，那样做不但毁了自己丈夫的前途，也会让陆天讨厌她。她才没那么傻，这些年，她早想明白了，你欧阳袅不是温柔吗？那我杨丽霜也会用软刀子一点一点地刺伤你而不露痕迹。你欧阳袅不是盼着我的家庭解体吗？我偏要和他好好过日子。你愿意等，那我就笑着看着你等，看着你等到老，也等不到。

同为女人，杨丽霜知道，她和陆天越好欧阳袅就会越痛。

“等着吧，我会让你更疼的。”杨丽霜在心里恶狠狠地说。

坐在出租车上，脸一侧，欧阳袅的泪还是流了下来。每次遇见杨丽霜，这个女人都会让她哭。明明知道她是故意的，自己却总是不争气。而最让欧阳袅心痛的，是陆天从来都是一副云淡风轻的样子，好像根本不晓得两个女人的心思。

怨谁呢？心甘情愿的事，没得说，说不得。

电话响了，不用看就知道是陆天。挂掉，又响。再挂掉，还是响。欧阳袅心软了，按了绿色的接听键：“干吗？你也欺负我心软吗？”

另一端的陆天朗朗地笑：“谁敢欺负你？我揍他。呵呵，想问你，晚上有事吗？请你吃饭。”

“为什么请我吃饭？你不是约了病人吗？”

“吃饭还要为什么呀？看病人一个小时就够了。一小时后，老地方见，好吗？”

他的声音就像是磁铁，紧紧地吸住了欧阳袅的温柔。这个女人天生的温柔心肠是陆天命中的魔。陆天喜欢欧阳袅，一直都是。在他眼里，初遇时的她是桃花，娇美；三十岁的她是玫瑰，妩媚；四十岁的她是牡丹，大气。他甚至相信，当她老得走不动的时候，也会是美的。

“今晚不行，我在去我妈家的路上。改天吧，好不好？”就连这样的一句拒绝，陆天听起来也是受用的。

“好，那就改天，路上小心些。”

挂了电话，陆天的磁性声音依然回荡在欧阳袅的柔软处。这么多年，对他的迷恋从来没改变过也从来没减少过。所以，欧阳袅是相信命的，命中注定她会为他空守一辈子。

楼门前，迎面碰见杨大爷。

“杨伯伯好。”

“小袅啊？我刚从你妈那儿出来，快上楼吧，她等你呢。”看着杨大爷慈祥地笑容，欧阳袅怎么也无法把杨丽霜和他重合在一起。亲生父女，杨大爷那么善良随和，杨丽霜却是那么尖酸刻薄。

欧阳袅不知道，爱情，尤其是争夺爱情时，一个女人的性情可以是多面的、极端的。

“您别走了，晚上一起吃饭吧。”欧阳袅热情地挽留着。

“不了，坐了多半天了。今儿晚上我闺女一家三口来看我，说是一起吃饭的。我走了，你快上楼吧。”说着，杨大爷开了三轮车的锁，骑着，走远了。

是这样？那陆天怎么还约自己吃饭呢？是他撒谎敷衍自己还是他本就没想

和家人一起吃饭？欧阳袅摇了摇头，又苦笑了一下，上楼了。这样的事没有追究的意义，生活有太多的不确定了，不过她相信，只要她答应他就会陪她。

仅此。足矣。

这样，不是宽容，也不是豁达，是历经情感坎坷、洗尽铅华后，明心见性。

“茴香馅儿水饺？还是妈最疼我。”欧阳袅笑着放下包，跑到桌案前吸着鼻子。

“瞧你那馋相儿，哪像个护士长啊。”欧阳老太太无限温和地望着自己的宝贝女儿。在她眼里，她一直都是孩子，是她一手带大可人疼的孩子。

“嘿嘿，妈，您是不知道，您闺女在病区里穿着白大衣一走，无论是医生护士还是病人家属，都要高看我三分的。不过，在妈面前，我就不用那么累了。您就是我的观音菩萨，见了您，我就得救了。”

“就你嘴甜，会哄妈开心。我要真是菩萨就好喽，念几句咒语，叫那个陆天马上消失，省得他惹我闺女心烦。”

欧阳袅笑着搂住母亲的肩膀，撒起娇：“妈，您又来了，咱可是有约定哦。”

“好好好，妈不说了，妈就是觉得我闺女委屈得慌。”说着，欧阳老太太捏好了最后一个水饺，放到盖板上，端着进了厨房。

“妈，我煮吧。”

“不用，你歇着吧，妈闲了一天了。”欧阳袅看着母亲的背影，觉得她真的老了。原本笔直的身板已经微微驼了，花白的头发白色的越来越多，多年寡居养成的孤僻少语也在改变，变得絮絮叨叨的。

人老，也真是一眨眼的事，当年母亲带着他们兄妹四个生活在简陋的平房里，搬到这间单元房的时候，欧阳袅才6岁。如今，哥哥们都成家了，自己也贷款买了商品房，而母亲偏偏不肯搬走，说，这里是你们长大的地方，你们想回来的时候要有家可回才行，妈就住在这儿等你们。

这一住，就是一辈子，一辈子的孤单。

热腾腾的饺子端上来，欧阳袅走出了记忆，为讨老太太欢心，假装迫不及待地夹了一个饺子放进嘴里，被烫得直哈气。老太太笑着说："你呀，真是没长大，记得你上小学的时候，有一次发烧，想吃饺子，妈给你煮了一碗。那时穷啊，没那么多面和馅儿，所以妈嘱咐你赶快吃，不然你哥哥们放学回来看见了会馋的。当时听了我的话，你就是现在这个样子，吸溜吸溜地往嘴里塞，呵呵。"

"嗯，妈，我记得的，不过尽管吃得很快，还是被大哥撞见了。"欧阳袅把饺子在醋碟里蘸了蘸，放进嘴里边嚼边说。

老太太笑了："是啊，这个大飞呀，在家行大，却没有行大的样子，很少会顾及弟妹，当年你把碗里的饺子递给他吃，他想也没想端过来就吃了，哪像个哥哥。"

"呵呵，妈，吃就吃了呗。瞧您偏心的，知道您对老闺女最好。"

老太太也夹了一个饺子，说："老人都说三岁看老，这话不假。如今大飞都五十岁了，还是顾自己的时候多。不过人各有命，多亏娶了个好媳妇，顺着他，不和他计较。这要是遇上你二嫂那样的，非得鸡飞狗跳不行。"

说起欧阳飞，欧阳袅的心一下子沉重了："妈，其实大哥挺好的，从小您就夸他有才，大哥确实比我们都强。"

"唉，妈不糊涂，妈知道，大飞啊，心高气傲，看不上踏踏实实的工作，觉得那样没出息。可是，他现在整天谱曲子什么的，能当饭吃吗？"

"妈，话也不能这么说，人活着能干自己想干的事挺不容易的。"

"理是这个理，可日子不能这样过啊。看来妈是老了，很多想法和你们都不一样。妈一个人的时候也在想，如果我闭眼了，这个家也许就散了，你们各有各的生活，再聚到一起都难了。"老太太不停地往欧阳袅碗里夹着饺子。

欧阳袅心底也泛起一层悲凉。其实人这一辈子，谁也不能一直陪着谁，生命中遇到的那些人都注定只能陪我们走一段路。只是，大哥，会不会离开得太早？她无法想象母亲白发人送黑发人的凄凉。对于这个大家庭来说，这是一场灾难。

"妈，您别想那么多，您老现在唯一要做的要想的就是把身体调养得棒棒的，当我们想家的时候回到这儿来，喊一声‘妈’有人答应。那就是我们最大的幸福了。”

老太太笑了：“妈知道，身体好好的不给儿女添麻烦，不让自己受罪才是老年人的福分。妈知道，妈会注意的。如果有一天妈瘫在床上，不能动了，离不开人了，你就给妈吃一把药，让妈舒舒服服地去见你爸爸。妈利利索索一辈子了，可不想到头来躺在那儿和傻子一样。”

“瞧您说什么呢？净瞎说。以后我不回来了，省得听您唠叨。”

“看看看看，连我亲闺女都嫌我唠叨，还有谁愿意理我这个老太婆哦。怪不得你杨伯伯说，儿女有儿女的生活，我们自己也要管好自己，省得讨人嫌。”

欧阳袅笑起来：“妈，刚上来的时候我碰见杨伯伯了，他天天来看您啊？”

“也不是。最近他研究佛法了，今儿给我拿来几本书，我翻了翻，说得还真是不错。”

“都说什么了？”

“书上说，世间苦难都是定数，人活一辈子就是一种修行，修行到一定程度苦难到头了，就会有佛来度我们了。”

“真的啊？”

老太太点了点头：“是啊，每个人都有自己的保护神，人这一辈子经历的事也是前生就定下的，无论好与坏，都是躲也躲不过的。所以，遇到小疙瘩解不开的时候要多念念心经，渐渐地也就放下了。”

欧阳袅若有所思地说：“妈，照您这样说，人的寿命也是天定？”

“那是，老话说过，阎王爷让你三更死你等不到大天亮。”

“如果是这样，无法挽留的事情是不是就可以不伤心？在医院经常会看到很多病人死去，他的亲人还是会很伤心的。”

“当然会啊，人都是有感情的，虽然说他离开我们的时候到了，但我们还会不舍得。”

欧阳袅看着母亲慢慢地说着佛，内心无法平静，几次眼泪欲涌又强忍了回去。她在心里默默祈祷着：但愿母亲能够通过佛法排解失亲之痛。

吃罢饭，欧阳袅一边收拾碗筷一边问："妈，杨伯伯年轻的时候是什么官职？据说挺有门路的，是吗？"

"具体的我也说不清，记得你爸和我说过，杨伯伯是转业军人，到地方工作后有很多的老战友在各个单位都是有些小权的，所以，那时候找他办事的人挺多的。"

"哦，是这样啊？他有个女儿是吧？"

"嗯，他女儿丽霜和你三哥是一年生人，比你大几岁。"

"对这个人我怎么没印象？"

"你那时候还小，而且那丫头像个男孩子，不喜欢扎在女孩堆儿里玩。你们稍微大些了，咱一家又都搬走了，哪会记得呢。"欧阳老太太坐在沙发上回着欧阳袅的话，忽然像想起什么似的说："小袅，怎么想起问这些？别告诉我，那个陆天真是你杨伯伯的女婿。"

"哎呀，妈，您又瞎说了。就算陆天是杨伯伯的女婿，和我又有什么关系？我又不去拆散人家，人家都比我过得好呢。"话一出口，欧阳袅又想起陆天把手放在杨丽霜肩头的温柔样子，心又禁不住一酸。

"小袅，你这样想就对了。咱欧阳家的人可不当第三者。那个陆天就是再好，也是别人的，不是你的。再说了，我也没看出他哪儿好来。"

"妈，您刚刚说过的，很多事是前生就定下的，也许我这辈子就是为了看着陆天幸福的。我只是一个看客，只能看着他，祝福他……"说着说着，欧阳袅有些失神。

"唉，你们都大了，妈也管不了了，当初你大哥辞职也没和妈说，你三哥开饭店妈也是开张那一天才知道。你们呀，都随你爸，太有主见。妈没用喽。"说着，老太太打开电视，正是新版《西游记》。

"妈，有些事不和您说，还不是不想让您操心嘛。要我看啊，您就是咱家的唐僧，只管念经就是，至于其他的，有我们呢。"欧阳袅从厨房里出来，把双手放在母亲的肩上，轻轻地揉着说："经书不是说了嘛，每个人都有自己的保护神，神灵保佑着我们，您老就安心享福吧。"

老太太舒展了眉头，笑着说："现学现卖，不过，有道理。"仰着头拍了拍女儿的手，老太太又说："今晚别走了，陪妈睡？"

"好。好久没和妈挤一个被窝了。"

俯下身，脸颊贴着脸颊，两个人都幸福地笑了。

杜小梅的办公室窗下有两株玉兰树。每年春来，会迫不及待地先于其他花开放。光光的枝丫上，白色的玉兰花端坐在春光里，娇美无比。杜小梅习惯端一杯茶，站在窗前，欣赏着玉兰的美态，就像遥望自己的爱情。

是的，白玉兰就像杜小梅的爱情，端坐枝头，纯美高贵却那么不食人间烟火。而我们每一个人都是入俗的，只有把自己放进尘埃里，生活才是有质感的。昨晚，他又打来电话，催她拿主意，还说办理移民是幸福的出路。

如果说一直以来她都不想出国，那么这次医疗纠纷松动了她的想法。家属已经纠集"医闹"来过两次了，每次都是大吵大闹甚至动粗。杜小梅想，也许换个环境对自己的职业发展和生活都能好一些。

"杜主任，杜主任，您快躲躲吧，他们又来了。"欧阳莎莎急急地推开了杜小梅办公室的门，紧张地说。

"没事，躲得了初一躲不了十五，我在这儿恭候着。通知保卫部和院长办公室了吗？"杜小梅放下茶杯，很镇定地问。

"嗯，都通知了，派出所的人也在了。"

"好，你去忙吧，告诉大家该做治疗做治疗，不要影响工作，让护士长把病房的门锁好，安抚住病人的情绪，尽量不要产生负面影响。"

"好的，我知道了。杜主任，您小心点儿。"

欧阳莎莎出门，迎面冲过来一帮人，个个凶神恶煞，口里嚷嚷着"杜小梅呢？你给我出来。跑得了和尚跑不了庙，你要是不在我们就把医院给砸了。"

"对不起，你们是谁？我不认识你们。"杜小梅冷冷地对这帮人说。

“你不用认识我们，你只需要知道你害死了两条人命，是要偿还的。要么给钱消灾，要么拿你的小命来抵。”其中一个人恶狠狠地说。

“你是来解决问题还是来威胁我的？”杜小梅绷着脸说，“如果你们是来解决问题的，那么我只和病人家属谈，如果你们是来威胁我的，那么我告诉你，公安部门已经等候你们多时了。”话音刚落，院长办公室主任和两个穿警服的人一起走了进来。

那个人似乎是一愣，随即一声冷笑，说：“放心，我们不会动你一个手指头。只要我们不伸手，警察也怎么着不了我们。”

“这位同志，看来你很懂法嘛，既然懂法，那么咱就按正常程序办事。如果你对我们的医疗技术有什么异议，你完全可以向法院起诉。我们会配合并会执行法院的裁定的。”办公室主任在一旁接话说。

“少来这套，我们不找法院，我们就找你们。你们赔500万，我们就不再追究。不然我们天天来，看谁损失大。”

“这位同志，你们纠集这么多人到医院闹事，严重影响了正常医疗秩序，我们也可以办理的。”一个警察严厉地说。

“我们没闹事，我们是来说理的。”

“既然是来说理的，用得着那么多人吗？这样吧，你们选个代表和医院谈，其他人都到外面去。”

那几个人面面相觑，杜小梅发现病人家属根本不在场。

“既然你们不了解情况，那就请回吧，让了解情况的人和杜主任谈。”警察一字一句地说。

那些人不再叫嚣，杜小梅暗暗松了一口气。这时，病房方向却传来了嘈杂的人声，隐隐还能闻到燃烧的味道。正纳闷着，只见欧阳莎莎跌跌撞撞地跑来：“杜主任，病房……病房着火了。”

“啊？”杜小梅惊得差一点儿坐在地上。一波未平一波又起，按倒了葫芦竖起了瓢，她来不及多想拨开人群冲了出去，一边跑一边喊着：“快，赶快疏散病人。”

Chapter 6

欧阳莎莎紧跟着杜小梅冲进病房。其实，她是胆小的，但是在那种特殊的状态下，杜小梅的冷静和果敢强有力地感染了她。

火是从紧邻卫生间的屋里蹿出来的，走廊里已经有了烟。其他病房的病人都慌乱地跑出来，正在护士长的引导下，往外疏散。

“快，拿灭火器。”杜小梅说。

“灭火器？”欧阳莎莎有些蒙。

“在南门的墙角。”杜小梅准确地说出了位置。

欧阳莎莎连忙跑过去，笨拙地抱过来，却怎么也不会使。杜小梅一把抓过来，熟练地打开了阀门儿，踢开房门冲了进去，嘴里还在喊着：“叫大家去卫生间接水，一起来灭火。”

“哦，知道了。”欧阳莎莎完全没了思维，机械地听从杜小梅的指令，喊着几个护士跑着去接水。

火势并不大，只是烟很呛人。杜小梅低下身子时发现地上躺着一个人，她连忙扶起她往外拖，拖到走廊里放到地上一看，原来是死了孩子的那个产妇的母亲。

“快，推抢救车来，送到观察室。”杜小梅知道，老人若是有个好歹，事态就真闹大了。

正说着，那个产妇的丈夫不知从哪里冒了出来，一看这阵势，上来就揪住杜小梅的衣领，大喊大叫着：“你杀了我两个孩子，又害我丈母娘，我跟你拼了。”说着，抡起拳头打过去，杜小梅本就被烟呛得有些晕，还没反应过来就重重地挨了一拳。

“你这个人怎么不讲理啊？是我们主任救的你家老人，你怎么还打人呢？救人还救出错来了？你简直就是不可理喻。”欧阳莎莎气愤到了极点，冲上前护着杜小梅。

“莎莎，抢救病人要紧，快，别在这儿耽误时间。”杜小梅捂着脸，痛苦地说。

赶过来的几个医护人员推着抢救车进了观察室，杜小梅无力地坐到了墙角的候诊椅上。那个动粗的男人，有些理亏地站在不远处。

“主任，您没事吧？”欧阳莎莎端着治疗盘走过来，看到杜小梅的半边脸青紫，眼睛也有些充血。

“没事。老太太怎么样？”

“没大事，是被烟呛着了，已经输氧、输液了。王大夫和护士长她们都在里面呢，您放心吧。”说着，欧阳莎莎蹲下身，轻轻地说，“我给您擦点儿药吧。”

“不用，你去忙吧。”

“这家人真是太不讲理了，主任，我们是不是太软弱了？”说着，还狠狠地瞪了瞪那个男人。

杜小梅强笑了笑，没说话。当下医患矛盾紧张，无论是患者还是医生，都可能会利用一些极端事件来“渲染”自身的“弱势性”。这家人失去孩子，心情极度悲伤，心理防线崩溃才最终导致了一场又一场闹剧。而医疗行业“大处方”“过度医疗”情况的存在也确实加剧了患者与医生间的信任断裂，双方都处于过度焦虑状态。从欧阳莎莎被打到杜小梅被打，看上去是纠纷的升级，其实是医生弱势性的显现。

这个世界，只有彼此多些信赖和理解，每个人的自身才会有更多的安全感。

“这是什么医院啊？听说把人家孩子治死了。”

“是啊，好像还是双胞胎呢。谁家死了孩子不伤心啊？要我说，就该和他们闹，不闹就赔不到钱，现在的医生啊，唉。”

听到走廊里的病人们窃窃私语，欧阳莎莎火冒三丈，刚要和他们理论，杜小梅摇了摇头，示意她沉默。杜小梅相信，医务工作者的道德水准绝不会低于社会平均水平，相反大多数都是医者仁心，都是勤勤恳恳、兢兢业业“白加黑”地工作着，而且承受着超乎常人想象的心理压力。医生和患者，本该携起手来对抗共同的敌人——疾病，现在却处于对立的两极。她想，医患失和的环境里，误解也是一种客观存在，不能激化矛盾，不能两败俱伤。

医患关系伤不起。

“话也不能这么说，我相信当医生的都想把病人治好。”欧阳莎莎循声望去，不知什么时候，孟森夹着公文包站到了那个病人家属身旁。迎上欧阳莎莎的目光，他欠了欠身，算是打过招呼。本来，欧阳莎莎很是窝火，见了孟森，竟鬼使神差地长舒了一口气，还下意识地正了正护士帽。她自己也不明白，自己哪根筋不对了。

这时，消防队也来了。因为着火的地方紧邻着卫生间，杜小梅又指导得力，火势迅速得到了控制，没有引发严重后果。

“杜主任，你们应该报警，虽然没出大事，但要查清是不是人为纵火。这起事件的性质还是要查清的。”消防队员说。

“我知道了，谢谢你们啊，辛苦了。”杜小梅捂着脸说。

欧阳莎莎搀扶着杜小梅回到主任办公室，沏了杯茶，问：“主任，咱报警吗？”

“再等等吧，我估计没那么复杂，等老太太病情稳定了问问情况再说。”说着，杜小梅歪在了沙发上。

“主任，您歇会儿吧。我先出去了。”

带上门，欧阳莎莎一转身，正与一个人撞了个满怀。是孟森。

“怎么，怎么是你啊？”欧阳莎莎清晰地闻到他身上所特有的男人味道，悄悄红了脸。

孟森毕恭毕敬地道着歉："对不起啊，真是对不起，我想找杜主任。"

"杜主任累了，你最好不要打扰她。"

"是是是，那我过一会儿再来。"说着，孟森转过身去。

"喂——"

"啊？叫我？有事啊？"

"……也没什么事，就是，就是想问问你，你是不是又是来和稀泥的？"欧阳莎莎故作不满地看着孟森。

"哪有啊，事情弄成这样谁也不想，两边都让一让，事儿也就过去了。"

"我可告诉你啊，这稀泥巴你可是沾不得，我们杜主任已经够让着他的了，他竟然得寸进尺，三番五次纠集那么多人来闹，这一次竟然还放火……"

孟森连忙接过话说："没有的没有的，不是放火，刚才我问他了，是他丈母娘迷信，说是要在孩子没的地方给孩子烧纸。谁知燃着了被单，这才虚惊一场。"

"你说得轻巧，他说是烧纸就是烧纸啊，这是什么地方？这是医院，人来人往的公共场所。再说了，我们杜主任把他丈母娘从火里救出来，他还打人。有这么不靠谱的人吗？"

"是是是，我已经说过他了，他也很后悔，包括上次伤害你，都是一时冲动。他一直想当面道歉的，只是他嘴笨，不会表达。"

"嘴笨？手倒是挺快嘛。"欧阳莎莎越想越气。

"对不起啊，真心的再次向你道歉。"看着孟森弯腰鞠躬的样子，欧阳莎莎忽然想笑，忍了忍，轻轻说："喂，你手下都是些什么员工啊？大脑进水，总给你惹事，不如辞了算了。"

被欧阳莎莎这么一说，孟森紧绷的弦也松了下来，微微一笑说："其实他人挺好的，真的，工作业绩很突出。摊上这么一档子事儿，也挺让人同情的。可能身边有几个哥们儿也没给他出好主意，这才越扯越大……其实，冲动永远都解决不了问题。"

“嗯，你这句话靠谱。”欧阳莎莎点了点头。

眼前的这个小姑娘白皙的皮肤，姣好的身材，一口洁净的牙齿，说话时喜欢歪着脑袋，像个小大人儿似的。孟森忽然觉得很亲近，于是讨好地说：“杜主任那儿，还请你多说好话，冤家宜解不宜结，这个城市那么小，哪天走在大街上遇见了跟仇人似的，多不好。”

见欧阳莎莎点头，孟森又说：“改天我请客，专门向杜主任和您致歉。”

“那不行，你道歉干什么呀？要他道歉才行。是他打人又不是你打人。和稀泥也不是这么个办法呀。”

孟森一笑：“我知道的，不过，他不是还没转过弯儿来嘛，我再劝劝他。”

“看来他是执拗到底呀，他干吗不起诉呀？既然这个结解不开，那就让法律说话好了，你去告诉他，让他走法律程序。”欧阳莎莎郑重其事地说。

孟森轻轻一笑，这个护士确实是年轻，医疗纠纷哪有那么简单。按照法律规定，很多事情都达不到当事人的要求，像现在这样的死缠烂打却往往会拿到自己想要的赔偿金。说到底，这也是“医闹”有市场的根本所在。

“其实，这件事你们也是有责任的。”孟森小心翼翼地说。

“你怎么这么说？你了解当时的情况吗？”欧阳莎莎有些着急。

孟森沉吟了一下，说：“我是不太了解，不过你敢担保你们一点儿责任都没有？”见欧阳莎莎不说话了，孟森又说：“毕竟人家死了孩子……都让一步才是上策。”

“……我也不知道，反正我也管不了……唉，不操这闲心了。”欧阳莎莎摇了摇头，走开了。医院的工作环境和她的想象相差甚远，这里的是是非非让她厌烦，尤其是杜小梅挨的那重重一拳，坚定了她离开的决心。

难得欧阳飞在家吃饭，李妍做了一桌子菜，还特意做了红烧鱼。两个人对坐在餐桌前，等莎莎回来。

“大飞，你说这时间过得是不是太快了？”李妍笑着说，“从前，我们也是这样坐着等莎莎回来，等她放学回家。现如今，她都是二十出头的大姑娘了，都上班了。”

“可不是嘛，女儿大了，我们都老了。”欧阳飞也感慨地说。

“我是不是老得很难看啊？”李妍摸着自己的脸说。

“瞧你，说着说着就往自己身上扯。老了有什么不好？你老成老太婆的时候，我也是满脸褶子的小老头，谁也不会嫌弃谁。”话一出口，欧阳飞的心一紧，他知道，自己活不到那一天了。

李妍并没有察觉出欧阳飞的微妙心理，还是笑着说：“也是，老就老了，难看就难看了，等女儿出嫁了，咱俩就是相依为命喽。到时候啊，你写你的东西，我出去买菜做饭，晚上一起遛弯儿散步。嗯，日子也不错。”

欧阳飞点了一支烟，吸了一口，说：“真向往啊。”说完又装作不经意的样子忽然说，“如果有一天我不在了，你会怎么过？”

“去去去，乌鸦嘴，你怎么可能不在呢？没有你，我伺候谁去？我做了饭给谁吃？谁让我放心不下？女儿受了委屈和谁说？真是的，这个家没有我可以，但不能没有你。你是我和女儿的主心骨。”听李妍说着，欧阳飞的心暖暖的，眼睛酸酸的。其实在这个家里，李妍才是重要的。这些年，自己只顾自己，女儿和母亲，包括弟弟妹妹们的事都是李妍帮着打理的。她是一个善良的女人，曾经以为她是不懂自己的那个人，其实，她懂的，她知道他需要心神无忧地走进音乐世界，所以，她一直在他身后。

“我是说如果，如果我走在你前面……”

“不行。”李妍果断地打断了他的话，“这一辈子都是我伺候你，为你服务的。要是老了，我必须先走，我要你伺候我一回。”

“呵呵，瞧瞧咱俩抢的是什么好事啊。”欧阳飞笑了。

李妍也笑了：“就是嘛，日子过得好好的，说这些干吗。”说着，看了看表说，“莎莎怎么还没回来？我再打个电话。”

正拨着，莎莎开门进来，嘟着嘴说：“老妈，我和你说过多少次了，打电话我不接一定是在忙的，别总是没完没了地拨，好不好？烦死了。”

“好好好，是妈啰唆，妈下次注意，行了吧？赶快洗手，咱开饭。”李妍陪着笑说。

“莎莎，不许和妈妈这样说话啊，妈妈还不是担心你嘛。”欧阳飞说。

“本来就是嘛，你们又不是不知道我上的是什么破班，天天和生命打交道，穿上白大衣每一件事就都是急的，拜托您就别总添乱了。”

“莎莎——”欧阳飞故意沉着脸阻止她说下去。

欧阳莎莎看了看他，很不服气地小声说：“还不是和你学的，你和妈妈说话从来都是这样的。”

“我是这样的？”欧阳飞看着李妍问。

“呵呵，你们爷俩儿呀，谁也别说谁，我呀，就是为你们服务的。”李妍一边说一边把筷子分别递到两个人的手里。

“哇，有鱼啊？我最爱吃的。”莎莎说着夹起一块鱼肉放进嘴里，美美地说，“好香啊，如果每天不用上班，还能吃上老妈做的鱼，那简直就是神仙的日子啊。”

李妍笑着又夹了一块鱼肉放进她的碗里，说：“都这么大了，还总是瞎说，不干活就知道吃，那不成了猪了？”

“妈，这你就不懂了吧？现在最流行的生活状态就是做一头快乐的猪。”

“那叫不劳而获。”欧阳飞说。

“不劳而获也是本事啊，不是每个人都可以做到不劳而获的。”欧阳莎莎反驳道。

“歪理。”欧阳飞说。

“爸，这理怎么就歪了？”

“不歪吗？”

“当然不歪，是正理。堂堂正正的理。”

看着女儿伶牙俐齿的样子，欧阳飞打心眼里喜欢，他这辈子最喜欢聪明的女人，女人聪明会让男人趣味盎然，而木讷的女人看似听话却会让男人觉得乏味，不受用。欧阳飞相信，无论男人还是女人，都喜欢有滋有味的日子，而生活的很多滋味要“棋逢对手”才能体会得到。

“爸，怎么不说话了？理亏词穷嘛。”欧阳莎莎得意地说。

“你们爷俩儿呀，见面就斗嘴。”李妍在一旁笑眯眯地给他们添着菜。她最喜欢一家三口在一起的感觉，无须说什么吃什么，只要这爷俩都在身边，看上一眼心就是甜的。

“老喽，说不过我闺女了。”欧阳飞笑呵呵地话题一转，问，“闺女，和爸爸说说今儿上班的新鲜事。”

欧阳莎莎一听便皱起了眉头，像煞有介事地说：“老爸，你现在确实越来越不会聊天了，这个话题就叫‘哪壶不开提哪壶’。”

“有这么严重吗？”欧阳飞又点了一支烟，靠在椅背上看向女儿。

“唉，你们是不知道啊，今儿你们闺女差一点就回不来了。”

“啊？你可别吓唬妈，出什么事儿了？”李妍紧张地问。

欧阳莎莎不慌不忙吃了一口菜，慢条斯理地说：“我们病房着火了……我们主任挨打了……怎么样？够严重吗？”

“这……”李妍看了看欧阳飞，很担心的样子。

欧阳飞吸了一口烟，等着莎莎继续说下去：“还是那个死了孩子的病人家属，隔三岔五就纠集一帮人来医院闹……今儿又来了……他家的老太太还在病房烧纸，引着了床单，差一点酿成大祸……消防队都来了，要不是我们主任眼疾手快，把老太太拖出来，她就被烟呛死了……谁知，他家人不分青红皂白就把我们主任打了个鼻青脸肿……”

“还是对你动手的那个人？”李妍问。

“不是他还会有谁？”

欧阳飞弹了弹烟灰：“这件事好像不是你看到的这么简单。”

“爸，我也是这么想的。你知道吗？在一片混乱的时候，我看到有人给那帮人点钱。如果他们都是病人的亲属，怎么会牵扯到钱呢？”

“莎莎，你可千万离他们远一点，别给自己惹麻烦。”李妍说，“这在医院工作怎么还会有这样的风险呢？”

“妈，你放心吧，他们是冲钱来的，轻易不会伤人的。”

“要是钱能解决问题，那就给他们吧，不然总是这样多吓人哦。”李妍说。

“500万，老妈，你说给得起吗？”

“啊？那么多啊？”李妍望着欧阳飞说，“要不明儿给小袅打个电话，找一找杜主任，给莎莎换个科吧，这样提心吊胆上班可不是个事儿。”

还没等欧阳飞说话，欧阳莎莎清了清嗓子说：“老爸老妈，不用找我小姑了，下班的路上我已经考虑好了，我做了一个重要决定。”说着，她看了看望着自己的父母，故作轻松地一耸肩，说：“我准备辞职了。”

李妍求救似的看向欧阳飞，她知道，莎莎是一个任性的孩子，一旦决定的事很难更改，现在竞争如此激烈，她可不想女儿失业。见父母一时都没有说话，莎莎放下筷子，说：“你们有什么话尽管说，我已经做好了准备。”

“莎莎，找工作可不是那么容易的一件事，你小姑为了你的工作费了多大的劲儿啊？你可不能遇到点儿挫折就辞职啊，你可要想好了。”李妍满是心焦地说。

“老妈，我是经过深思熟虑的，我知道找工作不容易，但也不是无路可走。你放心，我有能力养活我自己。至于我小姑，我去和她解释。”

“那你说说，你怎么养活你自己？”李妍越发着急了。

“我有一双手，还怕饿死啊？”莎莎轻描淡写地说。

“我不同意。”李妍果断地说。

莎莎摇着头笑了一下，说：“老妈，我是成年人了，我自己的生活我可以自己做主，我和你们说这件事不是征求你们意见的……”

“是通知我们，对吗？”一直沉默的欧阳飞忽然说。

“不是的，老爸老妈，你们别这样行不行？我和你们说是寻求你们理解的，你们要尊重我的想法，不能把我当个小孩子了。”

欧阳飞看了看莎莎，说：“你是长大了，但爸妈的意见你也是要听的。辞职不是一件小事，在你没有确定自己能干什么的前提下，不要轻率做决定。”

“莎莎，爸爸说的是对的，你学的是护理专业，安心干护士才是最佳选择。妈知道医院最近发生的事让你委屈让你心烦，但我想，这是个特殊事件，总会过去的。”李妍在一旁开导道。

“爸、妈，你们别劝我了，我真的想好了，不干了。”欧阳莎莎的表情和口气不容商量。

“莎莎，人在这世上走，总要遇到不顺心不开心的事，逃避不是办法。”欧阳飞也说。

欧阳莎莎低下头，每次家里有什么事，老爸总是会和她站在一边，没想到这一次父母的意见如此一致，想了想，她眼光凛冽地看向欧阳飞：“爸，那我问你一个问题：当初你辞职，是逃避还是什么？当初你尊重妈妈的意见了吗？”

“这孩子，说你的事呢，干吗扯到你爸爸身上来了？”李妍忙阻止。

欧阳飞摆了摆手，示意李妍不要插话，猛吸了一口烟后，他看着女儿说：“莎莎，这样和你说吧，如果时光倒流，我不会选择辞职，我会给你和妈妈更安逸的生活。”

“可是时光不会倒流，你已经辞职了。我为什么不可以？”

“爸妈不想你走弯路。”

“辞职就是走弯路吗？你从前不是说过吗，人生很短，要多做自己喜欢的事。”

欧阳飞一时哑然，他不得不承认，在这件事上，自己很难成为女儿的榜样，他一直都是自我的，没想到女儿也是。

“莎莎，爸爸也是为你好。”李妍很揪心地说。

“妈，这我都知道。不过，当初他辞职也没和您商量啊，既然他可以自己做主，那么我的路也不用你们管。”莎莎小声嘟囔着。

“莎莎——”李妍有些生气。欧阳飞当年辞职的事，她是不赞成的，但他不听她的，她只得接受。事情过去多年，欧阳飞偶尔也流露出歉意，但她知道，他从没后悔过。没想到，女儿和他一样倔一样我行我素。

欧阳飞沉了沉，说：“莎莎，当年爸爸选择辞职是因为喜欢音乐，既然你决定了离开医院，那么你想过没有，你能干什么？”

“我，我什么都能干啊。”

“这样说不行，要有目标才行，盲目地辞职我和你妈是肯定不会同意的。”

“爸，其实我有喜欢的工作，就是……还没想好。”

“什么工作？说说看。”欧阳飞缓和了口气。

“那我说了啊，就是，就是酒吧里的调酒师。”说到此，欧阳莎莎心情大好，忍不住眉飞色舞起来，“就是在酒吧柔和的灯光下摇晃着瓶瓶罐罐，令很多人迷醉的调酒师。”

“不行，一个女孩子怎么能去酒吧工作呢？”李妍立即打断了莎莎的话。

“酒吧怎么了？我爸不是一直在酒吧搞创作吗？那里的气氛绝对文艺，真的，不像您想的那样，我就喜欢那里的氛围，特轻柔特舒缓……”看着女儿美滋滋的样子，欧阳飞忽然觉得时光倒流了，年轻时的自己就是这样的，对这个世界充满了好奇，喜欢意境制造，喜欢突破生活本来的样子。

“老爸，你和妈说说，这个工作是不是很文艺？很适合女孩子干？”欧阳莎莎充满期待地望着欧阳飞，她需要文艺老爸的支持。

“莎莎，这个工作爸爸也不赞成，调酒师是男孩子的营生，酒吧也是男人们的地方，你一个女孩子到那里工作，不好。”没想到，欧阳飞竟是这样的回道。

“老爸，我没想到你也这么老土。酒吧里要都是男人，那还有人去吗？”

“莎莎——”欧阳飞很严厉地制止她说下去，“我和妈妈不赞成你辞职，如果你实在不想干了我们也不勉强，但你去酒吧工作是绝对不行。这一点没商量。”

“干吗那么凶？从小到大，你什么时候管过我？你只关心你自己的事，在这个家里，一直都是只有我和妈妈在……你就像一个过客，把这个家当成旅馆和饭店，你现在想管我了？现在我大了，我的事不用你管。”欧阳莎莎的声音越说越大，话也越来越刺耳。

“莎莎，不许和爸爸这样说话。”李妍担心地看向欧阳飞，劝着女儿。

“这样说话怎么了？妈，你放心，我就是辞职了也能养活自己，绝不会给你添负累，我不会像他一样总让你操心的。”欧阳莎莎的话越说越多。

“莎莎，爸爸知道爸爸做得不够好，但是正是因为这样才希望你过得比我好。”欧阳飞的心有一阵撕裂般的疼痛。也许自己的一生注定是自私的，也是孤独的，就连贴心的女儿也在抱怨他。

“大飞——”李妍低声唤着，唯恐这爷俩儿关系闹僵了。

欧阳飞苦笑了一下，说：“没事。自己闺女说几句实话，我还是能承受的。”说完，又一字一句地说，“莎莎，爸爱你，所以，爸必须帮助你做出人生的一些决定，不能由着你的性子来。”

“爸、妈，你们要真是为我好，就尊重我的选择。”莎莎坚持着。

“辞职，可以；当调酒师，不可以。”欧阳飞斩钉截铁地说。

一听这话，欧阳莎莎就像是一头小刺猬，噌地站起身，竖起了浑身的刺儿，大声地向父母宣战了：“本来我还没想好呢，既然你们这样反对，那我还就铁了心了，这调酒师我非干不可了。”说完，头也不回地进了自己的房间，“砰”的一声关上了门。

“这孩子，都让我惯坏了。”李妍小心翼翼地看向欧阳飞，她知道他的脾气，她真怕他暴怒起来，与孩子僵持不下。谁知，欧阳飞轻轻一笑，说了两个字：“随我”，便也起身去书房了。

坐在餐桌前，李妍忐忑不安，今天这父女俩儿都有些失常，她担心莎莎执意辞职，更担心欧阳飞的心情。她隐隐觉得，他有些地方不对，至于是哪里出了问题她却说不清。

收拾着碗筷，李妍想，明天得给小袅打个电话。

欧阳袅一直挂念着大哥的病情，每次打电话，他都推说在忙，不和她交流。这越发让她担心。一大早，大嫂又打来电话，说是大哥和莎莎吵起来了，还说，你大哥从来都是依着他闺女的，这一次却很严厉，所以也很让莎莎受不了。

“一个人想什么呢？”陆天推开护办室的门问道。

欧阳袅转过身说：“还能想什么？还不是我大哥的病。他一直都不和我说治疗的事，真不知道他是怎么想的。我真怕他有消极情绪……”

“不会吧？我觉得大哥的心理承受能力还是可以的。”

“那谁知道呀，再坚强的人面对死亡也会有失控的时候。这不，昨晚就和女儿闹僵了。”

“是吗？因为什么呀？”陆天边翻看病历边问道。

“唉，这个小丫头呀，工作上受了些委屈就闹着要辞职。现在的年轻人啊，真是懂得善待自己。不过话又说回来，人生就那么几十年，一眨眼就过去了，不好好过生活也真是对不起自己。”

陆天笑了笑，没接话，他听出欧阳袅话里的怨，除了听着，他没有别的办法。人到中年，越发折腾不起了，不可能为了所谓的爱情而放弃现在的婚姻。其实要想离婚早就离了，还等到人近黄昏？他从没想过重组家庭，而且自己正在事业的关键期，医院的班子就要调整了，自己很有可能当上副院长，这样的时候他可不想因为感情丢分。当然，对欧阳袅的这份感情，他还是珍惜的，所以在她的工作和家事上，他必定全力以赴。

“你看，大哥那儿还需不需要我出面说说？”陆天合上病历，看着窗前的欧阳袅问。她很温柔地一笑：“不用了，还是我来解决吧。”

“那好，我去查房了，记住，需要我的时候我一定会在的。”

“嗯，我知道。”欧阳袅点点头，目送陆天走出护办室。她是如此喜欢这样的感觉，看着他在病人中儒雅的学者风范，看着他和同事们在一起谈笑风生，看着他冲自己微微一笑……所有的细节，不管旁人怎么看，在欧阳袅的心里都会是幸福。记得在母亲的佛书上看过这样一句话：与有情人做快乐的事，别问是劫是缘。

在欧阳袅的生命里，能与陆天一起工作就是快乐的，这种快乐能冲抵万般孤苦。

她愿意，为他。

愿意，是缘，也是劫。

电话响了，是欧阳海："小枭，大哥的事怎么样了？我刚刚凑够了两万块钱，你看是给你拿过去还是给大哥？"

"二哥，你先放着吧，先用不上钱。大哥还是没答应手术的事，他总推说有事不和我谈。昨晚莎莎又闹着要辞职，乱着呢。"

"是吗？这孩子是不是遇到不开心的事了？你多劝劝她，在大哥现在的非常时期，最好别让他心焦。"欧阳海也显得很焦虑。

"嗯，我知道的。果果最近有消息吗？"

"他呀？好着呢，没事不打电话，打电话就是钱不够花了。呵呵，你放心，我这儿啥事没有，你全心管好大哥的事，这事只有你操心了，他最听你的。你知道二哥也没什么本事，帮不上什么，需要我的时候打个电话就行。"欧阳海在这个家里一贯如此，最有亲人观念，也最懂事理，却从不张扬，总是退居在亲人的身后。很多时候，亲人容易忽略他，可当你需要时回过头来，他一定在。

临挂电话，欧阳海不忘嘱咐一句："小枭，钱的事，别在你二嫂面前提起啊。"

欧阳枭当然知道，二嫂是最财迷的，对亲人也最吝啬。如果说这个世界有一个人能让她变得大方，那就是果果了。只有面对儿子的时候，陈琼才是舍得的。

孩子，是女人骨血里的温暖，根深蒂固。

人到四十的欧阳枭，有时候真想有个孩子。如果有个孩子，自己就不会如此寂寞，也不会一个人闷闷地打发光阴。日子，从来都是细水长流的，如水的日子深处，这个家族的大事小情便成了欧阳枭简单生活中最厚重的部分。一个人的时候她常常想，若没有了对亲人们细碎的挂念，她的生活将会是苍白的。

还是给莎莎打个电话吧，这个孩子真是很让她操心。每个人都年轻过，青涩过，每个人的成长都是一路颠簸，莎莎和果果与她血脉相亲，成长的路上，他们需要小姑的包容和关爱。最起码，欧阳臬是这么想的，而每次这么想这么做的时候，欧阳臬才会真切地感受到，光阴流转，自己已不再年轻。

Chapter 7

欧阳袅真是没想到，莎莎会约她在酒吧见面。这样的地方她平生第一次来。

“小姑，在这儿呢。”幽暗的灯光下，欧阳莎莎抬着胳膊招呼着。

视线不清，欧阳袅深一脚浅一脚地走到吧台前，问：“怎么到这儿来？找个咖啡馆说话不行吗？”

“这儿多好啊，有人给你唱歌听。”说着，莎莎举起啤酒杯：“小姑，我请你喝啤酒，你喜欢喝黑啤吗？黑啤的味道特好，我喜欢。”

“一个小姑娘喝什么酒啊？在这样的地方，喝多了多危险。真是的，我看还是咖啡馆好，那里多安静啊，这里闹哄哄的，太嘈杂了。”欧阳袅说着挪了挪屁股，她很不习惯坐在那么高的转椅上。

“小姑，你是来帮我爸妈当说客的？”欧阳莎莎歪着头问。

欧阳袅一笑，避开她的锋芒说：“莎莎，你喜欢这样的地方？”

“是呀，这里多好，有歌声，有酒……就像生活，很美好。”

“生活就是歌声和酒？你才多大啊，就敢谈生活？”

“小姑，我知道，我没你懂得多，不过我懂生活。生活就是这个酒吧，里面有很多很多人，看上去都是来这里喝酒的，其实不是。有的人笑着心在流泪，有的人哭着却是开心。还有一些人，就像小姑你，一直都在生活的边缘。”

橘色的光晕里，欧阳莎莎的话氤氲着一种味道，弥漫在略显拥挤的空气里，令欧阳袅的心一颤。她没说话，而是静静地等着莎莎继续说下去："小姑，我知道我的话你有些不接受。我这样和你说吧，你看见那个调酒师没？一杯好的鸡尾酒有很多种调制方法，味道不一样，喝的人喜欢的口味也不一样。但有一点是一样的，那就是喝下去。"

看欧阳袅还是一副没明白的样子，莎莎笑了："小姑，这就是生活呀，生活就是鸡尾酒，你可以选择自己喜欢的喝下去；生活还是那个调酒师，你可以调制自己喜欢的味道。"

"是不是还可以有另一种选择？"

"有呀，小姑，另一种选择就是你这样，看着别人喝。"

"这就是你说的'生活的边缘'？"

莎莎点了点头："小姑，其实违心的生活不是生活，只有选择自己喜欢的，而且勇敢地喝下去才是生活。"

"莎莎，小姑不否认，你的观点是对的，人来一世做自己喜欢的事是一种幸福。不过，有些事情看上去是违心的，其实也是另一种幸福。人做事都是由心来支配的，违心其实也是顺心。"

欧阳莎莎喝了口啤酒，说："你们大人活得都累，我才不要像你们那样，我要过我想要的日子。"

"你想要的日子就是我行我素不管不顾？"

"瞧，说到正题了吧？我就知道小姑你是来当说客的。我也不想爸妈不高兴，是他们想不开，非要强加于人。我就不明白了，我不喜欢当护士，他们干吗非要我干？"

"他们不想你折腾，想你有个安逸的生活。"欧阳袅耐心地说。

"辞职就是折腾了？就算是折腾，生活本身不就是折腾吗？我妈的心思我明白，她怕我找不到工作嫁不出去。我不明白的是我老爸，当年他怎么就辞职了呢？他可以我怎么就不可以呢？"看着侄女不服气的样子，欧阳袅忽然很羡慕，羡慕年轻，羡慕现在的年轻人。年轻就是资本，可以藐视一切，可以从头再来，可以不怕输。

想了想，她还是说：“你和你爸的情况不一样，况且他是男人。”

听到此，欧阳莎莎笑起来：“小姑，我没想到你也这样说。我们都在医院工作，每天和人打交道，你应该比我清楚，有些男人还不如女人呢。”

“莎莎，现在咱俩说的不是这个问题，说的是你要安心，要知足。”

“小姑，不管你怎么说，辞职的事我铁定了心了，我再也不想去看那些生老病死，再也不想看着别人的脸子过活。”欧阳莎莎亮了底牌。

“莎莎，很多时候，人还是要顾及旁人的，尤其是亲人。”

“小姑，我懂的。只是，我和老爸老妈有代沟，说不到一块儿。他们不像我小姑那么前卫时尚又知书达理。”说着，笑嘻嘻地凑到欧阳袅的肩前。

“这小嘴儿甜的，我可告诉你啊，想辞职也得好好说，不许惹你爸妈不高兴。”

“好嘞。”

看着莎莎甜甜地答应着，欧阳袅也很开心。这个侄女确实让欧阳袅喜欢，从本心讲，她倒是不反对孩子有自己的想法，只是大嫂嘱托她调解，她也要顺个人情的，而且大哥病着，她实在不想大哥在生命的最后对女儿放心不下。可是，欧阳飞不许她对自己的亲人说出病情，她也只得委婉劝解。

“小姑，我请你喝啤酒吧，你尝尝，真的，这味道特好。”

“行，我今儿就破例，被侄女请一次。”

见欧阳袅答应了，欧阳莎莎欢快地打了一个响指，冲服务生喊道：“两瓶黑啤。”

“去，没个女孩子样子。”欧阳袅笑着打了她的手一下。欧阳莎莎吐了吐舌头，俏皮地说：“小姑，我去趟洗手间，清空了再陪你喝啊。”

欧阳袅微微笑起来。

拐角的洗手间里，乔叶羽眼睛红红的，在补妆。看得出，她刚刚哭过。欧阳莎莎哼着小曲儿站到整理镜前，侧目看了看眼前的女人，很清秀，也很文雅，在与自己擦肩而过的一瞬，有一缕淡淡的香水味道。

看着乔叶羽走进一间包房，欧阳莎莎也转身走向吧台，经过她的房门时，隐隐听到珠帘后面传来一个熟悉的声音："好些了吧？别哭了，一切都会好的。过一会儿还有你的节目呢，先喝杯茶，我可是等着听你的《茉莉花》呢。"

是欧阳飞，声音低缓轻柔，尽管看不清他的表情，听声音就知道他此时的心境。老爸和这个女人是什么关系？欧阳莎莎本能地锁起了眉头。直接冲进去问问，好像不太礼貌，装作没看见吗？不行，那可是自己的老爸，他的行为可是要对老妈负责的。

正犹豫着，报幕员站到中央的小舞台上，朗朗报道："下面有请乔叶羽小姐为大家带来她的经典曲目：《茉莉花》，掌声欢迎。"

珠帘一动，乔叶羽款款而出，走到灯光处，微微欠身，在缓缓而起的音乐中深情地唱道：

好一朵美丽的茉莉花，好一朵美丽的茉莉花，芬芳美丽满枝丫，又香又白人人夸，让我来将你摘下送给情郎家……

欧阳莎莎站在黑暗处，紧紧盯着这个女人的脸。她的声音真好听，眉目间有点点忧伤，仿若溪流淌进音符里，让这样一首清扬的民歌别有一番味道。转过脸，欧阳莎莎看见珠帘后的男人静静地吸着烟，袅袅升腾的白雾在小小的空间缓缓流动着，他的侧影也是忧伤的。

这到底是怎么回事？欧阳莎莎又气又恼又不知所措。

"先生，您找谁？"酒吧门口处忽然一阵骚乱。

"乔叶羽，乔叶羽，你给我出来。"王进在门口大喊大叫着，不顾服务生的阻拦，边喊边往里冲。

音乐戛然而止，乔叶羽闻声望向王进，只见他两眼圆睁，火气十足，那架势就像是要把乔叶羽吞下去。

"王进，你怎么来了？"乔叶羽迎上去胆怯地问。

“我怎么来了？我找你啊。不是说不来这里唱歌了吗？你怎么背着我又来了？你是不是觉得我一个男人养不起你？你就是想丢我的脸，是不是？”王进的声音大得震耳。

“不是的……是我想唱了……我喜欢唱歌。”

“喜欢？你就喜欢在男人堆儿里卖你的小可怜，是不是？怪不得我在里面的时候你总是不去看我，原来是这里对你更有吸引力。你是不是欠揍啊？”王进恶狠狠地说着，抡起了拳头。

“住手。”欧阳飞从包间出来，一把抓住了王进的胳膊。

“哟，欧阳老师也在呀？怎么这么巧？别告诉我你们两个人是偶然碰到的。”王进酸酸地说着，还狠狠地瞟了乔叶羽一眼。

“王进，我们回家吧，有事咱回去再说。”乔叶羽软软地说。

“现在想回家了？没门。今儿说不清楚，谁也别想走。”

“这样吧，王进，我请你喝一杯，咱坐下说，好不好？”欧阳飞拍了拍王进的肩膀。王进一闪身，并不买他的账：“不好，我凭什么听你的？我的女人听你的，我可不听你的。”

见王进的话越说越难听，乔叶羽忙挽住他的胳膊，说：“王进，走，咱回家吧。”谁想被乔叶羽这么一架住，王进的火一下子被激到了顶点，使劲儿挣脱出她的手臂，一甩手，“啪”的一声，一个耳光打在乔叶羽的脸上，嘴里还骂着：“臭不要脸的。”

“你怎么打人啊？”欧阳飞一拽王进，王进借势抡起拳头又照着欧阳飞打过来，几个服务生赶快过来拉架，一时乱作一团。

欧阳莎莎没料到会出现这种局面，一时有些发傻，等她回过神来，欧阳飞的嘴角已经青了，王进也摔在地上。

“欧阳——”乔叶羽本能地去安慰欧阳飞，话刚出口觉得不妥忙收了回去，又转身扶起王进：“王进，你没事吧？”

这时，欧阳莎莎像一头小狮子一样冲了过去，大声地喊道：“你是谁呀？你为什么打我爸爸？”

“莎莎——”欧阳飞愣住了。

“大哥，怎么回事？”欧阳袅也挤了过来。

“没事，没事。”

“对不起啊，欧阳老师。很抱歉。”乔叶羽含着眼泪拉着王进挤出了人群。王进一边走还一边说着狠话：“看我回家怎么收拾你。”

“爸，你没事吧？那个女人是谁？”欧阳莎莎又心疼又不满地问道。

坐定后，欧阳袅用纸巾轻轻擦着欧阳飞的嘴角，也在等他解释。看着她们两个人的样子，欧阳飞心里很不是滋味。其实这一次，他和乔叶羽确实是碰见的，因为身体的原因，欧阳飞已经很久不来酒吧了，乔叶羽也很久不唱歌了。今天欧阳飞忽觉烦闷又来到“水晶之恋”，正巧乔叶羽也是心绪不佳来这里散心。好久不见，两个人坐在一起各有各的心酸。尤其当乔叶羽说起王进因找工作屡屡碰壁而情绪反常，甚至动粗打过她时，欧阳飞的心疼了又疼。虽说自己对这个女人并无责任，但她却是住在他心尖儿上的。

“爸，你说话呀。”欧阳莎莎忍不住又催问着。欧阳袅瞪了瞪莎莎，示意她不要这样。

“是你三婶的娘家弟弟和弟妹。”

“是三嫂的亲弟弟？”欧阳袅惊讶地问，“不是在外地做生意吗？”

欧阳飞知道王诺的傲气和虚荣，便没再说下去，沉了沉，对莎莎说：“别和你妈说这事儿。”

“为什么不能说？”欧阳莎莎带有敌意地问。

“莎莎，有些事爸爸不和你说并不代表这件事就是不可告人的，你也是大人了，说话办事要学着掌握分寸。你妈是一个简单的人，我不想让她揪心。”

“知道就好。”莎莎嘟囔着。

“好了，大哥，跟我去我们医院擦点药吧，我正好有话和你说。”欧阳袅说。

“不用了，我可不习惯你那里的药水味儿。”欧阳飞拒绝着。

“不行，必须去。”欧阳袅以不容商量的口气说。

“小姑，我也去。”

“莎莎，你赶快回家吧，别在这个地方待太久了。至于辞职的事，过段时间再说。”看小姑表情郑重，欧阳莎莎也不敢多说了，“哦”了一声，转身走了。

护士办公室里，欧阳袅一边用酒精棉球轻轻擦着伤处，一边心疼地对欧阳飞说：“大哥，你都五十多岁的人了，怎么还那么血气方刚的。”

欧阳飞一笑，没说话。欧阳袅又试探地问：“大哥，三嫂的这个弟妹你什么时候认识的？看上去挺有文艺气质的。”

欧阳飞笑了笑：“你也审查我？”

“不是，不过我大哥这么有魅力，被人喜欢也是正常的。”

“这话我倒是爱听。”说着，欧阳飞又拿出了烟盒。

欧阳袅见他不愿说，也便不再问，笑着抢过他的烟盒，说：“不是和你说了吗？要少抽。”

“抽得够少了，我算过了，如果一支接一支抽的话，到死也抽不了多少了。”

“哥——”

欧阳飞淡淡一笑，拿回烟盒，抽出一支，点上，吐了个烟圈，对欧阳袅说：“哥没事。哥知道这段时间让你操心了。不管我愿不愿意面对，这个病就在我的身上。一个人的时候我想了很多，如果说哥有什么遗憾的话，就是为你们做得太少了。真的，这是哥的心里话。咱爸走得早，为了养家我早早工作，工作后还是放不下喜欢的音乐。人到中年辞职成为自由人，这在很多人眼里是不可思议的。我知道咱妈和你嫂子都不赞成，但她们没阻拦……话又说回来，大哥从小有主见，认准的事谁也拉不回来。这一点，莎莎随我……对了，你和莎莎在酒吧谈她辞职的事了吧？谢谢你，小袅。这个家有太多的事都是你这个妹妹担着，我这个当哥的很惭愧，本就不管事，还走得早，我真的很自私啊……”

“哥，没你说的那么严重，只要你接受手术治疗，我们进一步确诊，会有办法的。真的，陆天和我说了，他原来的导师在北京一所医院专门研究胃病，很有成效的。”听了大哥的肺腑之言，欧阳袅既焦虑又心疼。

欧阳飞弹了弹烟灰，苦笑了一下：“小袅，哥知道你心疼哥，不过哥知道，谁家沾了癌症谁家就是人财两空。咱家过得也不富裕，莎莎还没结婚，咱妈也老了……”

“哥，二哥和三哥说了，他们可以拿出一部分手术费，我手里也是有些钱的，钱不是问题。真的，哥，你的健康才是这个家的问题。”

欧阳飞眼睛一热：“小袅，你和他们哥俩都说了？”欧阳袅点了点头：“只和他们说了。”

“还是亲兄弟啊，哥没白疼你们。不过，我们都大了，各有各的家，很多问题不是那么简单的。不能因为哥的病让你们每家都过不好，那哥就真的成罪人了。”

“哥，你别想那么多，你好大家才好。”欧阳袅强忍着眼眶里的泪水。

“小袅，在这个家里，你最懂大哥，大哥有些话也只能和你说。大哥真的想好了，不做手术了。不单纯是钱的问题……大哥想活好这半年，不想把人生余下的光阴都浪费在这白色的氛围里。”

“可是，哥，你的身体状况会越来越差的。”

“不用担心，你找陆天给哥拿个保守治疗方案。只要不让我待在医院里，我会接受的。”

“那什么时候告诉大嫂？”

“能瞒多久瞒多久吧，她跟着我没享什么福，也别让她太担心了。”

欧阳袅看得出，说起李妍，欧阳飞心思沉重，她忙换了话题：“对了，大哥，其实莎莎想辞职就依着她吧，你别那么强硬地反对，这样对孩子是伤害。你也说了，她随你，我看她是拿定主意了。”

欧阳飞长长地叹了一口气：“唉，这孩子真是和我年轻时一样，不过她是个女孩子，现在社会竞争又那么激烈，我实在不想她太累。你也看见了，酒吧里什么人都有，她非要去当调酒师。我要是在还好，有个什么事能帮帮她，可我……我是怕她吃亏呀。”

“大哥，当家长的想法都是一样的，不过当儿女的做事未必都能随父母的心愿。咱妈不是说过吗？儿孙自有儿孙福，你和嫂子也别想太多。有时间我再劝劝她，莎莎还是懂事的。”

站起身，欧阳袅指了指他的脸又问：“回去怎么和大嫂交代？”

欧阳飞摸了摸嘴角，一笑：“就说我给几个年轻人劝架的时候被捎带上了，呵呵。你又不是不知道你大嫂，我的话她准信。”

欧阳袅也笑了，是啊，每对夫妻都有各自的相处方式，大哥和大嫂是最简单的那一种。

欧阳飞走进饭店的时候，欧阳林正和若巧几个小姑娘开着玩笑，见大哥进来，忙收起笑容迎过来：“大哥，你怎么来了？”

“找你有事儿。”

“哦，那咱到茶室说吧。”

坐下后，欧阳林盯着大哥的脸，等他说话。他以为欧阳飞是来要钱的。自从知道大哥的病以后，他就做好了花钱的准备，这个家族里，要说能拿出大钱来的也就是他欧阳林了，可是如果只有他拿钱或他多拿，他是心有不甘的。谁的钱都不是大风刮来的，他为这份家业付出的辛苦只有他自己知道。这么多年，家里的事他从不出头，反正自己是小儿子，听着就是，大家怎么做他就怎么做，至于别的什么，多一点也没有。在钱的问题上，他不认为多有就该多拿，大家公平才是。所以回想起那天和小袅拍了胸脯，欧阳林有那么一点点后悔。

“盯着我看干吗？离死还远着呢。”欧阳飞开着自己的玩笑。

“瞧你说的。大哥，你准备手术吗？我……给你出钱。”说着，欧阳林递过一支烟，并为欧阳飞点上。

欧阳飞笑了：“你小子我还不知道，铁公鸡一个。”

“谁说的，那要看什么事不是？”欧阳林有些不好意思。

“救大哥的命，这回狠了，是不是？”

“大哥，我——”

欧阳飞淡淡一笑：“好了，咱不说这个，小袅和我说了你们弟兄的意思，哥先谢了。你们挣钱也不容易，哥能不和你们张口就不张口。今儿哥来是有点儿别的事。”

听到此，欧阳林的心松了下来，忙问：“什么事？哥你说，只要我能办到的。”

欧阳飞一笑：“哥问你，王诺的弟弟是不是从监狱里出来了？”

“是啊，你怎么知道的？我们一直对旁人说，他是在外地做生意的。”欧阳林忽然想起王诺曾经和他说过，大哥认识乔叶羽。

“你别问我是怎么知道的，你先告诉我，你能不能把他安排在你的饭店工作？”

欧阳林看了看欧阳飞，犹疑着说：“哥，你怎么管起这闲事了？”

“你就说能不能吧。”

“哥，其实我这个饭店也是小本经营，用不了那么多的人……前段时间王诺倒是和我提过我没答应……哥，你知道吗？他犯的是经济案子，这要是放在我这里，不等于是引了一个家贼吗？”

欧阳飞吸了一口烟，说：“谁还没犯过错呀，再说了，都是自家亲戚，能帮衬的时候尽量伸把手，他过好了大家都好。不然他过不好王诺也跟着闹心，王诺心情不好也会影响你们的小日子啊。”

欧阳林叼着烟歪头看着欧阳飞说：“大哥，理是这个理，不过你管这事是另有原因吧？”

“什么另有原因？”欧阳飞微微有些不自在。

“我听王诺说，见过你和乔叶羽在一起……哥，你不会是爱屋及乌吧？”

“你小子浑说什么呢，我和乔叶羽原来是一个单位的，只是普通朋友而已。前两天听她说王进情绪很不好……”说到一半，欧阳飞摁掉了烟头，说：

“你小子看着办。”

欧阳林一笑：“行，我知道了，回头看看有没有适合他干的，呵呵，哥，还是你厉害，老当益壮嘛。”

欧阳飞站起身，打了三弟的头一下：“去你的，厉害你个头，不是你想的那样。”

欧阳林一闪，说：“我都四十多了，你还跟小时候一样打我。”

“你小子，还跟小时候一样坏。”欧阳飞笑着回道。一打一闪，两个本能的动作一下子把时光拉回到从前。从前，他们哥们一个屋檐下睡觉、吃饭，一起出去弹球、摔泥巴，一起开心一起承受母亲的责罚。一起长大的日子里，欧阳林总是淘气，欧阳飞总是偏袒着他。忘不了那一年，欧阳林和小伙伴打架，竟抡起了路边的砖头，吓得欧阳飞忙上前拦着，却被砖头打了个正着。看着大哥的额角有血流下来，欧阳林傻了。欧阳飞却说，没事，一会儿回家就说是我自己弄的。回到家，欧阳飞自是挨了母亲的数落，母亲一边骂着还一边说，这么大了没一点哥哥的样子，还没有小林听话呢……

血浓于水是一种根深蒂固，只是繁杂的日子往往会忽略血脉的亲近，当家族出现一些事情的时候，骨子里的情意就会凸显出来。回想的刹那，欧阳林的心暖乎乎的：“哥，今儿咱哥俩喝两杯，别走了，我让厨房弄两个特色菜。”

“不了，你嫂子还在家等着我呢，而且医生也说了，我这胃啊不能喝酒了。”欧阳飞的心里也是热乎乎的。

听了这话，欧阳林止不住心酸：“哥，你什么时候用钱打个电话给我。”

“嗯，知道了。”欧阳飞感激地拍了拍三弟的肩膀。

说到这个问题，彼此心情一下子都沉重了很多，送大哥出门时，欧阳林为了缓解心境故意坏笑着补了一句：“哥，放心，我不会和大嫂说的。”

“哈，你小子呀。”

欧阳飞哈哈大笑着走了。看着欧阳飞的背影远去，欧阳林又点了一支烟，坐下来想了又想，想不通大哥怎么会和乔叶羽？这是真的吗？想来想去，还是问问小袅吧，这个家里的事没她不知道的。欧阳林掏出手机，他想马上知道答案。

欧阳袅正和一个病人说着话，见欧阳林的电话打进来，她温和地对病人说：“您放心吧，陆主任是咱们地区有名的消化专家，您先安心住下来，具体的治疗方案会有医生和您沟通的。好吗？”

“好吧，谢谢护士长，您忙吧。”

送病人走出护士办公室，欧阳袅忙接听电话：“三哥，什么事？我正忙着呢。”

“知道你忙，不过和三哥说话的时间总该有的吧？”欧阳林在另一端神秘兮兮地说：“小袅，你猜刚才谁来我饭店了？”

“我哪儿猜得出啊，去你饭店吃饭的人那么多，快说吧，我忙着呢。”

“瞧你这态度，从小就对三哥不够尊重，都这么大了也不懂得和三哥好好说话。”一句话，把欧阳袅逗乐了，的确，她和欧阳林年龄相近，自小就是没大没小的，也就是近几年才叫他哥，一直都是唤他“小林”的。

“好，三哥大人，请问，刚才谁去您的饭店啦？”

“这还差不多。”欧阳林呵呵笑着话题一转，故弄玄虚地说，“欧阳飞。”

“哦，是大哥呀，我还以为谁呢，他找你喝酒去了？”

“要是找我喝酒，我还给你打电话干吗？”欧阳林很不满意妹妹的反应。

“那大哥找你？”欧阳袅忽然有些忐忑不安，她真怕大哥消极地对待生命。

“你呀猜八遍也猜不出，他竟然是为了你三嫂的弟弟求工作来的。”

“啊？”

“你看看，你也惊讶吧？我跟你说小袅，咱妈生日那天，你三嫂看见大哥和乔叶羽在一起说话，很亲热的样子。我还以为是你三嫂八卦呢，没当回事。可今儿咱哥的表现太奇怪了。”

欧阳袅想起酒吧的一幕，似乎明白了其中的微妙，便说：“那有什么奇怪的？又不是别人，是三嫂的亲弟弟，你就给个顺水人情，帮着安排了呗。”

“你们这些吃公粮的就会说便宜话，我这买卖做着容易吗？说安排个人就安排个人？那工资成本从哪儿出？”

欧阳袅一笑：“三哥，不是我说你，你们生意人就是太算计，干什么事都要合适才行。你想想啊，你帮三嫂的弟弟安排了工作，三嫂自然是感激你呀，说不定一高兴还会答应给你生个胖儿子呢。这样一算，你也不亏啊。而且，自家亲戚总比外人用着顺手吧？”

“嘿，我的天使妹妹，让你这么一说，还真是可以考虑呢。”

欧阳袅更是得意地说：“从小你就是不如我聪明，直到如今，你也就是比我多吃几年咸盐罢了。”

“别说你胖你就喘啊，你这个不谦虚的毛病看来是改不了了。”欧阳林反唇相讥。

“呵呵，小林，哦不，三哥，你还别不服，我每天在医院打理的人和事，要比你的饭店复杂得多。你当老板总比我干小职员要舒服吧？”

欧阳林也笑起来：“我知道，我妹妹就是行，比我们哥仨都强。那就听你的，明儿我就让王进来我这里上班。”

“这不得了？以后这样的小事别打扰我。挂了啊。”欧阳袅笑眯眯地打趣着。

“喂，别挂呀，你还没回答我问题呢。”欧阳林忙说。

“什么问题？”

“大哥和乔叶羽呀。”

欧阳袅收起了笑容，想了想说：“三哥，我也不太清楚是怎么回事。不过，大哥是个有分寸的人，咱当弟弟妹妹的就别管了。现在最重要的是大哥放弃手术治疗挺让人闹心的。”

“是啊，刚才大哥在我这儿说了会儿话，看上去气色不是太好。咱们都尽力吧，至于结果，我们都无能为力。”欧阳林也收起了笑容。

“小袅，打扰一下，3床病人的药——”这时陆大推门进来。

欧阳袅冲他点了点头，对电话那一端的欧阳林说：“哥，我有事了，不和你说了。对了，你别和三嫂说这是大哥的意思啊。”

“我知道，这还用你嘱咐。忙吧，挂了。”

一个人闷闷地又坐了一会儿，欧阳林回头对若巧说：“我回家一趟，有事打电话。”

“知道了。”若巧答应着，拿过欧阳林的外套递到他手里。

Chapter 8

王诺听欧阳林说同意王进到饭店工作，高兴得搂住了欧阳林：“老公，我就知道你心眼儿好，放心吧，他一定会好好干的。”

“那你怎么谢我？”

王诺在欧阳林的脸上狠狠地亲了一口，暧昧地说：“晚上好好伺候你。”

“就这些？陪我睡觉是你当老婆的职责。”

“那你要怎样？”

欧阳林借机凑到王诺的胸前，说：“老婆，给我生个儿子吧。”

王诺一下子推开他：“我就知道你没安好心，咱们可是有约定的，我不想生孩子。”

“事情总是在发展的嘛，你看，咱家的饭店越干越大，这么大的家业总要有人来继承吧？等咱百年之后，给谁呀？我知道你不想生孩子，那是从前，现在情况不一样了，你是不是也要重新考虑一下？”

王诺想了想说：“实在不行，咱抱养一个吧。”

“干吗要抱养？我又不是不行。老婆，你再好好考虑考虑，好不好？”欧阳林边说着软话边动手动脚起来。

“可是，我都四十多了，对于生孩子这件事来说算是高龄了，恐怕不行。”王诺躲闪着。

“没事，咱找小袅，让她帮咱找个专家，咱好好酝酿酝酿。好老婆，好不好？”欧阳林的眼中泛着光泽，这光泽中有期待有热情，有一种火一样的渴望让王诺害怕。她真的不想要孩子，说不清为什么，就是不喜欢。

“不行，我真的不行，想想就害怕，真的不行。”王诺再一次推开了欧阳林。

“老婆，你仔细想想，有什么好害怕的？在你的腹中有我们的骨血，那是一件多么幸福的事。”说着，欧阳林搂住王诺的肩，柔声说：“你闭上眼想一想啊，在宽敞柔软的草坪上，我们一家三口躺在阳光里，呼吸着新鲜的空气……我们的儿子蹒跚着跑过来，嘴里甜甜地唤着‘妈妈妈妈’，是不是很美好？”

王诺努力冲出欧阳林营造的温馨，轻声说：“老公，你应该知道，我不想要孩子也不是一天两天了，而且当初我们约定好的，两个人走到老，只有两个人。”

“老婆，我刚才不是说了嘛，当初咱俩都年轻，很多事情并不是一成不变的，我们可以重新规划我们的日子。上次，妈过生日，你看她看莎莎的眼神，那种喜欢那种疼爱真是溢于言表啊。如果我们有个儿子，妈还不更高兴啊？”

“你妈是高兴了，那我呢？我不想做我不喜欢的事，更不想为了别人委屈自己。”

欧阳林有些不高兴：“瞧你说的，你生孩子妈肯定是高兴，但这件事归根结底还是咱俩的事，怎么能说是委屈呢？”

“反正我不想生，从前不想，现在也不想。”

“王诺，既然咱俩话说到这份儿上，那咱就交交心。人活着，不能太自私，你总该为我想想吧，我已经四十多了，要是有个孩子都该是高中生了。每次和同龄人坐在一起，就怕他们说起孩子，那种尴尬你不知道有多难受。而且你也看到了，饭店的生意不错，等我老了的那一天，谁来接我的班？”见王诺没说话，欧阳林继续说：“如果有一天，我让莎莎或果果接手饭店，你可别后悔。”

“凭什么让他们接手？要说有份儿，那我侄子飞飞也要分一份儿才公平。”

“你瞧你，一说到这些就急了，要是我们有个孩子会那么复杂吗？我老了，饭店理所应当就是我儿子的。对不对？”欧阳林挺直腰板拍着胸脯讨好地看向王诺。

“没孩子也一样，这世界上没孩子的又不是我一个人。实在不行，把饭店卖了，咱俩吃光花光，不牵扯继承问题。”

欧阳林看了看王诺，叹了口气说：“你呀，就是自私。人活一辈子，什么都带不走的，你以为你可以做到无牵无挂？其实无牵无挂的本身就是一种凄凉，在细水长流的日子里，这绝不是洒脱，更不是幸福。”

“好了，别说这些了，行吗？好烦哪。”王诺很怕自己被欧阳林说服。

“老婆，就当我求你，只要给我就生个孩子，无论男孩女孩你就是咱家的太上皇，钱都归你管，你要什么我给你什么。”

王诺一听，竖起了眉毛：“哦，原来你不让我管钱，是我没给你生个一儿半女呀？那你把我当什么了？生育工具？我还告诉你欧阳林，我就是什么都不是也是你老婆吧？是你老婆你就有责任供着我的吃喝，保我衣食无忧。你是男人就该做到这些。”

“好好好，怎么说着说着生气了？你可不能没良心，咱家现在的钱归我管，是你不爱费心，而且饭店周转资金也快，你又懒得操持，可不是我不让你管的，天地良心。”

“那当然了，你知道就好。我王诺只有不想做的事，没有做不到的事。”

“就是就是，我老婆会生孩子的。”欧阳林借势说。

“欧阳林，你别过分啊，你还有完没完？我就不生就不生，你还能把我休了不成？”

“我哪儿敢啊，我的小姑奶奶，不生了不生了，行了吧？”欧阳林最见不得王诺生气，或者说他有那么一点点喜欢她生气的样子。尽管结婚那么多年，她过着养尊处优的生活，从不帮他打理生意使他很累，但他喜欢她这样，喜欢被她依赖的感觉。其实，抛开生育的问题，王诺还是很会做女人的，不但会保养，人到中年看上去依然很年轻，最重要的是懂得哄自己的男人开心。在欧阳林遇到烦心事的时候，王诺绝不会撒娇使性儿，而在他需要她安慰的时候，她也总是拿捏得不温不火，遂他的心意。

说到底，日子过久了，夫妻之间的事就像是拉皮筋儿，只有掌握好分寸，才会不伤人伤己。这些年，欧阳林和王诺在对方眼里都是透明人，话说到什么火候该收了，彼此心知肚明。

和每一次一样，话题结束了，不管是笑着还是闹着结束的，两个人都没了心情。沉默良久，王诺站起身说："我去我妈家了，王进的事……你看让他什么时候来上班？"

"随时来吧。"说完，欧阳林仰面躺在了沙发上。

王诺看了看他沮丧的样子，还想说些什么，却终是没话出口，说了声"那我去妈家了"，便出门了。听着"嘭"的关门声，欧阳林望着天花板，心中百味杂陈风起云涌。

有一个属于自己的孩子，是天经地义的事，怎么就这么难？想来想去，还是妈说得对，是他把王诺惯坏了。他一直以为，两个人相爱是最重要的，有没有孩子不重要。可是随着岁月渐深，没有孩子的生活越来越寡淡，他不得不承认，他老了，很想延续自己的血脉。

曾经有哥们儿给他出馊主意，让他离婚另娶，他做不到。毕竟，他是爱着王诺的……事已至此，只能是过一天看一天了。或许有那么一天，王诺突然开窍了，嚷着要为他生个孩子呢。

会吗？欧阳林一个人摇着头苦笑。

王诺回到娘家，正好王进一家三口也在。

"姑姑好。"小飞飞看到她，马上跑过来，仰着沾了油的小脸打招呼。有那么一瞬，王诺的心一热，不过这感觉转瞬即逝，她从骨子里不喜欢孩子。没有去拉孩子的小手，而是不冷不热地避开了飞飞，王诺走到父母面前，说："今儿都在呀？"

飞飞有些委屈地看着乔叶羽，乔叶羽揽他入怀，轻轻地说：“姑姑又漂亮又干净，飞飞的手在吃饭，油油的，不能弄脏了姑姑的衣服。”飞飞噘着嘴说：“妈妈，我没有。”

王老太太看了一眼孩子，对女儿说：“飞飞是你亲侄子，干吗躲那么远？”

“妈，瞧您说的，我没躲。”说着，从手包里拿出一张百元钞票，递过去说：“飞飞，姑姑给你的，去买好吃的吧。”

飞飞摇了摇头，说：“谢谢姑姑，妈妈不让我要别人的东西。”

“拿着吧，姑姑不是别人。”王老太太在一旁笑着说。

乔叶羽赶忙接过话：“谢谢姐姐，这不年不节的，怎么能要你的钱呢。孩子还小，花不着钱。”

“给你就拿着，我不管什么年节的，我现在愿意给，你尽管拿着就是。年节的时候或许我还不给了呢。”王诺高高在上的样子不容人拒绝，也让人有些许的不舒服。在这个家里，一直都是这样，她从小养成了说一不二的习惯，王进在姐姐面前从不敢说“不”。这些年，父母也老了，加上王进的不上进，对女儿的依赖就更强些，渐渐地，连父母都敬着王诺三分。

“王进，快拿着，别让你姐举着呀。”老父亲也在一旁催促着。

王进接过钱，说：“谢谢姐，正好飞飞想买辆玩具车，明儿我带他去买，就说是姑姑给买的。”

“不用，说不说我都是他姑姑。刚出来前我还和小林说来着，以后要是分家产，不能都是他侄子的，也要有我侄子一份儿。”

王老太太紧张地问：“好好的怎么说起这些了？”

“唉，还不是他贼心不死，想要我给他生儿子。”

王诺一副不屑一顾的样子，眉宇间却没有那么的轻描淡写。老父亲叹了一口气说：“小林的心情你应该理解，男人嘛，谁不想有后啊。要说这件事也是你不对，咱又不是有病，怎么就不能生一个呢？”

“爸，您怎么也向着他说话？您又不是不知道，我讨厌孩子。”话一出口，几个大人一起看了看飞飞。乔叶羽忙站起身，说：“爸妈，我们吃好了，飞飞还有作业要写，我们先进去了，你们聊着。”说完，牵着孩子的手进了卧房。

乔叶羽最看不惯王诺的居高临下，身为长姐，她不懂得谦让，也很没有涵养。在王进不在的日子里，很少和她们往来，更别提亲近了。有些时候，乔叶羽甚至会觉得王诺很可怜，因为她自以为富有，其实穷得只剩下钱的人生是可悲的。想通了这些，乔叶羽便不再计较她的肤浅和虚荣。她知道，人以类聚物以群分，不是一类人最好少交往，少交往会少生嫌隙。所以，家里的乔叶羽和那个舞台上的乔叶羽是两个人，寡淡的日子里，她沉默寡言的状态是其内心苦闷的外在。

“干吗？这是抗议啊？我又没说讨厌飞飞。”看着乔叶羽和飞飞的背影，王诺一副不饶人的样子。转过头，见父母的眼神略带责备，王诺有些心虚地压低了声音：“干吗都这样看着我？我又没错。”顿了顿又刁蛮地说：“她就这样进去了？妈你可不能心软，这碗谁刷啊？惯得她。”

“我刷。”王进说着，站起身收拾碗筷。

“王进，你给我坐下。”王诺厉声道，“瞧你的窝囊样儿，宠老婆宠得没样子。我可告诉你，做男人得挺起腰板，你要是习惯了依着她，她也总会给你脸子看。你的日子就甭想好过。”

王老太太接过话说：“你姐说得对，小进啊，我看你俩在一块儿话很少，是不是她太傲气欺负我儿子？”

“妈，没有，她不敢。”王进的声音含在喉咙里。

“就是，一个爷们儿还能在家里说了不算了？”王诺还在找碴儿。

“行了，你们娘俩儿啊，到一起就没事找事，一家子和和气气多好。飞飞妈也挺不容易的，小进的工作一直解决不了，家里家外全靠她一个人撑着，也怪累的，咱们应该多体谅她。”老父亲在一旁忍不住插话。

“哦，说这个想起来了，我这次来就是为了王进工作的事，这一打岔差一点儿忘了。”王诺看着王进接着说，“你姐夫知道你一直没找到合适的工作便和我商量，要让你到我家的饭店去帮忙。这一来呢你也有了收入，不用在媳妇面前抬不起头，二来呢，也帮姐看着你姐夫点儿，这账里账外的事有你在姐就放心了。”

“真的？是你提出来的还是小林主动说的？”王老太太和老伴儿都喜形于色。

“瞧您这话问的，即使是他主动说的还不是你闺女的面子？”

“是是是，我闺女就是行。”老两口连连点头。

“姐，我不想去。”孰料，王进在一旁开口道，“我靠自己的本事吃饭，我会找到合适的工作的。去你家的饭店，我会不自在。我不想被亲人约束着。再说了，都是亲戚，处好了还行，处不好以后连亲戚都没得做了。我不去。”

“喂，王进，你可别不识好歹。你是不是看不上我们家的饭店啊？你觉得你是科班出身，学经济管理的，我家的小庙养不起你啊？你知道吗？想进我家饭店工作的大学生有的是，你还别拿豆包不当干粮。”王诺的嗓门儿高起来。

“小诺，自己的亲弟弟，说着说着怎么就动气了？有话好好说嘛，小进的想法也不是不对呀。”老父亲打圆场道。

王诺沉着脸说：“爸，你还护着他，就因为是我亲弟弟我才真着急呢。你们老两口明不明白他为什么找不到工作？还真以为是他眼高啊？坐牢的经历一辈子都抹不掉，这才是真原因。”

“小诺——”王老太太制止道。

王诺看着低头不语的王进，丝毫没有退让的意思：“王进，我告诉你，现在的社会很现实，人都很势利，你别指望别人理解你。在这个世上，只有你自己争取到的才是你自己的。什么专业？什么学历？你姐夫文化不高，却经营着饭店越干越大，朋友遍地都是。我觉得，这就是一个男人的本事。男人和女人不一样，在这个世上立身是凭真本事的。说句你不爱听的话，男人没本事连老婆也看不起你。捧着空文凭挣不来钱，那文凭就是一张纸，不如扔掉它，扔掉了，也许你的事业就开始了。”

“小进啊，你姐说的也有道理，过去的就过去了。要我说，丢下原来的一切，从头开始也是个出路。”老父亲说。

“就是啊，谁还没犯过错呢。以后咱不犯了就是。”王老太太也附和着。

在自己的亲人面前，王进是愧疚的，当年自己的一念之差把最好的光阴搭进去了，包括乔叶羽的最好年华。还有父母、姐姐，连累着他们担惊受怕，日子过得不舒心。出来后，自己一心好好做人，可是求职过程中遭遇的冷眼把一个男人的尊严和脆弱击落了一地，他不知道怎么样才是对的。

王诺见弟弟还是不说话，站起身说：“行了，你好好考虑考虑，反正我和你姐夫是仁至义尽了。你也不是小孩子，看着办吧。”说完，转身对父母说，“爸妈，我走了。”

“你吃了饭再走啊。”王老太太也站起身，和女儿客气着。

“不用，我约了人去吃西餐。我走了，王进想通了给我打电话吧。”

看着王诺出了门，王老太太重又坐下对王进说：“儿子，你姐说话是重了些，她说话就这样，你别怪她。不过，你好好想想，去饭店工作也不错……实在不行，咱先干着，等找到更好的咱再换呀。是不是？”

正说着，乔叶羽领着孩子出来了，飞飞嚷嚷着：“我要回家玩游戏。”

“姐姐走了？”乔叶羽问。

“爸妈，我们也回去了。”王进站起身。

“好吧，回去好好想想你姐的话。”王老太太说。

从婆婆家到乔叶羽家并不远，隔了两条小马路。如此近，王进在狱中的时候却很少往来。对此，乔叶羽是心存芥蒂的。偶尔和王进说起那段艰难的日子，王进要么不说话，要么说，是我对不起你，你有气往我身上撒，别怪我父母。男人不是女人，所以永远不会当儿媳妇，也就永远理解不了婆媳之间的隔阂。

“姐说什么了？你看上去好像不开心。”乔叶羽一边照顾着飞飞一边小心地问。

“也没说什么，就是想让我去她家饭店干，我不愿意去，她不高兴了，好像是我不识抬举了。”王进低着头说。

乔叶羽想了想，说：“你也别多想，其实饭店管理也是一门学问，姐姐姐夫都没正式学过管理，你要是去了帮衬一把，他们还应该感谢你呢。”

王进抬起头：“你真的认为我能行？”

乔叶羽笑着点了点头：“当然。”

一句话，王进的心中有了感激。他以为自己在她眼里一文不值，是没出息的男人。看着乔叶羽微笑的样子，他忽然决定了，行不行的也要去姐家的饭店干一段时间，只为她的这一句鼓励。

男人这种动物很奇怪，看上去很强大，脆弱起来竟比不上女人坚韧。乔叶羽深知王进的卑微，也懂得欣赏的重要。在两个人若即若离的生活中，她迁就着，隐忍着，希望自己的退让能成全一个男人的成长，也能成就孩子的幸福。至于自己的快乐，在王进入狱的时候，在欧阳飞婉拒的那一刻便灰飞烟灭了。

快乐，对于心死的乔叶羽来说，只有舞台闪亮的那一瞬。

一大早，王进刻意打扮了一下，精神抖擞地来到欧阳林的饭店。饭店的早晨很安静，健硕的梧桐树旁门可罗雀。

怎么没开门?

王进东张西望着，忽然想起饭店营业时间是十点以后。想到此，不觉一笑，看来自己是很珍惜这次就业机会的。抬起头，阳光很好，斑驳的碎影投射在他的心上，有一种暖煦铺陈开来。原来，生活可以如此美好，是自己忽略了。长时间以来自己本能地把自己封闭起来，独我的世界里是没有阳光的。

阳光，是生活的必需品，很多时候也是奢侈品。日子深处，心中的牢狱往往比现实的高墙更难冲破。

“若巧，今儿咱吃什么？”

门开处，闪身出来两个小姑娘。那个叫若巧的就像是她的名字，看上去伶俐乖巧，一张可人的脸庞生动明艳，在清晨的风中跳跃着迷人的光泽。

“俺呀？还是想吃锅巴菜、油酥烧饼。”若巧笑着说。

“好吧，那咱还去拐角的那家白记小馆。”

两个小姑娘挽着胳膊走过王进的身边，听她们说起吃早餐，王进才意识到自己的肚子也在咕咕叫着。于是，跟在她们身后，也来到了白记小馆。

吃早餐的人很多，迎面的热气阵阵扑来，并不大的小屋里空位子已很少。要了一碗豆浆两根油条坐下来，王进才发现身旁坐着那两个小姑娘。

“若巧，你不是本地人，怎么这么喜欢吃锅巴菜？”

若巧笑眯眯地说：“有一次咱老板领着俺来吃，边吃边给俺讲他从小就爱这口儿，还说锅巴菜的绿豆面要有多好、卤要有多浓才能算是正宗口味。听他这么一说，你再吃味道果真就不一样了。”

“呵呵，瞧你说的，老板一说这味道就跟着好了？”

若巧轻轻咬了口油酥烧饼，说：“俺从小在农村长大，吃喝都是不讲究的，从来不知道这么一碗锅巴菜可以吃得如此细致。真的，咱老板说得对，大锅炖菜和小灶炒菜味道就是不一样。”

“听你这口气，你崇拜咱老板吧？其实现在很多城里人都到郊区去做农家乐旅游，他们似乎喜欢吃大锅炖菜呢。”另一个小姑娘边喝着豆腐脑边发表着见解。

“那是他们吃腻了小灶，不信你让他们天天待在农村试试，没几天准不适应。”

王进一边吃一边听着，知道她们说的是欧阳林。在王进的印象里，这个姐夫是粗线条的，没什么文化，不过很勤奋，就凭他白手起家把饭店经营得如此红火，王进心里还是佩服的。

“若巧，咱老板也是中年人了，听说还没孩子，你知道是怎么回事吗？”

“俺也不太清楚，好像是老板娘不喜欢生孩子。”

“有这事？”

“嗯，听起来挺不可思议的，是吧？你说一个女人生孩子那还不是天经地义的事？俺们村上的女人哪个不生三个两个的？城里的女人就是娇气。”

“若巧，那天我看见老板一个人坐在包厢里喝酒，很不开心呢。”

“是啊，哪个男人遇到这样的老婆会开心呀？”

听到这儿，王进忽然觉得不舒服，毕竟王诺是自己的亲姐姐，纵有百般不是，纵然自己也不赞成她的一些做法，但这话从旁人口中说出，总是那么不是滋味。他有意咳嗽了一声，果然，引起了两个小姑娘的注意。她们侧过头看了看他，不再闲聊，吃完便又回饭店去了。

在街上闲逛了一小会儿，王进拿出手机，拨通了欧阳林的号码，难掩兴奋地说："姐夫，我是王进，我在饭店门口了，你几点过来呀？"

欧阳林揉着睡眼，"哦"了一声，问："有事啊？"

"没事，我今儿正式到你这里报到上班啊。"

欧阳林迷迷糊糊地推了推身边的王诺，捂住手机话筒小声说："你不是说王进不愿意来咱家饭店吗？怎么他说今儿就来上班了？"

王诺还没从睡梦中醒来，懒懒地说："谁知道啊，来就来呗。"

欧阳林想了想，对着话筒说："王进，你别着急啊，我大约11点钟过去。"

"没事，姐夫，你先忙着，我等你。"

挂了电话，欧阳林又推了推王诺，问："你弟弟来上班，我给他安排个什么职位？"

"随便，你看着安排吧。"王诺眼也没睁地说。

欧阳林赶到饭店的时候，还没上客人，王进一个人坐在大厅的椅子上，很扎眼。见欧阳林进来，忙起身迎过来，喊着"姐夫"。

若巧走过来说："老板，他说找您。"

"知道了，你把店里的服务员召集齐，我有话说。"

若巧答应着去喊人，欧阳林拍了拍王进的肩膀说："本科生到我这小庙里来，委屈你啊。"

王进很不好意思地笑："姐夫，别这么说，是你抬举我，给我口饭吃。"

"一家人不说两家话，好好干没你亏吃。不过，丑话说在前头，我这生意是勤行，眼里不担闲人。以后我要是说轻说重了，你也别往心里去。"

“放心吧，姐夫，我会好好干的。”

说着，餐厅的服务员已经一排整齐地站好，若巧说：“老板，人齐了。”

欧阳林清了清嗓子，声音洪亮地说：“我和大家介绍一下，这是王进，我小舅子。从今儿起，他就和你们一起工作了。以后大家要彼此照应，共同努力。我欧阳林是有心人，饭店生意好，保证每个人都会得实惠。”

回过头，他对王进说：“你也说两句吧。”

王进有些拘谨的样子，想了想说：“认识大家很高兴，还请多关照。”

有人在窃窃地发笑：“这个男人一张口怎么像韩国人？”

“韩国人？他可没那么帅。”

若巧看了看大家，站出来说：“大家安静，马上就要上客人了，我们一起击掌，为今天的工作加油。”

“啪”“啪啪”“啪啪啪”。在若巧的带动下，大家一起有节奏地笑着击掌后，随着若巧的一句“散了”，便各忙各的了。

王进问：“姐夫，我干点儿什么？具体负责哪些？”

“你呀，先熟悉熟悉情况，干什么以后再说。”说着，喊若巧到身边，嘱咐道：“这几天，你带带王进，让他先了解一下，不用派具体的活儿。”

“好的，老板。”若巧看着王进，有些不自在。她没想到他是老板娘的弟弟，吃早餐时自己的话他一定是听见了。

王进知道她的心思，冲她一笑，算是打过招呼。

在饭店待了几天后，王进渐渐知道，欧阳林时来时不来的，姐姐王诺更是少见，饭店的日常管理几乎都是那个叫若巧的在操持。这个看上去弱不禁风的小姑娘很是干练，周旋在店员和顾客之间，眼观六路耳听八方。每天王进跟在她身后，几乎插不进话也搭不上手。

这一天，王进和每天一样，坐在离前台不远的地方看着若巧淡定自若地掌控着嘈杂的场面，有一种闲来无用的郁闷袭上心头。唉，本以为可以在饭店的管理层大干一场，谁知却是白吃饭的。廉者不受嗟来之食，这滋味真是难受。

只见一个服务员急匆匆跑到若巧跟前，紧张地说："若巧姐，你去看看吧，9号桌客人非说咱家的水煮鱼是地沟油。我都好话说了一大堆了，他就是嚷嚷着要找领班。"

若巧问："你看他的情形是借酒撒疯还是想要赔偿？"

服务员摇了摇头说："我哪儿知道啊，反正不是个善茬儿。"

若巧正要过去，王进走过来说："让我去看看吧。"

看若巧迟疑的眼神，王进一笑："你要是不放心，我们俩一起去？"若巧只得说："那好，你和红红先去看看吧。"

跟随着服务员来到9号桌，几个男人正吃得嘴角流油，王进发现桌上的水煮鱼已吃得所剩无几。

"您好，请问您有什么问题？"王进客气地问道。

"你是谁呀？做得了主吗？让你们领班和我说话。"坐在中间的男人对王进不屑一顾。

"对不起，我们领班正忙着，有什么事您可以和我说。"

"和你说？"男人似乎是想了想，说，"那也行，你们饭店的这盘水煮鱼，我们怀疑是地沟油，你看怎么办吧。"

王进陪着笑："这位大哥，我可以用我的人格担保，我们饭店绝不会使用地沟油，不信你可以到后厨去看看，都是清一色的正规品牌油。"

"你说没有就没有啊？我们几个吃了这鱼后觉得胃极其不舒服，肯定是你们的油有问题。你们开饭店是要对顾客负责的。"

"是我们的责任我们一定负责，不过，这件事你让我处理起来很为难。"王进依然赔着笑说。

"这有什么为难的？要么你们赔给我们，要么我们哥几个都到医院去检查一遍。没事还好，要是谁查出毛病来，你们这饭店就得关……你选吧。"

"就是，你们看着办。"其他几个人也都起哄附和着。

"大哥，你这样说就不对了，这鱼你们已经吃了，怎么可能退呢？再说了，人吃五谷杂粮哪有不得病的？你们随便查出什么就都算是我们饭店的，这不公平吧？”

男人一听，“啪”的一下拍桌子站起来：“你是干吗的？态度够横啊，今天你要是不解决，我们就不走了，而且天天围着你们饭店‘宣传’你们用地沟油，最好是让媒体也来查查，我就不信你们一点儿事没有？”

“大哥，你这样做不厚道吧？”王进也有些起火。

“嗬，小子，和我讲厚道，老话说‘无商不奸’，你们饭店用地沟油就厚道了？”

“谁看见我们用地沟油了？你们说话要拿出证据来。”

“嘿，小子，有种，哥几个今儿就叫你知道知道什么是证据。”说着，“哗”的一下把桌上的碟子都砸在了一起，其他几个也拉开了打架的架势。

见几个男人胡搅蛮缠，王进出狱后长期压抑的苦闷一下子像一座火山一样爆发了：“怎么？想打架？那好，咱出去练练，我还告诉你们，我在里面待了十年，大不了再进去待上十年。”

“好啊，想不到你还真是个爷们儿，那咱就练练吧。”几个吃客毫不含糊。

王进一撸袖子：“好，练练就练练，我这胸口正堵得慌呢。”

Chapter 9

饭店里乱糟糟的，正是吃饭时间，客人很多，都伸着脖子往9号桌这边看，服务员也都一个个吓得躲得远远的。

“哎呀，这是怎么说的？都坐下都坐下，红红，赶快给客人上一壶好茶，去去火。”原来服务员见王进和这些人越说越僵，便及时喊了若巧过来。

“少来这套，我们不喝茶，我们要解决问题。”几个男人喷着酒气气势汹汹地喊着。

“若巧，你别管，我还真不信他们能怎么样。”王进的嗓门也不低。若巧瞪了他一眼，转过脸又笑盈盈的，不愠不火地说：“我是饭店的领班，有事您和我说。”

“你是领班？这会儿过来了，刚才不是请不动吗？”

“瞧您说的，今儿忙了些，我这不是赶着过来了吗？几位大哥坐下说吧。”

“坐下？你们这位小兄弟不是想和我们练练嘛，练完再坐。”说着，几个人又做出冲出去的样子。

若巧明知道他们做样子，也不得不拦着说：“他呀，是刚来的，你们别和他一般见识，你们不是想解决问题吗？我有诚意和你们谈，都坐下，不要影响其他客人吃饭，好不好？”王进在一旁听得很不舒服，却也没奈何。

“那好吧，看你这个小姑娘说话还是那么回事。简单和你说吧，我们刚刚吃的水煮鱼是地沟油，对我们身体造成了伤害，你看怎么解决？”

若巧一笑：“几位大哥，我看着你们眼熟，一定是我们这里的常客了。既然常来就是朋友，是朋友就要彼此关照的。你们吃的水煮鱼肯定不是地沟油，这是我们这个店的基本信誉。如果我们连这一点也保证不了，几位大哥也不会常来常往啊，是不是？”见几个人的气势略有收敛，若巧接着说：“这样吧，今儿的水煮鱼算我们赠送的，今后几位大哥再来吃饭我给打八折，可以吗？”

“再来？我们还敢来吗？”

“当然会再来的，我们饭店能够如此红火全仗着新老客户关照呢。”

“不行，下次打八折，这次怎么算？”听着这帮人耍无赖，王进在一旁眼里直冒火。正这时，从旁边包间里走出一个人，拍了拍那个领头闹事男人的肩膀，说：“这次我请了。”

“孟老板。”若巧点头打着招呼。

孟森笑着来解围：“哥几个，差不多得了，人家一个小姑娘已经退步了，得饶人处且饶人，她又不是老板，别让她太为难了。就算给我个面子，交个朋友，这顿饭我请了。”转过脸，又对服务员说：“红红，9号桌记我账上。”

几个男人略显尴尬，却又强撑着说：“不是我们找碴儿，是他们违规用地沟油。”

孟森一笑：“什么地沟油毒奶粉的，一方水土养一方人，在咱的地盘上活着拼的是抵抗力。我看你们哥几个身体都够壮的，就算是地沟油也保你们没事。这个饭店我几乎天天来，有事你们找我。”说着，又友好地拍了拍那人的肩膀。

“今儿就给您个面子，下次再让我们碰上这事，绝不手软。”说完，几个男人瞪了瞪王进，得意扬扬地走了。

“孟老板，这账——”若巧喊住已转身欲走回包间的孟森。

“没事，记我账上吧，别让你们老板亏了。”说完，又回身嘱咐道，“以后遇上这类人，别硬碰硬，做买卖和气生财。”

“知道了。”若巧答应着，不满地瞟了王进一眼。

看欧阳林的脸色，王进就知道是为了水煮鱼的事。

“姐夫，其实这件事不怪我，那帮人太嚣张了，不给他们点儿颜色看看，他们以后会常来捣乱的。这在管理学上叫危机处理。”王进为自己辩解着。

欧阳林点了一支烟，看着王进的眼睛慢慢地说：“是这样啊，我知道你读过很多书，也知道你不怕打架，不过咱这个饭店经不起折腾。王进啊，姐夫凭多年的经验就和你说一句话：这理论和实际是有距离的，开饭店是生财还是生怨也就是一闪念。”

“姐夫，我承认有些鲁莽了，不过，果真把他们打服了，也不一定就是坏事。”

欧阳林看出王进是不服气的，也不便多说，这要是自己的亲弟弟，欧阳林就直接告诉他，想在这里混饭吃就别给我惹事。可是，隔了一层终究是隔了一层，有些话还是不说的好。

想了想，欧阳林问：“这几日在前厅实习得怎么样？都熟悉了吗？”

“还行吧，每天就是观摩，若巧也不给我派活儿。”王进的语气里有明显的不满意，欧阳林听出来了，也不戳破，而是说：“这样吧，这几天后厨采买缺人，你去后面帮帮忙，也熟悉熟悉。”

“去后面？”王进不悦。

“怎么？不愿意啊？后厨的管理可是很重要的，客人满意与否全在饭菜质量。如果从你说的管理学角度，这叫质量管理吧？”

王进不好再说什么，一笑，算是同意了。

晚上回到家已经是12点了，王诺竟然还没睡。欧阳林一边换拖鞋一边问：“今儿是怎么了？这么贤惠？乖乖地等老公回家。”

王诺脸上敷着面膜，正懒在沙发里看韩剧，听到门锁声，转过脸说：“你让王进去后厨了？”

“是啊，消息够快啊。”

“我说你是不是脑子进水了？他一个学经济管理的大学生还比不上一个乡下丫头？你让若巧去后厨，让王进在前台负责。”

欧阳林放下东西，坐到王诺身边说：“你呀，不问青红皂白，上来就替你弟弟说话，你也不问问他，昨天差点儿和顾客白刀子进去红刀子出来。”

“有这么严重吗？我听王进说就是一帮小混混儿，差一点儿就制住了。”

欧阳林摇了摇头：“差一点？我看哪，是差一点让人家把他制住了。好几个大男人，又都喝了酒，要真是打起来，你说谁胜谁负？还说我大脑进水，老婆，你仔细想一想，他这脾气万一惹了大事，咱饭店生意不说，还不是让老爸老妈又跟着糟心？再说了，后厨也很重要，采买有个自己人，多好。”

听欧阳林的话也有道理，王诺不再计较，便说：“那我明儿打电话再和他说说。”

“瞧瞧，人与人有亲厚啊，我老婆向来都是油瓶倒了都不扶一把的，今儿也为自己的亲弟弟操起心来了。”

王诺一笑：“要是你这个当姐夫的做得好，还用我当姐的操心？”

“我做得不够好吗？这段时间他几乎什么都不干，我还要发工资，这要不是亲小舅子，就凭我欧阳林，能吃这亏？”

王诺扑哧一笑：“这倒是真话，欧阳林是谁呀！”

“是谁？是你孩子的爸。”欧阳林借势靠过来，倚在王诺的身上：“今晚咱不吃药了，行吧？”

王诺一闪身，边走向卫生间边说：“晚了，我刚吃完。”

欧阳林像泄了气的皮球一样歪倒在沙发里。

欧阳飞的身体越来越虚弱了，烟也抽得越来越凶。李妍隐隐感觉他的身体状况不妙，却不曾开口相问，她知道，如果欧阳飞不想说，问多了只能招他烦。至于欧阳袅，她又不敢问，生怕真问出什么大病来，自己扛不住。李妍就是这样的人，生性懦弱，柴米油盐的日子里，只能是事找她，她从不找事。

这一点，欧阳飞是再清楚不过，所以他坚持瞒着病情。等到自己不行的那一天，她不得不面对时再让她知道尽管有些残忍，但总比她从现在就哭哭啼啼胆战心惊的好。

人生很多事看上去是残忍，其实是慈悲。

莎莎最近有好几次在父母面前又提起要辞职，李妍劝不住，便让欧阳飞劝，欧阳飞却有些底气不足。想起那一天在酒吧莎莎敌视的眼神，他就不知道该和女儿怎么相处了。

午后的天空有些孤独，欧阳飞一个人在林荫道散着步，走着走着又来到“水晶之恋”门口。这个时间的酒吧人并不多，透过落地的玻璃窗，他看到很多的位子都空着。这是一个成就自己梦想的地方，在这里，他欧阳飞是独我的，也是快乐的。只是，自己的身体离这里越来越远了。他忽然想，另一个世界会不会有音乐？如果有，那他就不是孤独的。

正想离开，乔叶羽走进了他的视线，一个人，低着头，走得很慢很慢，似乎是在门口迟疑了一下，推开门，进去，坐在了朝南的窗前。

欧阳飞的心跳了跳，尽管没人看得见，他还是下意识地捂住了胸口。有段时间没见她了，她清瘦了很多，一定是过得不舒心。

想了想，也推开门走进去，径直走到乔叶羽面前，坐下，点了一支烟。

乔叶羽抬起头，看了看他，并不觉得惊讶，而是说：“也给我一支吧。”

服务生走过来问：“两位喝点儿什么？”

“呀，是欧阳老师和乔老师啊，两位好久不见。”另一个服务生走过来，笑着说：“新来的小孩儿，不认识您，别见怪。两位还是咖啡吗？”

欧阳飞一笑：“是啊，好久不见，都不认识了。我喝白水。”转过头问乔叶羽：“你呢？”

“我也是。”

“行行行，没问题，两位老师驾临，我们这儿就没有最低消费了。”服务生巧妙地说出了酒吧有最低消费的规定。

欧阳飞吐了个烟圈：“你小子，够机灵，别让我们坏了你的规矩，这样吧，来两瓶零点啤酒，常温的，再来一壶莲心菊花茶。”

“好嘞，两位老师请稍候。”

两个服务生转身走开了，乔叶羽问：“怎么改喝水了？身体不舒服？”

“没有，是让老婆管的，说我有胃疼的毛病，酒刺激胃……”玩笑说了一半，欧阳飞停住了，这样的场景提到李妍当然是不合适的。

“你怎么也喝水了？”欧阳飞反过来问道。

“我是随着你，就像你喜欢音乐我就爱唱歌一样。”

这时，服务生把两瓶啤酒和菊花茶一起端了上来：“请慢用。”

菊花茶是透明的玻璃杯，一朵一朵开在水里的花，清澈，美好。欧阳飞倒了一小杯放在乔叶羽面前，自己则喝起了啤酒。

乔叶羽伸手拿过另一瓶，说：“我也喝这个，说了的，一样。”

欧阳飞看了看眼前的女人，没有阻拦。他懂，她心里不舒服。

“最近过得好吗？”两个人几乎同时开口。

相视一笑便都沉默了，彼此惦念的两个人各居一方，不近也不疏，是一种折磨。沉默片刻后，乔叶羽轻轻地说：“不好。”

欧阳飞心疼地看着她，轻轻问：“怎么回事？王进的工作不是解决了吗？”

“他这个人啊，眼高手低，进姐夫的饭店，本来是期望在管理方面大展身手的，谁知实际情况让他落差比较大，情绪就不好。”

“他又打你了？”欧阳飞担心地问。

乔叶羽抬起头，看着欧阳飞的眼睛：“他打我，你会心疼吗？”

欧阳飞低下头，喝了口啤酒，避开乔叶羽的问题说：“夫妻过日子，要多体谅。其实他也挺苦的，最好的光阴都留在了高墙里。当今社会对他们这个群体又是缺乏包容度的……”

“我的苦谁知道？”乔叶羽泪眼汪汪地逼视着欧阳飞。

欧阳飞顿了顿，柔声说：“我知道你不容易，一个人带孩子少人关心，喜欢唱歌王进又不理解……”

“他不要我——”乔叶羽的声音带了哭腔。

显然，欧阳飞被惊住了，他直愣愣地看向乔叶羽，不知该说些什么。乔叶羽擦了一下眼角的泪水，很低很低地说："回来这么久了，他很少碰我。仅有的几次还是他在醉酒后……很粗鲁，像是泄恨……"

"怎么会这样？"

"欧阳，我不是一个随便的女人，我喜欢你，可我们都有底线，不能越。我也知道，现实生活容不下太多心思，我不奢望，只想平平淡淡地过。这要求高吗？"

欧阳飞递过一张纸巾，心一阵紧似一阵。对一个男人来说，不能保护自己心爱的女人是一件很痛苦的事，可他没有选择。

乔叶羽蘸了蘸眼角，昂起头，将就要流出的泪水收了回去，继续说："我想过，为了孩子我忍了，也想过他的苦，觉得他有了社会角色会好些，可生活有意要苛待我……"

"对不起，我不知道是这样。"

"没什么对不起的，谁让我们相见晚了呢。对生活，我真的不想抱怨，可是一个人的时候，觉得好苦闷，而且这种苦闷没有地方宣泄……我真怕有一天我会疯掉。欧阳，如果有一天我不在了，你会想我吗？"

欧阳飞沉重地摇了摇头："别这样说，我会很难受。"几次欲说出自己的病情，话到嘴边他又咽了回去。这是一个可怜的女人，自己不能再给她添伤痕了。

世上女人有很多种，欧阳飞曾经以为李妍那样的女人可怜，因为她比较简单，所以很多的感触她都没有感受。现在看来，简单是福，乔叶羽细腻温婉，有敏锐的心思和丰富的情感，所以她更容易受伤，也更可怜。

是谁说过？女人是天使，为了爱来到人间，一旦受伤便折了翅膀再也飞不回天堂。乔叶羽是美丽的天使，自己的无能为力对她是不是也是一种伤害？

"欧阳，一个人的时候我常想，或许离开才能解脱。"

"羽，你别想不开啊。"欧阳飞很紧张地说。

乔叶羽一笑："瞧你想哪儿去了，最近我的一个同学要在丽江开一家手工坊，想让我过去帮她。还说，丽江适合一个有故事的人。”说到此，乔叶羽看了看欧阳飞：“可是这个城市有那么多的放不下……最放不下的就是你。”

欧阳飞的负疚感又一次袭上心头：“羽，如果有下辈子，我一定好好爱你，给你一个温暖的家。”

“下辈子有多远？”乔叶羽的声音轻飘飘的，仿佛是从另一个世界飞来的。

“没多远。人活着其实很短，这辈子走到头的时候，就是下辈子了。”说着，欧阳飞往茶杯里续着水，说，“别喝啤酒了，伤胃。水凉了吧？喝杯热的。”

“老爸，这么巧？今天您怎么没午睡？”

欧阳莎莎的声音传来，欧阳飞手中的壶一抖，水洒到了桌子上。

“莎莎？你今天没上班？”欧阳飞抬起头。

“是不是我不该出现？”莎莎的声音很冷。

乔叶羽忙掩饰了一下妆容，站起身，说：“欧阳，欧阳老师，您先忙，我该去接孩子了。”

欧阳飞也站起身说：“那好。”

“爸，不给我介绍一下这位漂亮阿姨吗？”欧阳莎莎的目光和话都像是要穿透两个人的内心。

欧阳飞有些窘地说：“乔叶羽，乔阿姨。”然后又对乔叶羽说：“我女儿，莎莎。”

“你好。”乔叶羽点了点头。

“哦，乔叶羽？您最喜欢唱《茉莉花》的。对吧，老爸？”莎莎的样子咄咄逼人。

“莎莎，乔阿姨还有事。”

“是吗？看来是我来得不巧了？”

“莎莎。”欧阳飞有些不高兴又无可奈何的样子。

“欧阳老师，你们父女坐，我先走了。”说完，乔叶羽黯然离开。

坐下来，欧阳莎莎还是气鼓鼓的，嘟着嘴看着欧阳飞不说话。欧阳飞一笑，换了一个杯子倒上水，递到女儿跟前，说："喝点水吧。"

欧阳莎莎端过来一饮而尽，放回桌上，欧阳飞再倒，她再喝，一连三杯，惹得欧阳飞笑起来："傻丫头，怎么了？渴成这样？不怕烫？"

"解释。"欧阳莎莎的语气像是冰镇过的。

"解释什么？"

"乔叶羽。"

"她有什么好解释的？"

"别装糊涂，说。不然我告诉老妈，你信不信？"

"你这孩子，她就是爸的一个普通朋友，从前在一起做音乐。今儿碰巧了，就坐在一起说说话。这有什么不可以吗？"

"那我问你，那天你在酒吧帮她打架，为什么？"

"用词不当。不是打架，是劝架。"

"是吗？可我看见你的眼神里有愤怒和忧伤。"

欧阳飞不得不承认，女儿长大了，一些事情瞒不过，但是，他是父亲，父亲在女儿面前是要有威望的，自己的内心世界不能让她窥见。于是，强作镇定地说："瞎说，爸是男人，愤怒嘛，倒是可以有的，男人眼里怎能有忧伤？"

"大飞同志，别装了，我都看见了。"欧阳莎莎一本正经地说。

"看见什么？眼见不一定为实。"欧阳飞躲闪着。他忽然发现，尽管他和乔叶羽没有什么，但在孩子面前，他竟是羞愧的。

"直说吧，老爸，她是你的情人？"

"瞎说，怎么和爸爸说话呢？"

"爸，这也没什么丢人的，有本事的中年男人有情人不稀奇。"

欧阳飞点了一支烟，说："你爸没这本事。"

"我爸有。"

"哦？说说看。"欧阳飞饶有兴趣地看向女儿。

"我爸俊朗豁达，有才气，讲义气，人格魅力无限。"

欧阳飞又忍不住笑了："怪不得人家都说父女是前世的情人，前生情缘未了今生又做父女。情人眼里出西施，在我们莎莎眼里，老爸还真不错。"

"严肃点儿。"莎莎依然不想放过欧阳飞，继续审问。"说实话吧，要是没有我妈，也许我也会喜欢这个阿姨的。但是我妈在，你就不能和她好。这是原则。"

原则？欧阳飞想起自己和乔叶羽说过的底线。到底是父女，思维都是相通的。没错，李妍是自己的老婆，他一直谨记，从没忘过。正因为如此，他才亏欠了乔叶羽。

"欧阳飞，不要走神，我和你说话呢。"

"好好好，小祖宗，你说吧，我听着呢。"

"就一个问题：你们有没有出轨？"

"越说越不像话了。"欧阳飞收起笑容拉长了脸。

欧阳莎莎不急不躁地说："其实这没什么，真的，出轨有两种，一种是精神出轨，一种是肉体出轨。如果你是第一种，悬崖勒马，我就当什么都没看见；如果你是第二种，那我就要帮我妈讨个公道。"

"行了，莎莎，别闹了。老爸用人格担保，会和你妈白头偕老的。"话一出口，欧阳飞愣住了，白头偕老，还有不到半年的时间了，算是白头偕老？

看欧阳飞一愣神，莎莎立即犀利地说："怎么？自己对自己都不自信吧？"

欧阳飞摁掉了烟头，无力地说："莎莎，别闹了，爸爸累了，想一个人坐会儿。你先回去吧，一个女孩子以后别总往这里跑。"

"女孩子怎么了？我又没干见不得人的事。爸，我今儿正式通知你啊，下个月我就不去医院工作了，而且我报了一个调酒师的培训班。"

欧阳飞没想到女儿会先斩后奏，这一点真是太像他了。如果自己能多陪她走一段路，如果她是个男孩子……可是，这世上没有如果，这孩子真是让他不放心啊。

其实，欧阳飞是不习惯操心的，生命的最后时光里，他才开始牵挂满怀。

有人说，人在这个世上的得失早就是命定的，老天爷也是公平的。比如，有人小时候丰衣足食老年却潦倒，有人自幼苦难重重中年后步步高升，有人总是被爱人关照着，有一天爱人因病卧床，他反过来要学着伺候她。

人与人讲缘分，人与人之间的情分也是需要偿还的。

见欧阳飞一直不说话，莎莎沉不住气了：“爸，你没事吧？”

欧阳飞想了想，问：“莎莎，你妈知道吗？”

“还没和她说呢。”

“那你先和你妈说吧，她同意了我没意见。”

“爸，您别转移矛盾啊，我知道，妈听您的，只要您没意见我妈也就不攻自破。”

欧阳飞看了看女儿，认真地说：“这一回听你妈的。”

看出欧阳飞不容商量的样子，莎莎有些着急，脱口而出：“这会儿想起我妈了？”

欧阳飞刚要反驳，孟森正走过，看见欧阳莎莎，主动打着招呼：“欧阳小姐好。”

“你好，这么巧？”欧阳莎莎回身礼貌地问候着。

“是啊，我正陪一个客户喝下午茶。”

两个人谈话的空隙，欧阳飞努力回忆着，想起是那起医疗纠纷中上门道歉的男人。不知为什么，欧阳飞忽然很反感他们在一起说话的样子，潜意识中这个男人好像要夺走自己的女儿似的，于是本能地不悦：“莎莎，我和你说过不要在这里结交朋友。”

欧阳莎莎没想到爸爸会这样说话，而且是当着孟森的面，这也太不礼貌了。在她的心里，爸爸是时尚前卫的，不会封建到不让她和男人说话。但是，她不懂，父亲对于女儿结交异性朋友是相当敏感的，尤其欧阳飞已经是生命倒计时。

“您可能误会了。”孟森在一旁解释着，“我和欧阳小姐只见过几次面而已。”

“最好是我误会了，我不喜欢有男人在酒吧里与我的女儿搭讪。”

“爸，你说什么呢？”莎莎很不高兴。

听欧阳飞的语气不善，孟森一笑：“酒吧里的男人也不一定就是坏人，比如您，比如我。”见欧阳飞闷了口，孟森又说，“其实贵小姐也是成年人了，就算是有坏男人，她也会识别的。”

“就是。”欧阳莎莎感激地看向孟森。

“她是我的女儿，她是否成年我最清楚，不用你来教育我。”欧阳飞冷冷地回道。

孟森点了点头，说：“岂敢岂敢，我对旁人的家务事不感兴趣。你们聊吧。”

欧阳莎莎实在是想不通，老爸怎么变了呢？变得如此不通情理，这简直就是让自己没面子嘛。就在孟森转身离开的一瞬，她忽然一下子挽住了孟森的胳膊，还故作轻松地说：“老爸，你自己坐吧，我和孟老板出去走走。”

两个男人都愣住了。

欧阳飞血往上涌，心脏强烈不支，他粗鲁地一把拉开莎莎的手，厉声问：“莎莎，告诉爸爸，你和他什么关系？”

欧阳莎莎慢悠悠地说：“朋友啊。”

“什么朋友？”

“就是，就是你和乔阿姨那样的朋友。”

“你——”

“我怎么了？你不是说你和乔阿姨是普通朋友吗？我们也是。”

孟森在一旁有些不知所措，他被眼前的状况弄晕了，不过也大概猜出这父女俩有矛盾，自己只不过让这个小丫头当了枪使。眼见欧阳飞气得直抖，孟森唯恐出什么岔子，连忙解释：“欧阳先生，我们真是——”

我们？这样的两个字钻进欧阳飞的心肺，格外刺耳，他怎么也想不到女儿会和一个中年男人相处，看来自己真是把她惯坏了。不能再想象下去了，欧阳飞举起手，似乎是想教训莎莎，手抬到半空，忽然眼前一黑，竟重重地歪在了沙发上。

欧阳袅接到莎莎电话的时候，正陪着母亲说话。

欧阳老太太这段时间潜心研究佛经，看上去身心愉悦。茶几上，净空法师讲经的光盘和书籍摞了很高，欧阳袅顺手拿起一本，问：“妈，这个师父就是您说的净空啊？看上去慈眉善目的。”

“出家人慈悲由内而外，自然是和善温暖。”老太太笑着说，“这些都是你杨伯伯拿来的，我还以为我会看不懂，读多了，听多了，竟是入了进去。”

欧阳袅也幸福地笑着说：“妈，我喜欢您有爱好，不然会很寂寞的。”

“这也不算是爱好，是一种修行。人老了，心静了，喜欢佛法是自然而然的事。”

“妈，您说我是不是也可以信佛？”

老太太看了看最爱的小女儿，说：“每个人都是有佛缘的，缘就等在那儿，等你路过的时候就遇见了，不用刻意。”

“妈，信佛是不是都要吃素啊？如果是那样，我就吃不上您做的糖醋排骨了。”欧阳袅歪着头吐着舌头笑。

老太太也笑了：“我给你讲一个故事吧：从前有一个人很想成为佛教徒，却特别爱吃肉，他很想有一个两全其美的办法，于是去向师父咨询。听了他的意思，师父并没有强制他吃素，而是说，你可以吃肉旁边的菜。一天天过去了，他一边念经文，一边吃肉旁边的菜，渐渐地，竟没有了吃肉的念头。”

欧阳袅很仔细地听老太太继续说：“佛法讲究普度众生，不拒绝任何一个有缘人，当你与佛结缘时，你就会知道，很多事情包括吃素、布施都不是佛让你做而是你要做。”

欧阳袅若有所思地点了点头。

这时欧阳莎莎的电话打进来：“小姑，你快来吧，我爸晕倒了，在你们医院的急救室呢。”欧阳袅心里一惊，忙捂住话筒，侧目看了看温和安静的母亲，又不便多问，只是说：“好吧，我马上到。”

一边穿外套，欧阳袅一边说："妈，我得马上去趟医院，这也是一种行善吧？我算是知道了，深山修行没什么，最难的是在俗世里修行。很多时候，你不找事，事都来找你。"临出门，又补了一句："妈，有时间我再来看您，今晚就不过来了。"

欧阳老太太站到窗前望着女儿走远，悠悠地说："这孩子，天生慈悲。"

急救室的走廊里。

欧阳莎莎对孟森说："对不起啊，我——"

孟森拍了拍莎莎的肩头，诚恳地说："没事的，不用解释，如果你把我当朋友，什么也别说，现在重要的是你爸爸没事就好。"

听了这句宽慰的话，欧阳莎莎的泪又涌出来了，自己从小就和爸爸最要好，几乎没发生过争执，爸爸也是没原则地宠着她，这一次竟然伸手要打她，到底是自己过分了还是爸爸不再是从前的爸爸了？

"陆天，我哥晕倒了，具体情况我还不清楚……对，就在咱们急救室，你赶快过来。好，一会儿见。"挂了陆天的电话，欧阳袅急急地冲到欧阳莎莎面前，问："到底怎么回事？"

欧阳莎莎眼泪汪汪地看了看孟森，胆怯地说："小姑，你还是先进去看看吧。"

"是你惹的祸是不是？要是你爸有个三长两短，你看我怎么收拾你。"说完，欧阳袅转身进了急救室。

孟森说："既然你家来人了，那我先走了，有事给我打电话吧。"

"好的，谢谢啊。"欧阳莎莎还是一副委屈的样子。

孟森笑了笑，又拍了拍她的肩，在欧阳莎莎的视线里一点点走远了。站在走廊里，欧阳莎莎望着这个背影呆呆地出神：这个城市不大也不小，可不知为什么，自己总会遇见这个人，尤其是他拍自己肩头的那个细小动作，是如此亲切，好像他们是多年的老朋友。

门一响，欧阳袅出来了："莎莎，你爸没事了，医生说是由于身子虚弱受了强烈刺激导致的晕厥。已经输上液了。”顿了顿，盯着莎莎的眼睛又问：“说，怎么刺激你爸了？刚才那个男人是谁？别告诉我你不认识啊。”

欧阳莎莎低下了头：“小姑，其实我真的不是故意的，下午的时候，我在酒吧看见我爸和那个乔叶羽在一起，心里特别扭，就过去故意找碴儿……后来，正巧孟森过来了，就是刚才你看见的那个人，其实我们只见过几次面，没深交过。也不知怎么的，说着说着我爸就生气了，就，就晕倒了。是孟森帮我把他送医院来的。”

“你都和你爸说什么了？能把他气成那样。我可是知道，你爸平时最惯着你的。”欧阳袅继续逼问着侄女，她知道，这个小丫头是大哥的心头肉。

“小姑，我也不明白，我爸最近好像变了一个人，从前他多豁达多时尚啊，可是他现在特别敏感脆弱，连简单的辞职竟然都接受不了……而且，而且疑神疑鬼的，好像我特让他不放心……”

听到此，欧阳袅的心一疼，她知道，大哥的身体每况愈下，心思也重了起来，从不管事的他现在却要自己一个人扛起所有，他一定是又疼又累。或许，自己该和莎莎透露一下病情，最起码能让她懂事些，可以让大哥安心地走完人生的最后一段路。

“小袅，怎么样了？”陆天一边穿白大衣一边跑过来。

“稳定了，是身体虚弱引起的……我想，你还是给他再配置一组液体吧，趁着他在医院里，我们可以强制治疗。”

“好，我进去看看。”

一旁的欧阳莎莎听着他们的对话，一脸迷茫：“小姑，你不是说老爸没事了吗？还有，老爸怎么会突然身体虚弱呢？他身体一直都很好的。”

欧阳袅看了看侄女，一字一句地说：“莎莎，你听好了，小姑今天和你说的话不许告诉你妈和你奶奶。知道吗？”莎莎越发害怕起来，机械地点了点头。

“你也是学医的，我简单说，你爸体检查出胃癌，他不想牵累你们，所以放弃手术治疗，也不想告诉你们实情……我想，你是大人了，可以帮着爸爸勇敢地走下去……”小袅还没说完，欧阳莎莎已是泪流满面，一下子瘫坐在候诊椅上。

见状，欧阳袅温和地搂住她，轻轻地说：“莎莎，还有不到半年的时间，小姑希望你坚强，多陪陪爸爸吧，别让他感觉孤单，好吗？”

欧阳莎莎把头靠在小姑的肩上，浑身无力。她不明白，这个世界怎么说塌就塌了呢。

Chapter 10

两个月后，欧阳飞一家正在超市里购物，迎面碰见乔叶羽和飞飞。想起那天她低垂着头说“不好”的样子，欧阳飞一阵阵心酸。乔叶羽发现欧阳飞明显瘦了很多，又不便多问，本能地想躲开却被莎莎看到，只得硬着头皮走过来打招呼：“欧阳老师好，逛逛啊？”

“欧阳叔叔好。”小飞飞也甜甜地喊着。

欧阳飞一笑，对李妍介绍说：“乔叶羽。我和你说过的，歌唱得特别好。”

李妍礼貌地点了点头，笑着看着飞飞说：“这孩子真乖。”

正寒暄着，乔叶羽的手机响了，是王进：“你给我马上回来，马上。”他的声音特别大，震得乔叶羽蹙起眉头，小声地答应着“知道了”。回过头和欧阳飞一家说了句“不好意思”，便匆匆忙忙地领着孩子走了。

“这个女人好像不开心呢。”李妍说。

欧阳飞和莎莎都没说话。

回到家，王进正喝闷酒，见母子俩进来，厉声问：“干什么去了？”

“去超市买点东西。”乔叶羽放下包，对孩子说，“飞飞，进屋写作业去。”飞飞害怕地看了看爸爸，乖乖地进屋了。

见孩子关了门，乔叶羽坐到王进对面，小心翼翼地问：“今儿是周六，饭店一定很忙的，你怎么一个人在家里喝酒？”

“饭店？那是人家的饭店。他妈的，都瞧不起我，让我干重活儿，我一天累死累活的，还被人议论，老子不伺候了。”

乔叶羽明白了，一定是那些服务员闲暇时嚼舌根，说起王进的过去。其实，要不是那天他想和顾客动粗，顺口说起，也没有人知道他的那些事。乔叶羽当然不敢埋怨他，只是劝解道：“管别人怎么说呢，咱干咱的，她干她的。”

“尤其是那个若巧，仗着姐夫信任她，根本不把我放在眼里。我在前台拿包烟，她要么不给要么让我签字。”说着，王进又喝了一大口酒。

乔叶羽皱了皱眉说：“以后我从超市给你买烟，咱不抽饭店的。”

“凭什么？别以为我看不出来，前台就是个大洞，不拿白不拿……别忘了我是学管理的，我要是挑她的毛病一挑一个准儿。别把我惹急了，哼。”

乔叶羽不喜欢王进的自负，更不喜欢他的小家子气。当年要不是贪念作祟，怎会有十年的耻辱？看来他的老毛病又犯了，身为妻子，自己该如何劝说才得当呢？唉，比起欧阳飞的大度和风雅，王进就是一个世俗的小男人，斤斤计较、小心眼，缺乏包容度。

正不知如何开口，飞飞跑出来，说：“妈妈，明天我们去公园玩好不好？”

“好，你今天好好写作业，明天咱们和爸爸一起去。”乔叶羽想让王进放松一下，也想借此缓和一家三口的关系。一直以来，王进都很孤僻暴躁，所以孩子怕他，不和他亲。

“你们去吧，明天我还要去郊区进菜。”王进不耐烦地说。

“咱们一家三口很久没一起出去玩了，要不给姐夫打个电话，让别人去？”乔叶羽试图说服王进。

“妈妈，爸爸不去，就让欧阳叔叔去吧。”孩子的纯真无邪有时也会是一根针。飞飞的话一下子刺中了王进的脆弱神经，他瞪大了双眼，怒视着孩子：“你敢再说一遍？”

飞飞吓得躲到了乔叶羽的身后，她忙护着孩子说："你别这样和孩子说话，会吓到他的。"

"你说，你和欧阳飞是什么关系？"王进的酒精作用在膨胀着，声音很高很高。

"不是你想的那样，我说过了，我们只是在一起做音乐。"

"做音乐？好浪漫啊，是不是做着做着就做到一个被窝里去了？说。"

王进的粗俗让乔叶羽很伤心，为了这个家，她放弃了喜欢的音乐，放弃了自己的尊严，在王进一家人面前委曲求全，身心憔悴，却依然换不来他的信任。缓了缓神，她冷冷地说："王进，说话要凭良心，我没有做对不起你的事，你不要侮辱我。"

"你还委屈了？在饭店第一次看见你们俩时我就觉得不对劲儿，在酒吧当着我的面他丝毫不掩饰对你的关心。你们把我当什么了？我王进虽然蹲了十年监狱，可我没把眼睛蹲坏了，我看得清。欧阳飞，这个王八蛋，他让我戴绿帽子。"王进的眼里冒着火。

"王进，你可以不爱我，但不可以侮辱我，更不能诬陷欧阳。"乔叶羽的声音也高了。

"欧阳？够亲热啊，不是喊欧阳老师吗？说漏嘴了，是吧？"说着，王进一个巴掌抡过来，乔叶羽来不及防备，嘴角的血流了下来。

"不许打我妈妈，不许打我妈妈。"飞飞出乎意料地扑上来，抓住王进的手狠狠地咬了一口。王进本能地用力一甩，只听"啊"的一声，飞飞的头撞在了桌角上。

"飞飞，飞飞。"乔叶羽抱住孩子，看见飞飞的眼角有血流出来。王进也吓住了，酒醒了一半，他也蹲下身想看看孩子的伤，被乔叶羽狠狠地推了一个跟头。

她什么也没说，抱着孩子跑出了家门，路边等候出租车的时候发现王进诚惶诚恐地跟在身后，她像疯了似的喊了两个字：走开。

这两个字很重，弄疼了乔叶羽也弄疼了王进。王进头一次见乔叶羽如此失态，他不知道这个弱不禁风的小女人还有如此大的爆发力，他怕了，不敢跟着她们母子，眼巴巴看着出租车扬长而去，一个人颓然退到墙角，抱着头，懊悔地蹲在地上。

飞飞住院了，医生说损伤了角膜。王进很后悔，乔叶羽伤透了心。陪在孩子的病床旁，她静静地想：王进犯错入狱，她可以原谅，王进父母对自己不好，她也可以忍受，甚至近一段时间的无性婚姻，她也可以认命。但是，她不能原谅王进对飞飞的伤害。对于乔叶羽来说，飞飞就是她的命。

离婚。这个一直盘旋的念头，再一次闯进乔叶羽的脑海时，坚定而从容。

飞飞出院那天，她到饭店找王进正式摊牌。王进没有想到乔叶羽如此决绝，说尽了好话也拉不回她的心思。都说中国人离婚是场战争，王进想，他不能输。

“那好吧，既然你铁定了心，我们就说说具体问题吧。”王进冷冷地说。

乔叶羽苦笑：“我什么也不要，只要飞飞。”

“不行，飞飞姓王，孩子留下，其他的你随便拿。”

“飞飞肯定是跟着我的，你要是不同意那就起诉吧，法院也会把孩子判给我的。”说完，乔叶羽头也不回地走了。

一种挫败感袭上心头，王进恨不得钻到地缝里。这时，若巧走过来说：“王进，老板说你上次进的菜质量不够好，让你换一家菜农。”

正有气没处撒，王进极不友善地回道：“是吗？老板说？老板是我姐夫，他怎么自己不和我说，偏要你个小丫头来传话。”

若巧看了看他，说：“老板正在雅间会客。”

“王进，张大爷送菜来了。”有人喊着。

走出去，饭店门口，张大爷正从车上往下搬菜筐，王进问：“不是你儿子送吗？”

张大爷笑着说：“他今天不舒服，我就送来了。”

“我们老板说你的菜不够新鲜，你们怎么搞的？害我挨数落。”

“是吗？不会的，我都是挑最好的菜送过来呀，肯定是有什么岔头。这样吧，回头我和儿子说，摘了菜就及时送来，现在的天气有时稍微一耽误就显得不新鲜了。”张大爷赔着笑脸保证着。

一旁的若巧笑着说：“张大爷辛苦了。”转过头喊王进，“快搭把手。”

王进最不受用若巧指挥他，所以动也没动。若巧也不和他计较，又喊了几个男服务生帮忙，自己也帮着张大爷搬起来。

一边干活一个服务生低声说：“这城里男人就是不像男人，太惜力。”

另一个附和着：“就是，男人干点力气活算啥？出力长力。”

“不过，听说在‘里面’待过的人都是干过苦力的……”

“嘘，小点声儿，人家是老板的小舅子。”

“那又怎样？要真是把他当亲戚，还不让他在前台管账？明眼人一看就知道，这是防着他呢。老板最信任的人还是若巧。”

他们的声音很小，却像是一根细针不偏不倚正好扎在王进的痛处。他曾经以为，只要自己真心改过，一切都可以重新开始。原来是自己太天真了，十年的代价远远不够，老天对他的惩罚还没有停止。

不行，不能让这些毛孩子瞧不起自己，王进转身朝雅间走去，他要去找欧阳林，让他把自己调到前台工作。如果他肯，算是堵住了那些人的嘴，如果他不肯，就是那些人说对了，自己再待下去也没意思。

王进推门而入的动静很大，正在雅间与孟森喝酒的欧阳林不高兴地抬起头：“王进，什么事？不能等会儿再说？没看我正忙着吗？”

“姐夫，我必须和你现在就说。”

孟森看了看两个人的表情，识趣地站起身，说：“我去趟卫生间。”

从卫生间出来，孟森见王进还在雅间和欧阳林说着什么，便走到前台和若巧聊天。

“若巧啊，干得还顺心吗？”

“谢谢孟老板，挺好的。”

孟森望着雅间的门问：“刚才进去的那人是谁呀？和你们老板说话的口气

够冲的。”

若巧淡淡地说：“他呀，是俺们老板的小舅子，从前坐过牢，俺们老板关照他才安排他在这里工作，可他好像不太满意。”

“哦，是这样啊。”

正说着，雅间里传来争吵声，孟森犹疑着走到门口，不知道该不该进去劝劝。只听欧阳林在里面火冒三丈地说：“王进，你别不懂事，既然你把话说到这份儿上了，我还就告诉你，如果不是我哥说情，我才不管你是不是我小舅子，才不会同意你在我的饭店干。”

“你哥？”王进一下子有些反应不过来。

“行了行了，别废话了，回去好好想想，愿意干就好好的，觉得委屈另谋高就。”听到这儿，孟森推门进去，有意缓和气氛说：“这当老板的就是火气大啊。”

欧阳林冲着王进不耐烦地摆摆手，示意他出去。有外人在，王进也只得退了出来。站在大厅拐角处，他忽然想起自己出狱那天，就是在这里看见乔叶羽和欧阳飞在一起，王诺喊他“大哥”……欧阳飞与自己素不相识为什么会为自己说话？原因只有一个：乔叶羽。

想到此，王进的拳头狠狠地砸向墙壁。

整整一天，王进心神恍惚，脑中一会儿是欧阳林冲自己大喊大叫，一会儿是服务生窃窃私语，一会儿是乔叶羽楚楚可怜的样子，一会儿又见她和欧阳飞含情脉脉。

王进觉得自己要崩溃了，他体内的男人自尊和自卑强烈地纠缠在一起，压得他喘不上气来。一个人在街上走了很久很久，他敲开了父母家的门。

“她想离婚？反了她了。”王老太太听了原委后气势汹汹地说。

王进低着头说：“爸、妈，这次也是我做得不对，也不怪她那么生气，孩子伤得挺重的。”

父亲说：“小进啊，你也三十多了，也该懂事了，十年的教训还不够吗？

人生有几个十年啊？把心放低些，和老婆孩子好好过日子。”

“你别向着别人说话，王进怎么了？自己的孩子打不得啊？王进小时候你不也是总打他吗？我怎么没想过和你离婚？我看啊，她就是借题发挥，是她骨子里不安分。”

父亲叹了口气，从小老伴儿就偏袒儿子，没他说话的份儿。

听了王老太太的话，王进再次想起欧阳飞，喃喃着说：“我不相信——”

“王进，给她打电话，让她马上来家里。妈帮你教训她。”王老太太没想到乔叶羽敢和儿子叫板，这也太窝囊了。

“老太婆，别这样，他们小夫妻的问题让他们自己解决吧。”父亲很无奈地劝道。

王老太太一瞪眼：“不用你管。他们要真是离婚了，咱儿子也不能两手空空。”老父亲重重地叹了口气，他知道，这个家又无法安宁了。

乔叶羽领着飞飞进门的时候，王诺也来了。乔叶羽知道，阵势不善。不过，她不怕。当一个人不想失去的时候才会怕，而她，不再犹疑了，她要勇敢舍弃过去的一切。

乔叶羽从没像现在这样如此镇定和坚强。

“飞飞，过来，到奶奶这边儿来。”王老太太笑着对孩子说。

飞飞摇摇头，躲在妈妈的身后，不肯往前。

“飞飞，奶奶喊你呢，过来呀。”王诺也在一旁唤道。

“奶奶不喜欢我。”飞飞小声说。

“谁说的？你是奶奶的亲孙子，奶奶当然喜欢你了。”说着，王老太太收起笑脸，又问：“是不是你妈教你这样说的？”

飞飞往乔叶羽的身后又挪了挪，说：“我们同学壮壮的奶奶总会给他做好吃的，周末的时候还带他出去玩。奶奶要是喜欢我，才不会不管我的。”

孩子的一句话问住了大人，的确，在这个家里少有人关心她们母子。王诺忙打圆场，对乔叶羽说：“你坐吧，飞飞的伤没大碍了吧？”

“谢谢姐，医生说还要观察一段时间，只要不影响视力就没大碍了。”

“别听医生的，他们都是吓唬人，哪有那么严重？老子打儿子，多大点儿的事。”王老太太不满地嘟囔着。

王诺也借机劝道：“就是呀，那天王进也是喝了酒了……也怪你姐夫给他安排工作不利，他心情不好，回去我就和你姐夫说，给他换个工作。你们是夫妻，这点小事别放在心上，别一张口就说‘离婚’，这两个字可不是说着玩的。”

“姐说得对，离婚不是说着玩的，所以，我说的话是经过深思熟虑的，不是儿戏。”乔叶羽的口气不冷不热。

一家人互相看了看，气氛顿时紧张了。王老太太说：“离婚得有原因吧？就因为他伤了孩子？孩子也是他的，他也疼啊。”

“妈，离婚是我们俩的事，让我们自己解决好不好？”乔叶羽的声音很低却很坚决。

王老太太越发生气了：“你们俩要是能解决好，还用我操心？我这儿子从小没心眼，所以才会被别人算计，被你算计。”

听王老太太的话很难听，乔叶羽不再答话，而是冲着王进说：“王进，我们回家说。”

“这就是我的家，就在这儿把话说清楚。”王进阴沉着脸。

“我已经说得很清楚了。”

王老太太接过话说：“不能你说怎样就怎样，孩子不能给你。”

“就是啊，飞飞是老王家血脉，你不能带走。”王诺也沉下了脸。

“叶羽啊，非要这样吗？王进有什么不对的我们说他，让他改，为了孩子还是别离婚了，好吧？”王进父亲的话要和善得多。

乔叶羽知道，在这个家里，公公是最善良的，也最少为难她，于是喊了声“爸”，说：“我一直都是为了孩子活着，现在离婚也是为了孩子。您就别劝了。”

听到此，王进站起身说：“乔叶羽，别给你脸你还来劲儿了，我们一家子够给你面子了，你是不是找打呀？”

“如果打我能给你男人的尊严，那你就打吧，但是婚，必须离。”乔叶羽的样子毫不示弱。

“你是不是外面有人了？”王诺冷不防插话问道。

“姐，说话要负责任。”

“那我问你，孩子为什么叫飞飞？”

乔叶羽一下子被问蒙了，这个问题和离婚有关系吗？她直愣愣地看向王诺。其他人也似乎没弄明白，也都一脸迷茫。

“对，你是不是和欧阳飞有私情？”王进首先反应过来，气哼哼地说，“哦，怪不得孩子叫飞飞，那是因为欧阳飞的名字里有一个‘飞’字……对不对？乔叶羽，你聪明反被聪明误啊，我一直怀疑你在我没出来的时候不安分，果然你给我戴绿帽子，看我不打死你。”说着，冲到乔叶羽面前再次抡起巴掌。

这一次，乔叶羽巧妙地闪躲开，并厉声喝住他：“王进，你浑蛋。你怀疑孩子不是你的，那是你自己给自己戴绿帽子。”

“你还敢嘴硬？孩子为什么不叫‘进进’却叫‘飞飞’？说呀，说不出来了吧？”王进眼里冒着血丝，逼视着自己的女人。

乔叶羽冷笑一声：“王进，你真可怜，你的无知只能让我更瞧不起你，更坚定了我离婚的决心。你忘了？当年我挺着大肚子去看你，和你商量孩子生出来取名叫‘飞飞’，是希望他志当存高远，当时你高兴得连连点头。”

王进有些心虚了：“谁知道你说的是真是假。”

“是真是假？王进，你不小了，你有点脑子行吗？当初你若不是听信旁人怂恿，何至于搭进了自己十年的好年华……”

王诺“噌”的一下站起身，说：“乔叶羽，你这话什么意思？难道我还害我弟弟不成？”乔叶羽充满怨气地看了看她，说：“你是姐姐，说话办事都应该是为了这个家好，可这些年你挑事还少吗？你仗着自己过着优越的生活对家人居高临下，你是不是太霸道了？过去的也就算了，你竟然说飞飞不是王家的血脉，这样的话能随口说吗？”

“少说那些没用的，我明明看见你和欧阳飞在一起很暧昧的样子，你敢说没有？”

“姐，我最后一次叫你一声‘姐’，说话凭良心。不错，我认识欧阳飞，和他是好朋友，但仅此而已。你听懂了吗？”

王诺没想到乔叶羽这么不留情面地顶撞自己，怎能咽下这口气？气急败坏的她冲口而出：“那好，咱去做亲子鉴定。如果是我错了，我给你赔不是。如果不是，有你的好看。”

“小诺，算了吧，一家人别把这张脸撕破了。”老父亲怕事态闹大。

王老太太则站在女儿一边说：“我看行，我们也别冤枉你。要是我家的孩子，离婚也好商量，要是不是，你就是想把孩子留给我们，我们也不会要的。”

乔叶羽没有想到，这一家人会如此逼迫自己，侮辱自己，她忍了忍在眼里打转的泪水，一字一句地说：“你们都听清楚了，我绝不会去做亲子鉴定。”说完，领着飞飞欲出门。

“你给我站住。”王进大声地喊道：“乔叶羽，你不去做亲子鉴定就是心虚。”

乔叶羽回过头，看着自己曾经爱过的男人，伤心地说：“王进，我说过，你可以不爱我了，但绝不能侮辱我。”

“是你侮辱我，乔叶羽，你不答应做亲子鉴定就别想走出这个门。”王进恶狠狠地说。

至此，乔叶羽无话可说，今晚是她在这个家里说话最多的一次，句句都是伤心话。看来，爱情是最脆弱的，爱时两情相悦，不爱了如同陌路。

见乔叶羽根本不理睬王进，领着孩子再次转身，王诺在一旁阴阳怪气地说：“小进啊，你连自己的女人都管不了，难怪饭店的那些服务员不把你当回事。”

一句话，将本就紧张的场面激化到了极致，王进多日来的积郁在那一刹那决堤了，他怒冲冲地骂了一句脏字，返身进了厨房，举着菜刀奔向乔叶羽母子。

王诺和王老太太都吓傻了，乔叶羽眼光冰冷地看向王进，一动不动。她不想躲，一闪念的心灰意懒让她情愿死去。眼看着菜刀举到了乔叶羽的头顶，老父亲冲过来，一把架住了王进的胳膊，厉声喝道："儿子，你还想再蹲十年吗？"

"爸，你别拦我，她不想和我过了，我劈了她。"王进浑身颤抖，一时丧失了理智。

老父亲忽然老泪纵横："小进，除了老婆孩子之外，你还有爸爸和妈妈呀。你忍心让我们老两口度日如年、生不如死吗？孩子，放了吧，你以后的路还长着呢。"

"不行，爸，你躲开，她不让我好过我也不能让她开心了。"

"小进——"老父亲提高了嗓门，大声说："你怎么这么糊涂啊？她在这个家里一直都不开心，你看不出来吗？既然都不好过，不如放手吧。"

乔叶羽的泪终于流了下来，在这个家里，最起码还有一个人是公正的。

这时，王老太太和王诺也缓过神来，一起上前抢王进手里的刀，边抢王诺嘴里还边说："王进，咱不要她了，姐再给你找个好的。"

"啊——"王进忽然像一头狼一样嚎叫了一声，手一松，刀被王诺抢了过来。

老父亲回过头痛心地对乔叶羽说："还不快走？"

乔叶羽泪流满面地离开了，离开这个缺少温暖的家，她的心竟是撕裂一般。

听到"嘭"的一声关门声后，老父亲颤巍巍地用手指点着王诺和老伴儿说："你们呀，你们想让我早死你们就折腾吧。"

"爸，是她不对嘛。"王诺还是不服。

"你还敢说？"

见老父亲真的动了气，王诺不再言语，拿起包也走了。老两口看着痛不欲生的儿子，无比酸楚竟也无话可说。

连日来，欧阳飞经常心慌气短，一个人的时候会胡思乱想。他发现自己从来没有像现在这样婆婆妈妈。从前的同事、身边的好友，还有兄弟姐妹、老母亲、李妍和莎莎，当然，还有乔叶羽。那么多放不下的人和事，丝丝缠绕着，让他无所畏惧的一颗心开始留恋这个世界。

是的，欧阳飞怕死了。一步步走近死亡的时候，他才知道什么是恐惧。

欧阳莎莎端着一碗银耳汤走进书房，自从知道了老爸的病情，莎莎就像是变了一个人，不再叽叽喳喳，不再总是出去疯跑，只要有时间她就会回家。李妍说，这孩子怎么一下子就长大了？莎莎故作轻松地解释，上次是我害老爸喝啤酒伤了胃，还输了液，我得拿出姿态来赔礼嘛。听莎莎如此说，欧阳飞也不点破，只是笑笑。

“老爸，我给您熬的银耳汤，您尝尝？”

欧阳飞抬起头，接过碗说：“怎么？我家丫头有出嫁的心思了？开始学着做饭了。”

欧阳莎莎一笑：“瞧您说的，不出嫁就不能学着做饭呀？我才不嫁呢，我要陪着老爸老妈一直到老。”话出口，父女俩的心都是暗暗一紧。

欧阳飞忙低头尝了一口汤，莎莎盯着碗问：“味道怎么样？”欧阳飞抬起头，吧唧吧唧嘴儿，问：“没放冰糖？”

莎莎“呀”了一声，赶忙去厨房拿来，放进碗里，说：“没有老妈的指导就是不行哦，欧阳老师您将就一下呀。”

欧阳飞舒心地一笑：“我是能将就呀，就怕将来有个不将就的男人，你可就惨喽。”

莎莎嘿嘿一笑：“老爸，我要是找老公，一定是像老爸一样的有才华，不过，这有才华的人都是傲气的，而我又是娇气的，所以婚姻对我来说是奢侈品不是必需品，所以我要做一个只爱不婚的女王。”说着，仰起头故作高傲状。

“不许瞎说，女孩子总要嫁人的，这话要是让你妈听见了又要着急了。”欧阳飞笑眯眯地看着爱女。

“我妈就是这样，爱瞎着急。”说着，话锋一转，欧阳莎莎很认真地问：“老爸，你觉得你和老妈的生活幸福吗？”

“嗯，怎么说呢？就按你的理论说吧，爸爸是有些不太入流的，而你的妈妈似乎没有人比她更随和了。我们俩在一起，她包容我我不挑剔她，彼此很融洽，应该算是幸福吧。”

“老爸，那你们有爱情吗？”

看着莎莎意味深长的眼神，欧阳飞不知该如何回答。在自己的生命中，说到爱情就会想起乔叶羽，一个与自己有很多默契的女人，而李妍，是自己身边的亲人。两个女人，一个与自己精神相近，一个与自己肌肤相亲，哪一份感情才算是爱情呢？

欧阳莎莎静静地看着父亲，他真的很让自己钦慕，想到他会有一天离开自己，心就会很难过很难过。她从不知道世上有一种疼痛是静静地看着亲人远走。其实，她已经不介意老爸的答案了，只要他能够多些时间陪在妈妈身边，就很好。

“莎莎，爸爸很爱妈妈和你，如果有一天爸爸不在了，你们要彼此照顾。你妈妈也进入更年期了，你要懂事，别让她心焦。”

“爸——”

“你听爸爸说完，爸爸是一个很自我的人，在生活上很少顾及旁人的感受。这些年，其实都是你妈妈在迁就我……我知道，我挺让她操心的……以后，你别和爸爸一样，像‘只爱不婚’这样的话不许说了，知道吗？”

欧阳莎莎点了点头，岔开话题说：“老爸，汤都凉了，快喝了吧，喝完我陪您出去走走。”

“你妈该回来了吧？”欧阳飞边喝边问。

“哦，对了，您不问我还忘了，刚我妈给我发短信了，她说给一个阿姨替班，中午不回来了。”

“那咱爷俩儿怎么吃？不会只喝银耳汤吧？”欧阳飞看了看表说，“要不咱俩去看看奶奶，顺便蹭顿饭吃？”

“好呀，我这就去打电话。”

“别打电话了，不然奶奶又会准备一大堆，咱俩来一次突然袭击。”

“好。”

在楼区门口，欧阳老太太正送杨大爷出来。

“去香港办手续麻烦吗？”欧阳老太太问。

“不麻烦，就是办个通行证。听说一个星期就办下来了。”杨大爷一边开车锁一边回答。

“那我也得和孩子们商量商量。”

“行，我听你信儿。回去吧，我走了啊。”

“路上慢点儿。”

“知道了，回去吧。有事打电话。”

看着杨大爷骑自行车走远，欧阳老太太转身发现欧阳飞和欧阳莎莎站在树下。

“哟，你们爷俩儿怎么来了？今儿是周末？不对呀，那是什么日子？”老太太看上去很高兴。

“妈，瞧您说的，不是什么特殊的日子我们就不能来看您了。”欧阳飞笑着说。

“是是是，我就是觉得你们都忙，就我是个闲人。”

欧阳莎莎也撒娇说：“奶奶，我想吃您做的饭了。”

“好好好，我孙女张口了，奶奶求之不得呢。你们爷俩先上楼，我出去买菜。”欧阳老太太喜滋滋地说。

“妈，不用了，家里有什么随便吃点儿就行。”

欧阳老太太想了想说：“家里还有西红柿和黄瓜，那咱吃素卤面？”

“行，好久没吃了。”欧阳飞很高兴的样子。

“啊？素卤面呀？我可是个肉食动物。”莎莎噘起了嘴。

欧阳飞笑她：“你不是天天嚷嚷着要减肥吗？”

“是呀，不吃好一点怎么有力气减肥？”莎莎笑微微地自嘲着，“这样吧，老爸，你陪奶奶吃素卤面吧，我去街上吃肯德基，过一会儿咱们电话联系。”说完，不等他们答应，便一溜烟儿地跑了。

“这孩子，都二十多了还长不大，你在她这个年纪都上班养家了。”欧阳老太太被欧阳飞搀着胳膊走进楼门，忽然问：“是不是觉得妈老了？怎么搀着我了？”

欧阳飞一笑，心却一酸，他已经好久没和母亲这么亲近了，如果不是这个病，或许活到八十岁他也不觉得亏欠谁。当他和亲人在一起的时间按天计算时，他才意识到，很长一段时间以来自己忽视了母亲。

“妈，您少下点儿面，我最近吃的不多。”欧阳飞进门坐下后说。

欧阳老太太在厨房把西红柿和黄瓜泡进盆里，问：“怎么了？是不是不舒服？妈觉得你最近瘦得厉害。”

“也没大事，就是胃总是堵得慌，吃不下。”

“听李妍说，你总去酒吧喝啤酒，还总是熬夜，这烟也越抽越凶了。大飞呀，你也五十多岁了，该注意保养了，别让李妍操心让妈惦记着。”欧阳飞刚想点一支烟，听了母亲的话又放下了，说：“知道了，我又不是小孩儿。”

“对了，大飞，今儿你杨伯伯来说，下个月净空法师在香港讲法，他问我要不要去听，要是去的话得办什么通行证？”欧阳老太太问。

“是港澳通行证。”

“哦，对，你看我这脑子。大飞，你说妈去吗？”欧阳老太太在厨房里煮着面，试探着问客厅里的欧阳飞。她知道，大儿子对她和杨大爷来往也心存芥蒂。

欧阳飞站起身想进厨房和母亲细说，手机短信响起来，低头一看，愣住了，整个人又重重地跌进沙发里。

Chapter 11

短信是乔叶羽的，只有一行小字：我走了，你保重。

欧阳飞的胃一阵阵绞痛，他一直以为，乔叶羽是自己的精神伴侣，可以不在自己的生活里，空虚寂寞时她会出现在脑海，柴米油盐时她不在身边。自己和她是两条平行线，两两相望永不相交。可是，乔叶羽的离开就像是一枚重磅在他的心湖激起了层层涟漪。

他对不起她。欧阳飞想，尽管他们之间没有法律上的责任，在情感上她是依附自己的。这一点，他很清楚，只是他给予她的很少很少。他一直用道德为自己开脱，看到短信的一刹那他明白了，其实是自私在作祟。

他不想给自己的生活添负累，尽管他很爱她，舍不得她。

是的，失重的感觉让欧阳飞的心思百转千回。原来，他不能没有她。

“大飞，胃又不舒服了？”欧阳老太太端着两碗面出来，看欧阳飞眉头紧锁手放在胸口，担心地问。

欧阳飞缓了缓神：“没事，妈，我先打个电话。”说着，拨了乔叶羽的号码，听筒里传来的却一直是“对不起，对方已关机”。

欧阳老太太看出儿子的焦虑，又问：“出什么事了？大飞。”

挂了电话，欧阳飞说：“一个朋友要离开这个城市，我想送送她，电话打不通。”

欧阳老太太把筷子递到儿子手里，说：“快吃吧，那一定是她不想让你送。”

“妈，您怎么知道的？”

“妈不知道她，但妈知道人讲人缘、物讲物缘。缘散了，送与不送都是一样的。”欧阳飞想了想，的确，人生不过一场送别，人来人往人去人散的过程中不知不觉就走到了终点。只是，很多的放不下和得不到令人纠结。

“大飞，最近是不是过得不开心？”老太太吃着面问。

“妈，我只是忽然觉得很累，人累的时候会胡思乱想。妈，您说我对这个家对您是不是做得不够好？”欧阳飞低着头吃面，故作不经意地问。

欧阳老太太笑了：“其实呀，家庭里每个人的作用都不一样，都重要，也没有什么好不好的。你爸爸去世早，你早早参加工作养家，在这个家最困难的时候放弃了学业，像个大哥。后来，弟弟妹妹都长大了工作了，你也成家了，想辞职活自己，没什么错。现在呢，日子过得挺安稳，小袅操心多一些，谁让她是女孩子呢。二海老实也笨一些，在这个家里好像有他没他都一样，那是还没到他发挥作用的时候。小林嘛，物质上比你们过得好些，也比你们辛苦些，他自小凡事都不拿主意只是听着。细想想，一个大家庭的幸福，也要有这么一个听话的跟屁虫不是？”

欧阳飞和母亲一起笑起来：“妈，我还以为您一直怨我当年辞职没和您商量呢。”

“不能说没怨过你，你是长子，妈对你期望多一些也是人之常情。最近啊，妈常看净空法师的书，佛家讲究一个‘度’字。人这一辈子会遇到很多人和事，看上去是偶然其实都是命定的。生活中遇到的这些人和事其实都是以一种潜移默化的方式来‘度’我们的，让我们在尘世中经过起伏、摇摆，最终尘埃落定。”

见欧阳飞听得很入神，老太太接着说：“爱也好、恨也好，都是缘。人来一世，其实就是为了与自己的亲人、爱人相见的。”

“妈，您说得真好。不过，谁也不能陪谁一辈子，人生又会有离别，听起来很伤感。”

欧阳老太太一笑，问：“面好吃吗？”

“嗯，和小时候的味道一样。我一直记得，我刚上夜班的时候，您担心我晚上饿，总是给我单独做满满一碗面，让我吃了后再去上班。每次我吃的时候小袅都馋得流口水，还假装不在乎的样子。”

欧阳老太太越发开心：“时间过得真快啊，一转眼你们都大了，妈也老了，可是这面的味道没变。也就是说，在我们每一个人的心里，家一直都是温暖的，不管日子里有多少聚散。佛家讲缘，缘使我们一家人在一起，缘也使我们不能永远在一起。妈陪你们走过小时候，你们陪妈走过中年。如今你们兄弟姐妹各安一隅，偶尔和妈聚聚便是好的，便是善缘。”

欧阳飞看了看满头银发的母亲，她的慈祥一如从前，眉宇间又多了几分淡定和坦然。听了她的话，欧阳飞的心境明朗起来，笑着说：“妈，您真成活菩萨了。都说家有老人是福，我才明白是什么道理。”

“在家孝父母，不必远烧香。大飞呀，孝就是心里有。只要你们过得好，心里想着妈，妈就知足了，就会觉得很幸福。”老太太捋了捋鬓角的白发说。

“哦，对了，妈，刚才您说去香港干什么？”欧阳飞忽然想起来问道。

“是净空法师在香港讲法，你杨伯伯联系了几个人想一起去听，顺便在香港玩几天。我寻思着你们要是不同意我就不去了。”

“去吧，妈，挺难得的机会。我去帮您办手续吧，需要填一大堆表呢。”

欧阳老太太很高兴，没想到大儿子这么顺意，她笑微微地收拾着碗筷，说：“不用，你忙你的，你杨伯伯说，几个人彼此照应着一起去办就行。”

“那我明天给您送点儿钱过来。”

“妈有钱，不用你们给，你能支持妈，妈已经很高兴了。”

欧阳飞也笑了：“行，那我给小袅打电话，让她给您开些备用药带着。”说着，电话响了，是莎莎。她在乱哄哄的肯德基里一边舔着薯条一边说：“老爸，你的面吃完了没有啊？吃完了过来找我，我们去找小姑。”

“行，二十分钟以后肯德基门口见。”

挂了电话，欧阳老太太又端了水果放到茶几上，说：“大飞，你以后要注意调养，妈看你身体不如从前了。”

欧阳飞故作轻松地笑了笑：“知道，最近有些累，李妍对我照顾挺好的，您放心。”

“妈放心，李妍是个好媳妇儿，我们娘俩儿谈得来。要说到照顾，夫妻俩应该是双方的，她照顾你，你心疼她，这小日子才会越过越好。不能总累一个人。”说到此，欧阳飞是惭愧的，无论是对大家还是小家，他都用心思很少。

“妈，您不是说了嘛，人讲缘分，也许李妍上辈子欠了我，这辈子就是来还债的。”

“话是没错，不过听起来有些没良心。”欧阳老太太剥了一个香蕉递给欧阳飞，说，“选择女人就是选择生活方式，你选了李妍，就是选了无拘无束的生活方式。或许她不够聪慧，但聪慧的女人太过敏锐，反而会给你很多束缚。人啊不完美，事呢也不完美，所以，人才会有那么多的遗憾。”

欧阳飞没说话，遗憾也是一种心债，他想起乔叶羽，她现在在哪儿呢？

“大飞，莎莎刚才来电话了？”欧阳老太太问。

“哦，是，她说她不过来了，让我去找她。”欧阳飞从失神中走出来，想了想说：“妈，我最近可能忙一些，很少过来看您，您自己保重身体。去香港别太累了，其实城市的风景都差不多。”

“妈知道，你忙你的，不用惦记妈。”

“嗯，那我走了。”

走出楼门，欧阳飞缓缓地回过头，看见母亲正站在窗前望着自己。泪，忽然从心底漫上来，欧阳飞赶忙转身匆匆离开了。

他不知道，这竟是与母亲的最后一次相聚。

肯德基里，欧阳莎莎一边喝着可乐一边和同事打着电话：“是吗？要真是这样那就太好了，杜主任也算是熬到头了……嗯，我知道，不过我不后悔辞职，我还是觉得医院不太适合自己……看看吧，最近不会去酒吧上班，我老爸身体不太好，我也不想惹他……我明天上午有调酒师培训，下午一起喝茶吧。

拜拜。”

“怎么？一个人吃垃圾食品？”一个声音从身后传来，尽管餐厅里很嘈杂，欧阳莎莎不用回头已经辨认出是孟森。他的声音很独特，沙哑中略带甜润，是莎莎喜欢的那种腔调。

回过头，果然是他，手里拎着外卖袋。

“想不到你这个年纪也吃垃圾食品？”欧阳莎莎笑着回道。

孟森开心地大笑起来：“你还真抬举我了，我吃不惯，是顺便帮别人捎带的。”说着，孟森坐到欧阳莎莎的身边，说：“不过我对你刚才的话有点儿小看法，什么叫我这个年纪？我们好像相差不大吧？”

欧阳莎莎笑眯眯地看着他，说：“好像很大。”

“有多大？”

“两代人吧。”

“我有这么老？”孟森盯着欧阳莎莎的脸问。

“不是你老，是我太年轻。”

“哈哈，这话嘛，还算谦虚。”孟森笑得很阳光。

欧阳莎莎又喝了口可乐说：“对了，孟老板，听说国家立法了，以后‘医闹’要负法律责任了。”

“哦，我听新闻了，这和我有什么关系吗？”

“当然有了，你去告诉你的那个员工，别再胡搅蛮缠了，否则有他的好看。”

孟森笑了笑，说：“他已经不是我的员工了，不过我想，不用我告诉，他也会知道的。其实，无论什么矛盾纠纷无论谁是谁非，彼此包容才是最根本的解决办法。”

“嗯，你这句话说到点子上了，很多事情闹到最后都面目全非了，真是要多可笑有多可笑。”说完，叼着吸管看了看孟森，歪着头说：“我忽然发现，你这个人还不错。”

孟森再次哈哈大笑起来：“得到欧阳小姐的夸奖，真是荣幸了。”

“这句话又虚伪了。”

“是吗？”

“是的。”

孟森很喜欢这个女孩子，活得真实，不浮夸，每次见她都像是认识很久了。她和他平时接触的人不一样。话题一转，孟森问道：“你父亲没事吧？”

欧阳莎莎脸一红：“哦，他挺好的。上一次……不好意思啊。”

“瞧瞧，刚刚还说我虚伪，这会儿你也虚伪了不是？都过去的事了不提了，他别再误会我就好。”

欧阳莎莎一笑，看着窗外忽然说：“我爸来了。”

“啊？”孟森紧张地站起身说，“我还是走了，别又添误会。”

欧阳莎莎笑弯了腰，说：“你真可爱，这样吧，改天我请你，给你赔礼。”

“不必了不必了。”孟森谦恭着转身。就要走到门口时，听到莎莎大声喊了句“孟森”，他本能地回过头，见她愉快地打了个响指，说：“你这个人，我喜欢了。”

孟森一愣，随即笑了，现在的年轻人，真是心无旁骛，让人望尘莫及啊。

在门口，孟森和欧阳飞擦肩而过，谁也没看见谁，却把看了个满眼的欧阳莎莎吓了一跳，她一吐舌头，心想，幸好老爸没看见，不然自己又说不清了。

欧阳袅一次又一次地看表，今天是又一个疗程的最后一次输液了，大哥迟迟没来，她心里很不踏实。

“小袅，有事啊？瞧你坐立不安的。”在一旁写病历的陆天问。

“唉，还不是我大哥嘛，他现在是典型的恶液质体质了，还不听话，愁人啊。”说着，很累地趴在桌子上，“我都不知道，那一天真的到来时，我该怎么办。”

“该怎么办怎么办呗，你护理过这么多的病人了，没问题的，别担心，我也会帮你的。”

欧阳袅看了看低头写病历的陆天，说："我说的不是这些，我是说不知该怎么和我妈说，怎么和大嫂说。我真是要崩溃了。"

陆天抬起头："我觉得啊，这种事你不能一个人扛着，合适的机会稍微和她们透露透露，也免得对她们打击过大。"

"嗯，我也是这样想的。"

"小袅，你过来看看，这14床的重症记录都写的什么呀？字迹还那么潦草。"陆天不满地说。

欧阳袅忙凑过来与陆天一起翻看着病历，正在这时，门吱呀一声，杨丽霜提着一个手提袋推门进来："陆天——"

两个人抬起头，见是杨丽霜，欧阳袅忽然意识到自己离陆天太近了，忙闪身躲开，叫了声"嫂子"。陆天也有些不自在，问："你怎么来了？"

看到陆天和欧阳袅头挨着头地挤在一起，杨丽霜心里那个恨啊，可这是工作场所，人家也没干什么啊，忍了忍心头的不快，杨丽霜换成一副笑模样坐到办公桌旁，说："打扰你们工作了吧？我刚去给孩子取写真集了，拍得特别好，顺便拿上来给你看看。"

"看照片有什么着急的？回家再看吧，我正忙着呢。"陆天板着脸。

欧阳袅正要开门退出去，被杨丽霜叫住："护士长，你也来看看，照得可好了。"然后又对陆天说："你去忙你的吧，我给护士长欣赏欣赏。"陆天有些为难地看向欧阳袅，他知道，她不喜欢。

欧阳袅只得回到办公桌前，说："陆主任你去看病人吧，我欣赏一下你闺女的照片。"陆天满怀歉意地点了点头，出去了。

写真集照得确实很漂亮，陆天的女儿天生一双清水眼，很像她爸爸的神韵。

"护士长，我闺女漂亮吧？人家都说她特随她爸，你说是吧？"杨丽霜死盯着欧阳袅的脸问着。欧阳袅知道，她是在挑衅。这已经不是第一次了，她经常找个借口来医院，在欧阳袅面前晒幸福。这个女人知道，她越幸福欧阳袅就会越疼。

和欧阳袅的战争，她从来都是用软刀子。

“护士长，你还不知道吧？我家陆天特疼她闺女，他是一个比较传统的人，特别看重血脉，所以啊，也特别重视家庭。”杨丽霜继续说着。

欧阳袅一直微笑不语，听她喋喋不休地说着，慢慢地翻看写真集，暗自摇头。或许，自己真的是爱错了，一个有幸福家庭的男人怎么会给自己幸福？看来是自己太过天真了。

翻到最后一页，欧阳袅的表情突然僵住了，她笑不出来了，那是一家三口的全家福。相纸上，陆天穿着紫色的T恤衫坐在草地上，妻在左，女在右，他俊朗的脸上写着大大的“幸福”，藏不住。

杨丽霜在一旁犀利地觉察到欧阳袅的微妙心理，不觉冷笑。她故意说：“护士长，我觉得我们一家三口这一张照得最好了，看上去就是舒服。你说是吧？”

“嫂子，你还有事吗？我看完了，也该去忙了。”欧阳袅口气很冷。

“别着急走啊，我还没说完呢。护士长，人家都说我和陆天特别有夫妻相，一看就是两口子，打不断拆不散。你说，要是有人存心想破坏我们的幸福，是不是太幼稚太可笑了？”杨丽霜寸步不让地逼视着欧阳袅。

“对不起，嫂子，我还有病人。”说完，欧阳袅走到办公室门前，正要开门出去，门被欧阳莎莎从外面推开了，看到欧阳袅的脸色难看，关心地问：“小姑，怎么了？”

欧阳袅没想到被大哥和莎莎撞见自己的难堪，忙说：“没事，你们来了，我领你们去输液吧。”

欧阳飞也关切地问：“你没事吧？小袅。”

欧阳袅摇摇头，眼里忍不住有了泪。欧阳莎莎看了看小姑，又看了看那个女人，虽然不知道发生了什么事，却猜到一定是那个女人欺负了小姑。她还从没见小姑这样过。

“走吧，液体我已经准备好了，大哥，你今天的液体是两组……”

趁着欧阳飞和欧阳袅说话的工夫，欧阳莎莎从走廊里又折回身，冲进办公室，杨丽霜正得意地收拾着写真集。

“你是谁？为什么欺负我小姑？”

杨丽霜一抬头，笑着说：“丫头，够冲啊？你又是谁？”

“我是欧阳袅的亲侄女。”

“哦，怪不得呢，也是这样的没教养。”

“你说谁没教养呢？你算什么东西？我告诉你，别以为我们欧阳家没人，你敢欺负我小姑，我就敢给你好看。”

“哟，真是害怕呀，想不到文弱的欧阳袅还有这么一个彪悍的侄女。怪不得她那么大胆子，总是想偷别人家的东西。”

一听这话，欧阳莎莎更急了：“偷东西？我小姑不是这样的人，你别诬陷她。”

“诬陷她？你去问问她，就她干的那些烂事我才懒得提呢。”杨丽霜一副得胜的样子。

“丽霜，你怎么还没走？”陆天推门进来，看见莎莎对杨丽霜怒目而视，便问：“请问你找谁？”

欧阳莎莎看了一眼陆天，没说话，而是冲着杨丽霜说：“我告诉你，不管你说的是不是真的，我小姑就是我小姑，谁让我小姑哭我就让她哭。”

“嗬，厉害呀，原来欧阳家的女人都会打砸抢啊。”听杨丽霜这么一说，陆天猜出了莎莎的身份，于是对杨丽霜严厉地说：“别瞎说了，她还是个孩子。”

正说着，欧阳袅找了回来，拉着莎莎的胳膊说：“莎莎，我们走，你爸还等着输液呢。”

“小姑，你别怕她，她诬陷你偷东西，这样的女人就是欠收拾。”说着，举了举拳头。

欧阳袅看了看陆天和杨丽霜，说：“对不起，小孩子不懂事。”说完，硬拉着欧阳莎莎走了。

陆天阴沉着脸对杨丽霜说：“闹够了没有？你一次一次地来医院找事，你到底还想不想过了？”

杨丽霜不慌不忙地说：“你又心疼了？我可不敢闹事，我有这样的丈夫是我的荣耀，我珍惜还来不及呢。”

陆天无奈地说：“丽霜，算我求你了，别闹了，你这样做不但伤害别人也伤害你自己。你说说，你这样满怀怨恨地生活会快乐吗？”

“你也知道我不快乐？你要是在乎我的快乐，你干吗还跟她好？”杨丽霜质问着。

“我要和你说多少遍你才会信？我们真的不是你想的那样，求你别闹了。”

杨丽霜“哼”了一声，说：“我闹了吗？我慢声细语地说话还是不如她温柔，是不是？她是比我温柔，不显山不露水地便偷了你的心。你既然那么在乎她，你为什么不娶她呢？陆天，其实我挺替欧阳袅不值的，因为我比任何人都了解你，你最爱的是自己，永远都是。”

陆天不说话了，他心里明镜儿似的，杨丽霜说得对。

输液室里，欧阳莎莎还是气不过的样子：“小姑，你就是太软弱了，那个女人一看就不是善茬儿，她竟然说你偷东西，简直是无聊。”

欧阳飞躺在床上，大概听清楚了，便对女儿说：“莎莎，你小姑的事你别管，她有她的处理方式。”

“爸，你是没看见那个女人皮笑肉不笑的样子。”

“好了，莎莎，不说了，咱学医的什么人没见过，不和她一般见识。你陪着爸爸吧，小姑还有个病人。我一会儿再过来。”欧阳袅说着冲欧阳飞点了点头，转身走出病房。

“对了，小袅，咱妈好像要去香港，你给她开些在外的备用药带着吧。”欧阳飞忽然想起来。

“是吗？奶奶要去香港啊？太潮了。”欧阳莎莎在一旁没心没肺地说。

欧阳袅勉强笑了一下，问：“大概什么时候？”

“还没定下来，你有空时给妈打个电话再问问吧。”

“好吧。那我先回病房了。”

走廊里，陆天远远地走过来，还没等他说话，欧阳袅抢先说：“不用道歉，真的没什么。”

陆天很内疚地看着欧阳袅，竟真的说不出话来。他知道，自己亏欠她的太多了，不是“对不起”三个字能承受得了的。

“小袅，晚上一起吃饭吧。”沉默良久，陆天终于找到了一句话。

欧阳袅有些哭笑不得：“陆天，在你眼里，我欧阳袅是不是就是小孩儿，打一顿然后给个枣吃就一切都OK了？”

陆天有些难为情，说：“小袅，不是那意思，不过，在我心里你就是小孩儿，需要人疼需要人爱的小孩儿。”见欧阳袅没接话，他又凑近了轻声说：“我一直都希望自己是疼你爱你的那个人，可是，我没这个福分。”

欧阳袅禁不住心头一热，和每一次一样，只要陆天说句好话，哪怕知道他是哄自己高兴的，她也愿意相信是真的。欧阳袅知道，爱情会让一个女人变得没有智商，而自己的爱情从始至终都是温情款款的独角戏。

她愿意，没办法。

“就今晚，好不好？”陆天的声音很扣人心弦。

欧阳袅看了看自己深爱的男人，故意说：“副院长人选马上就揭晓了，别给你惹绯闻哦。”

陆天立即装出认真思考的样子，然后果断地说：“不管了，我偏要和美女吃饭，说不定选拔干部的标准早就改了，专门选有绯闻的男人呢。”

“为什么？”欧阳袅又被他的话蒙住了。

“有绯闻的男人有魅力呀，有魅力的领导才更具有号召力嘛。比如，普京。”

欧阳袅发自内心地笑了，这个陆天就是自己的魔，他总能让自己开心，也总能触及自己心底最柔软的那一部分。她想，陆天不但业务精而且有思路，应该是当领导的材料。

“瞧，你还是笑的样子好看。我喜欢。”陆天不放过任何一次讨好欧阳袅的机会，除了不能给她婚姻。欧阳袅也明白，所以从不要他给不了的。或许，有这样足够默契的两个人不涉及婚姻，其本身就是完美的。

“好了，我接受你的道歉，饭就免了吧，这几天家务事太多了，没心情。”欧阳袅的声音低柔轻缓，就像是小溪水流过，明明是拦了路，却令人格外愉快。

“那算我欠你的？反正我欠你很多，也不差这一顿饭不是？”陆天如释重负地笑着说。

“唉，哪里是你欠了我哦。”欧阳袅轻叹一声。

陆天还要说些什么，欧阳袅的电话响了，她摆了摆手，便转身走到一边接电话了：“喂，果果呀？怎么想起给小姑打电话了？”

“小姑，我是无事不登三宝殿。我有个朋友，是研究生，专门研究老年痴呆症的，她想找个医院落脚，你看你们医院能接收吗？”欧阳果果倚靠在学校的大树下，牵着一个女孩的手仰着脸和欧阳袅说着话。

“果果，是这样啊，她要是想在我们医院工作，那要等到正式招工时试试看，这事小姑可说不准，据我所知竞争挺激烈的。不过她要只是想找个医院实习，那小姑可以帮她问问。”

欧阳果果笑着看向身边的女孩，女孩点了点头，于是果果说：“小姑，那麻烦你先帮她落个脚，她挺优秀的，一定不会给你添麻烦的。”

欧阳袅听出果果话里的甜蜜，问：“是女朋友吧？你爸妈知道吗？”

“小姑，你别瞎猜，就是普通朋友。对了，你别和我爸妈说啊，尤其是我妈，她要是知道了我就烦死了。”

欧阳袅一笑：“好吧，我联系好了给你电话。”

回过头，欧阳袅发现陆天还站在身后。“你怎么还没走？”

“等你呢，想和你一起回病房。”陆天讨好地站着，眉宇间流溢着一抹温暖。他真是喜欢这个女人，看着她的背影，听她和别人说着话，他的心都是柔柔的。欧阳袅打电话的时候，陆天痴痴地想，自己是配不上她的，所以才不能拥有。

两个人边走边说话，陆天问："谁想找工作啊？"

"我侄子的一个朋友，也是学医的，研究生。"

"咱医院可不是一般人能进来的，再优秀没有门路也不行。要不是很近的关系，我劝你别给自己找事。"

欧阳袅侧过脸看向陆天，说："那我们找陆天院长，你看可以吗？"

陆天哈哈大笑起来，很开心地说："小袅，我就喜欢你的懂事，和你在一起我就是舒服，由内而外地舒服。"

欧阳袅也笑了，说："在陆主任没升官之前，我们只想落个脚，实习生，总可以吧？"

"当然没问题，学什么的？男的女的？回头我给医政科打个电话。"

"研究生，说是主攻老年痴呆症，女孩。"

"哦，女孩？漂亮吗？"

"比我漂亮。"

"不可能，在我心里，没人比你更漂亮。"

"少来。"

两个人都很开心地笑着，一起走进消化内科病房。

晚上，欧阳袅洗了澡，躺在床上给果果回过电话，又给母亲打了电话，刚要躺下，手机又响了。她摁了接听键，懒懒地说："我的亲侄女，又有什么事啊？你就不能让小姑消停一会儿啊？"

"小姑，我爸失踪了。"那一边，欧阳莎莎急急地说。

"啊？你别慌，慢慢说。"欧阳袅从床上一下子坐起来，紧张地安抚着莎莎。

欧阳莎莎带了哭腔："小姑，你还是来一趟吧，我妈都哭得不行了，我也不知道怎么和她说……老爸留了一张字条人就不见了……"

"好好好，我马上过来，你们都待在家里别动啊，先不要告诉奶奶。"挂了电话，欧阳袅赶快换上衣服，拿了包匆匆出门。路上又分别联系了欧阳海和欧阳林，三个人前后脚赶到了欧阳飞的家。

欧阳袅知道，最难最怕面对的问题终于还是来了。

Chapter 12

李妍哭成了一个泪人。

欧阳飞的字条是这样写的：

老婆，我有些小事需要出门几天，不用担心。如果我能活着回来，我会告诉你一切；如果我们此生不能再见面，那么，想对你说一声“对不起”。

莎莎，你长大了，帮老爸照顾好妈妈。

爱你们。

“嫂子，对不起，本来这件事不该瞒着你的，但是，大哥他，大哥怕你承受不了，所以一直拖着不让告诉你……莎莎也是前几天刚刚知道的。”欧阳袅很艰难地开口。

“是啊，嫂子，你别怪小袅，这种事，大家心里都不好过。”欧阳林说。

欧阳海也说：“嫂子，妈到现在还不知道呢，瞒着你们是善意的，你别生气啊。”

李妍无力地说：“你们都把我当外人。”

“妈，不是的，爸爸爱你才瞒着你的。”欧阳莎莎满眼是泪。

“爱？你爸爸要是爱我们就不会抛下我们。他以为得了病一个人担着是爱，其实一家人同甘共苦才是对的。他留下一张字条就走了，他想过我们的感受吗？”李妍鼻涕一把泪一把地数叨着，欧阳家的几个人都默默地听着，他们知道，这样的时候必须让李妍发泄一通，不然她会憋屈坏的。

李妍继续说：“结婚这么多年，他哪一件事我不支持他？我知道，是我把他惯坏了，他已经习惯了不在乎我的感受，在他心里，我永远不会说‘不’，所以他才会这么对我。”欧阳袅递过一张纸巾，说：“嫂子，你消消气。大哥也许就是出去散散心，他会好好的，不会有事的。”说着，自己的泪也下来了。

“出去散心？他现在的身体状况你最清楚，这要是在外面有个三长两短可怎么好啊？他也太狠心了。”

欧阳林使劲儿地吸了一口烟，说：“大哥会去哪儿呢？”

欧阳海想了想说：“我给他那几个玩音乐的哥们儿打电话问问。”

“二叔，能打的都打了。”欧阳莎莎摇着头说。

“都别慌，我想，大哥一定是有什么事，他和我说过，他很珍惜自己最后的日子……会是什么事呢？这件事他一定是不想我们知道，又怕自己身体忽然不行了，不得已才留了字条……嫂子，你想一想，大哥和你说过什么没有？”欧阳袅问。

李妍努力地想着，流着泪摇头：“能有什么事比他的命还重要？”

“不会是——”欧阳袅和欧阳林不约而同想到了乔叶羽，对望了一眼，正这时，莎莎脱口而出：“老爸会不会和那个唱《茉莉花》的女人在一起？”

所有的人都愣住了。

“莎莎，不许胡说。”欧阳袅制止着。不管大哥是不是和乔叶羽在一起，她都不想用这样的猜测来伤害大嫂。这样的时候，李妍经不起任何打击了。

“就是，别胡说，你说的那个唱歌的是我内弟的媳妇儿，我来这儿之前正和他们一家三口在我老丈人家吃饭呢。”欧阳林忙圆场。

“什么唱歌的？”欧阳海一头雾水。

李妍看着几个人的样子，猜出其中一定有蹊跷。她一言不发，不闻不问，似乎他们说的事和自己一点关系也没有。欧阳莎莎意识到了自己的冒失，忙说："我也是着急乱猜，她也是和老爸一起玩音乐的人嘛。三叔，要不你给她打个电话问问？"

欧阳林很尴尬地说："这么晚了，明天吧……我估计她不知道，要是知道什么的话，吃饭的时候一定会和我说的。"

这时，欧阳袅的短信响了，她一看，高兴地说："嫂子，大哥有消息了，你看看。"说着，把手机递到李妍的手里。

只见上面写着：小袅，大哥最近想了很多……在一个清静的地方，谱一曲绝唱是我的愿望……别担心我，也别找我，我会回家的……

欧阳袅含泪笑着说："嫂子，我就说吧，大哥不会有事的。"

欧阳海说："大哥也是，不就是想谱个曲子嘛，干吗弄得这么神秘，吓死个人。"

"大哥从小就和咱们不一样，他是搞艺术的。"欧阳林也长舒了一口气说。

欧阳袅站起身："既然是虚惊一场，都回家吧。我想大哥是不想人打扰，我们都多理解理解他吧。"

临出门，欧阳袅又嘱咐莎莎说："多陪陪你妈，需要小姑的话随时打电话。"

"嗯，知道了。"

送走了姑姑和叔叔，欧阳莎莎重又坐回到李妍身边，把头倚在妈妈的肩上，母女俩忍不住地悲伤。

路灯下，欧阳林说："小袅，给大哥打电话，听他怎么说，问他怎么当哥的？这事办的，一点儿也不爷们儿。"

欧阳袅看看欧阳海，又看看欧阳林，拨了欧阳飞的号码，然后举到他们两个人的耳边说："肯定是关机的，你们自己听听。"

果然，话筒里传来话务员的声音。

"这到底是怎么回事？你们刚才说的那个女的和大哥什么关系？别遮遮掩

掩的，现在就咱亲哥们儿，把话说亮了。”欧阳海也有些着急。

欧阳袅看了看欧阳林，问：“你们今晚真在一起吃饭了？”

“吃什么饭？我不那样说怎么和大嫂交代？我实话告诉你们吧，王诺的弟弟和弟妹半个月前就离婚了。离婚后，乔叶羽带着儿子就走了，没人知道去了哪儿。”

“那会和大哥在一起？”欧阳袅担心地问。

“你们说什么呢？我怎么越听越糊涂？”欧阳海插话道。

欧阳林叹了口气说：“我也不明白，那个女人有什么好的？唉，为了这点破事儿，王诺还跟我没完呢。”

欧阳袅纳闷地问：“三嫂和你没完什么？”

“唉，别提了，他们一家子都怀疑飞飞是大哥的孩子，王进差一点儿就动了刀子。”

“啊？这也太离谱了吧？”欧阳袅说，欧阳海也瞪大了眼睛。

“谁说不是呢？可王诺说得头头是道，想起大哥专门为王进求工作的事，我都要挺不住了。要不是我亲大哥，我真要和王诺站在一边儿了。”

“三哥，你可不能有丝毫动摇啊，咱们是亲姐弟，要互相维护。”

“小袅，你想想，人家王诺和王进也是亲兄弟，姐姐维护弟弟有错吗？”

欧阳袅一时不知说什么好，欧阳海挠了挠头，说：“是不是越来越复杂了？要我说，要真是怀疑孩子，那就做亲子鉴定呗。”

“问题就在这儿，那个乔叶羽死活不做，说这样做是人格侮辱。我真不明白这女人，挺简单的事，非要弄得那么复杂。”欧阳林摇着头。

欧阳袅说：“你们男人不懂女人，要是我我也不做。”

“那就是她心里有鬼。”欧阳林说。

“错，恰恰相反，她拒绝不是怕了是伤心了，之所以伤心是因为王进的不信任，是因为委屈，因为这个世界对她不公平。当一个女人感到绝望的时候才会孤注一郑，一意孤行。”欧阳袅轻轻地说。

欧阳海在一旁附和道：“听你这样一说我倒是挺佩服她的。”

“行了，欧阳海，你别跟着捣乱了，还佩服呢，是她自己把自己弄得不明不白的，连累我也跟着没好日子过，我招谁惹谁了？”欧阳林不满地说。

欧阳海一笑：“小林，那是你媳妇儿让你没好日子过，和人家没关系。”

“喂，我说你到底是谁二哥？”

欧阳袅忙拦过话：“好了好了，你们俩吵个什么劲儿？我现在最担心的是大哥，你们说他会去哪儿呢？”

“小袅，你不是刚刚给他输液治疗了吗？他的身体应该没问题吧？”欧阳海也很担心。

“不好说，输了液他的体质也很弱，真怕他在外面出什么状况。”

欧阳林看了看他们，说：“担心也没用，已经很晚了，先都回家吧，有什么事明天再说。”

“要不要告诉妈？她下周要去香港。”欧阳袅很为难的样子，“万一大哥有什么事，我们可担待不起的。”

三个人你看看我，我看看你，没了主意。

“要不我们都回家再想想。”欧阳海说。

“那好吧。二哥，我开车送你吧。”欧阳袅说。

欧阳林也上了车，说：“随时联系吧。”

夜已经深了，很多的霓虹灯都熄了。欧阳海坐在欧阳袅的车上很久，两个人都没说话，他们从没遇到过如此棘手的问题。

最后还是欧阳袅打破了沉默：“二哥，你说咱和妈说吗？”

“我也说不清，你也知道的，妈最不喜欢我，她的心思我也猜不透。”

“瞧你说的，都是妈的孩子，什么喜欢不喜欢的，都快五十岁的人了还那么小心眼。”

欧阳海憨厚地“嘿嘿”一笑：“不是小心眼，我是觉得，同样的话你们说妈不生气，我说了就要挨骂的。”

“二哥，以后大哥没有了，你就是咱家的老大，有些事就是挨骂你也要习惯做主才行。”

“二哥不是那材料，拿不了大主意。”

“二哥，你不是拿不了主意，你是心善，凡事都退让、谦让，其实你心里最有数了。”

欧阳海笑了一下：“没想到我妹子这么看重我。”

“二哥，这就是你的毛病，你要学会自己把自己当回事才行。”欧阳海又笑了笑，在这个家里，他还真没把自己当回事过，大哥和弟弟都比自己混得好，妹妹也很优秀，从小妈最少夸的就是他。成家后，欧阳海安心过自己的日子，亲缘间的一些小事他不知道，大事也是最后一个才知道。大哥的突然失踪让他感到意外，弟弟妹妹言语中的那个女人更是让他莫名其妙。他越来越觉得，简简单单才是福。

“二哥，问你呢，说话呀，怎么和妈说？”欧阳袅侧过头看着欧阳海。

“小袅，我想还是等等，也许这几天能和大哥联系上，要是他能回来了，有些事他自己说比较好。万一要是……妈怪罪的话那就二哥担着。”

“嗯，我听你的，最好没事，有事我和你一起担着。”

转过街角，到了欧阳海家的楼下，看着欧阳袅开车走远后，欧阳海才上楼。

“怎么才回来？什么事明天说不行？”一进门，陈琼便问。

欧阳海一边换鞋一边说：“真的是出了大事了。”

“怎么了？”

“大哥失踪了。”

“啊？玩失踪？你们欧阳家的人真行啊，多大岁数了还玩这个？”

欧阳海不满地看了陈琼一眼：“我去洗澡了。”说着，进了卫生间。这个陈琼总是这样，好话没好说，总是让他听了心里不舒服。

陈琼追着问：“喂，欧阳海，你把话说清楚啊，你这个闷葫芦，说话总是说一半，急死人了。”卫生间的水流声哗哗地响起来，陈琼只得先上了床。

欧阳海穿着睡衣走进卧室时，陈琼正眼巴巴地等他。“怎么还没睡？”

“你说我怎么还没睡？你的话还没说完呢。”

“其实也没什么说的，大哥前段时间查出了胃癌，又忽然离家失踪，我们正着急呢。”

“胃癌？什么时候的事？你怎么没和我说？”陈琼很惊讶的样子。

“大概三个月前吧，不但没和你说，连大嫂也是刚知道，妈到现在还不知道呢。”

“胃癌？那可是人财两空的事。”陈琼望着天花板说，“你们欧阳家走了霉运了，你爸就是癌症，现在又是你哥，啧啧。”

欧阳海翻过身看着她，有些生气：“你在胡说什么呢？我们欧阳家倒霉，有你什么好处？你嘴下留点儿德，行吗？乌鸦嘴。”

陈琼“噌”的一下坐起来说：“欧阳海，我可不是乌鸦嘴，事儿都在那儿摆着呢。你妈中年守寡、老年丧子，欧阳林的媳妇儿不生养，你妹妹都四十了还嫁不出去……”欧阳海皱了皱眉头，想说她几句又把嘴闭上了，陈琼一直都是这样尖酸刻薄，懒得和她理论，不过，她说的也都是事实。

见欧阳海不说话了，陈琼凑过来又问：“喂，大哥是不是没钱做手术才离家的？你们没商量着帮衬帮衬？”欧阳海索性把眼闭上了，他知道，陈琼最财迷，就是出钱也不能告诉她。果然，陈琼接着说：“我可告诉你啊，咱儿子马上就大学毕业了，成家立业都是需要花钱的。你千万别一根筋，癌症就是一个空洞，你往里面扔多少钱都听不到回音……”

“你的意思就是说，让我们眼睁睁看着我大哥死，是不是？”

“我不是这个意思。”

“行了，我知道你什么意思了，赶快睡吧。”

见欧阳海真的不高兴了，陈琼也不好再多说，熄了灯，顺着欧阳海的身体躺下，把头偎过去，悄声说：“干吗呀？我又没和别人这样说，这不是咱两口子的悄悄话嘛。”

黑暗中，欧阳海叹了口气。

丽江的秋天叶子并没有落。

站在四方街熙熙攘攘的人流中，欧阳飞有些恍惚，其实这次从家里出来也就是一闪念。是对是错都不重要了，重要的是他来了。

那天他闭目躺在输液室里，脑海中都是乔叶羽的样子，她一会儿笑一会儿哭，就是不说话。欧阳飞的心疼了又疼，住在他心尖儿上的女人啊，他是放不下的。

她会去了哪里呢？欧阳飞辗转反侧，忽然想到有一次乔叶羽说，想去丽江帮同学开手工坊。会不会去了丽江？她会不会？顾不上那么多了，在自己有限的生命里，他要为了她去一趟丽江。或者说，为了自己的一颗心去一趟丽江。

有人说，丽江是一个适合疗伤的地方。欧阳飞看着人来人往的面孔想，看不见的伤痕也会结痂，结了痂的过往也会有疼。

欧阳飞稍微休息了一会儿，沿着青石板路，听着潺潺流水声向古城深处走去。丽江的白天是喧嚣的，不是他喜欢的，他发现自己骨子里的独我在病重的压力下越发张扬，只是在亲人圈里他一直努力克制着。

走出来，他属于自己。

绕了又绕，离四方街远了，人也少了。

“好一朵美丽的茉莉花，芬芳美丽满枝丫，又香又白人人夸……”一个女子的声音传来，欧阳飞收了脚步，侧目望去，一家精致古典的手工坊在拐角处，小小的门脸上方有一块古朴的匾额，刻着很有味道的两个字：经年。落地窗前的藤椅上，一个女子在阳光下摆弄着蓝印花布……

会是她吗？看到背影的一刹，欧阳飞的心顿时慌乱起来。

“请问——”他忐忑地走进小屋，轻声问。

女子抬起头，转过身，笑容可掬：“先生要些什么？我们可以根据您的要求为您定做的。”

原来不是她。

欧阳飞有些失落，定了定神，说道：“刚才您这小店里播放的歌曲和别的店里的不同，很好听，想问问在哪里可以淘到？”

女子又是一笑："哦，这盘带子是我同学自己录制的。"说着拿起一张碟，递过来说："就是这盘《茉莉花开》。"

欧阳飞的心咚咚跳起来，盘上刻着一朵似开非开的茉莉花，仿佛，能闻到香气。他故意说："这是哪个歌星唱的？怎么没听说过。"

"在我们丽江，只要你喜欢唱歌，你就可以去酒吧唱，也可以自己录制唱片，成本很低但音质不差。所以，来丽江淘碟的人也很多。在我们这个小地方，很多好听的歌都是不知名的人唱的。"

"哦，是这样，多少钱一盘？"欧阳飞举着《茉莉花开》问。

女子笑了："对不起，先生，我说过这是我的个人收藏，不卖的。"

欧阳飞强按捺着内心的驿动，说："那太遗憾了，不过想冒昧地问问，这个歌手在哪家酒吧唱歌，我可以晚上去听听吗？"

女子看了看欧阳飞，这个长发过肩的中年男人很有文艺气质，想必不是有意什么，她想了想说："她不在丽江古镇，在束河古镇的'经年'店，您如果有意结识，我可以给您打个电话。"

"哦，不必了，既然她不在这里，那就算了。打扰了，再见。"

真的是乔叶羽？老天如此垂怜一个将死之人吗？欧阳飞站在小巷里，眼睛湿了。他要马上赶往束河古镇，去赴一个心灵的约会。

和丽江古镇相比，束河清静了很多，也小很多。午后时分，明艳的阳光下悄无声息地飘起了雨丝，很细很柔，若有若无，纷纷扬扬地打在脸上，有一种经年的味道。这就是太阳雨？欧阳飞在雨丝里一条街一条街地找着，心底的心思仿佛是隔了烟尘。

蓦然，耳畔传来熟悉的旋律，他站在雨里细听着，忽然就笑了。循着歌声走进一条古巷，他望见了一模一样装饰的"经年"小店。

将目光投向那扇窗，一个女子正背对自己绣着什么。是她，是乔叶羽，她的身影单薄了些，但他一眼就能认出那份独有的特质——安静。是的，她一直都是安静的。

站在雨里，傻傻地望着那扇窗，欧阳飞浑然不觉头发已经湿了，雨水顺着发梢一滴一滴地落向肩头。他在等，在等她发现自己，等她的喜悦。

终于，他等到她回头了，她起身，头转向窗外，望向雨中，看见了湿漉漉的欧阳飞，手里的蓝印花布一下子滑落在脚边……隔着玻璃窗，就这样四目相对，泪光和笑容交叠着，仿若忽来的太阳雨。

“进来吧，雨大了。”沉默良久，乔叶羽推开门轻声说，就好像他一直在她身边。

欧阳飞走进这间小屋，一直盯着乔叶羽看。从前他也是这样不错眼珠地看着她，只不过那时她在舞台上，看不见他眼里的火辣。而此时，他的毫不掩饰让乔叶羽有些惊慌。她红了脸，背过身弯腰拾起蓝印花布，说：“房间太小了，坐吧。”

“羽——”欧阳飞唤着心爱的女人，一把搂住她的腰，将脸贴在她的背上，说：“我想你。”

乔叶羽没有动，闭上双眼，任由欧阳飞抱着，不说话。一直以来，在两个人的相处中，隔了两个家庭，隔了太多的世俗牵绊，他们从不曾如此亲热过。两个相爱的人，一旦身体贴近了，心，便再也无法分开。

“羽，我来了，我以为今生再也见不到你了，没想到老天垂怜我，给了我爱你的机会……羽，别赶我走，让我陪陪你……我想和你在一起生活，可以吗？”欧阳飞像一个孩子，紧紧地搂着乔叶羽自顾自地说着。

乔叶羽轻轻松开他的手，转过身，想说些什么。欧阳飞不等她开口，更紧地将她揽进怀里，温柔而粗暴地吻向她的唇、她的脸、她的发髻。

只是一瞬，乔叶羽便被融化了，融化在欧阳飞的气息里。她喘息着，骨头酥软地偎进这个男人的臂膀。她知道，这是自己渴望已久的温暖。或许正是因为渴望的太久而失去了真实感，乔叶羽忽然掉了泪，说：“我知道这不是真的，别让我醒过来。”

“羽，这不是梦，我在这儿，我在的。”欧阳飞疼惜地捧着乔叶羽的脸，满目柔情。

“欧阳，真的是你吗？”

“是我，羽，真的是我。”

两个人坐下来，依然不舍地望着对方，好像生怕离开了彼此的视线就找不回来了。

“欧阳，你怎么来了？”乔叶羽柔声问道，顿了顿，又说，“家里都还好吧？”

欧阳飞握着乔叶羽的手，温柔似水：“别问，什么都不需要知道，你只要知道，我是来和你在一起生活的。是的，我们要在一起，不管能在一起多长时间……羽，你愿意吗？”

“嗯，欧阳，我愿意。”泪水再一次夺眶而出。

“妈妈——”听到飞飞的声音，欧阳飞和乔叶羽忙松开了手。欧阳飞回过头，笑着看向推门而入的飞飞，张开臂膀说：“有没有人想我啊？”

“哇，欧阳叔叔。”飞飞高兴地跑过来叫着，“飞飞想你了，你怎么来了？”

“欧阳叔叔能掐会算，一猜呀就猜到你和妈妈在玉龙雪山的脚下，于是就找来了。”说着，深情地看向乔叶羽。

乔叶羽笑着说：“飞飞和欧阳叔叔最投缘了。”

“欧阳叔叔，你还走吗？这里好美啊，很多人来了都不想走了。”说完，又转过头对乔叶羽说：“妈妈，就让欧阳叔叔住咱家吧，好吗？”

欧阳飞很开心地笑着问：“这个店你盘下来了？”

“我哪有这么大的财力呀，是我同学的，我帮她做，正好也算是有个落脚的地方。”

“在丽江那个店里的同学？”

“你怎么知道？”乔叶羽惊异地问。

欧阳飞笑得很神秘，说：“你别管我怎么知道的，反正我知道她和你一样，很暗合古城的气质。”

“瞧你，真是越说越离奇了。”

正说着，乔叶羽的电话响了，她一边听着一边笑着看向欧阳飞，挂了电话说：“是我同学。”

欧阳飞笑起来：“没把我说成坏人吧？呵呵，我差一点把她认作你。你们真的很像。”

乔叶羽也笑着说：“我们是挚友，这些年一直有联系，她知道我过得不好，便鼓动我来这边。束河的生意不比丽江的店，我就选了寡淡和清静。”

“那我不会打扰你的清静吧？”欧阳飞凑近乔叶羽，轻声问。

乔叶羽一侧头，笑答：“当然会。”

“那我也不走了，经年，嗯，这名字我喜欢。”

在束河古镇，在一间古香古色的小店里，欧阳飞和乔叶羽安享着两个人的幸福。他不去想明天的去向，她也不再追问昨日的细节，他们只要现在。

白天，乔叶羽在落地窗前做着手工小挂件，欧阳飞坐在不远的地方，看着她精工细雕的样子。有时她抬起头碰上他的目光会甜甜地笑，有时会催他出去转转，而他说，哪儿也不去，就这样看着你，足够。

华灯初上，乔叶羽会给欧阳飞做一碗面，她知道他喜欢吃面，却并不知道他的胃只能吃面了。街角有一家“好久不见”酒吧，夜色中会飞出很多经年的老歌，牵着你的思绪忽左忽右地飞来飞去。每晚，乔叶羽都去唱《茉莉花》，唱的最多的是梁静茹版本。在这样一个温软的氛围里，情歌是再合适不过的。

每晚，欧阳飞都要一杯啤酒，坐在固定的位置，听她唱。有一次，她唱到动情处，他不禁心头一软：原来自己一直想谱写的绝唱就为她为自己而写的。于是，“经年”小屋的落地窗前便有了一道风景：一个女子长裙垂地，膝头铺展蓝印花布，手捧着一串玉坠细细地穿着、缝着。在她的对面，一个男人吸着烟一会儿看着她一会儿写着什么，无论外面有风还是有雨，都阻挡不了小小的空间里流淌的令人羡慕的美好。

很多时候，抬头望见深爱的那个男人，乔叶羽会幸福得迷失。刚刚来丽江的时候，她听过关于纳西族人的传说。传说在玉龙雪山有一个情人谷，那里是痴男怨女殉情的地方。人们说，性情刚烈的纳西族男女若是不能在一起便会双双到那里，用最决绝的方式成全自己的爱情。这样的故事对柔弱的乔叶羽来说是天方夜谭。生活的悲苦有那么多，因为得不到就放弃生命吗？她做不到。她想，爱情有很多种坚守方式，寻常的日子里，在一起不一定就是朝朝暮暮，或许需要用一辈子去忘记的情感才是最难得的。

所以，她望着欧阳飞的时候会想，如果有一天他离开了，我也会一直在，在我们曾经在一起的地方。

“羽，想什么呢？”欧阳飞摁掉烟头说，“你来看看，我这几句写得怎么样？”

乔叶羽放下活计温顺地凑过去，只见纸上写着：

秋来了
叶子还没有落
我站在树下想着要怎样和你说
你是那么善良温和
你总是说世上的幸福和梦一样多
爱上你不是我的错
也许
春去秋来花开叶落
不为忘却，不为记得
只为途中与你相见

乔叶羽读着，轻声说：“好唯美，也好伤情。”

欧阳飞一笑，摸了摸她的头发，说：“也许吧，生命原本忧伤，不是吗？”

“我也想了几句，你听听？”

“好。”

说着，乔叶羽拿过笔，想了想写道：

梦走了
阳光还在树梢
你在暖煦的空气里看着我走过
山长水远心念迢迢
我愿意在奔赴你的遥想中追寻
追寻深秋的许诺
其实
人来一世就是修行
不为得到，不为放下
只为途中与你相见

欧阳飞坐着，轻轻揽着乔叶羽弯下的腰，看她清秀的字体在纸上深情款款，不觉湿了眼眶。近几日身体明显不好，他预感到离别的时刻就要到了，心中有太多的不舍怎能放下？而她兰心蕙质，寥寥几句便解开了他的结。

“人来一世就是修行，不为得到不为放下，只为途中与你相见。”欧阳飞喃喃着：“羽，你比我懂得什么是缘。”

乔叶羽淡淡地笑：“相见本身已很好。”

正说着，门外一阵嘈杂声传来，飞飞被一个男人抱着撞进门来：“你是孩子的妈妈？”

“我是，怎么了？飞飞，飞飞。”乔叶羽紧张地喊着孩子，欧阳飞把孩子接过来抱在怀里，问：“怎么回事？”

“刚才，我正在大街上走着，眼看见他撞在一棵树上，开始我还以为是小孩子淘气，可他站起来后两手在空中摸索着不敢向前走。我过去一问，孩子说他看不见了……”

“妈妈，好黑啊，我是不是要瞎了？”飞飞躺在欧阳飞的怀里，可怜兮兮地说。

乔叶羽的泪"哗"的一下就流出来了，医生嘱咐过她，飞飞的眼伤需要观察，如果影响了视力最好做角膜移植手术。一段时间以来，孩子的视力很稳定，她以为危险期过去了，谁知……

"赶快去医院给孩子看看吧。"那个男人在一旁说。

"谢谢您，非常感谢。"欧阳飞送那个人出门后，转过身对搂在一起的母子俩说："怎么回事？要不要去昆明的大医院？"

乔叶羽流着泪说："医生说观察一段要是没事就没事了，怎么忽然就看不见了？"

"羽，你别哭，先别急，要不给先前的那个医生打个电话问问？"欧阳飞说着，重新把飞飞抱在自己怀里。

乔叶羽慌乱地找到手机，不停地翻着号码："那个医生留了电话给我的，怎么找不到了？"

"羽，别急，慢慢找。"欧阳飞心疼地看着她。

"找到了，找到了。"乔叶羽说着拨通了医生的电话，电话通了，只见她不停地点着头，口里答应着"嗯""好的""我尽快""谢谢了"。

"怎么样？医生怎么说？"欧阳飞问。

"医生说，可能是需要角膜移植，但还要做进一步检查。而且，如果需要移植的话，角膜也不是那么容易找到的。"乔叶羽抚摩着孩子的头说，"不过医生说他会尽力的。"

"羽，别急，我可以把角膜捐给飞飞。"欧阳飞一字一句地说。

乔叶羽抬起头，泪流满面："欧阳，谢谢你。医生说了，在咱们国家不允许健康人捐献角膜的，这样有违道德伦理。"

"羽，你听我说，本来我是不想告诉你的，我只想陪你一段时间后默默离开……飞飞的情况我不得不说了，我，我查出了胃癌，时间不多了……这一辈子我不能给你什么，也不曾为你做过什么，也许是老天给我的机会，让我把角膜移植给飞飞……这是我唯一能为你做的……这样，我不在了也可以一直看着你幸福……请你务必成全我……羽，就让我为你做件事吧。”欧阳飞的泪挂在了眼角。

乔叶羽泪如泉涌，泣不成声，这世上的悲苦为什么都发生在自己亲近的人身上？老天爷为什么要这样折磨一颗羸弱的心？

“羽，别想了，就这样定了，马上订机票，我们回去。”

飞机场候机厅，欧阳飞和乔叶羽依偎着，飞飞安静地坐在一旁。他们知道，这是赶赴一场离别，一场生死离别。

“欧阳叔叔，把你的角膜给我，我就能看见了吗？”孩子问。

“是的，飞飞，你会和其他孩子一样清楚地看见这个世界的。”欧阳飞摸了摸孩子的头。

“可是，可是你怎么办？你还能看见飞机看见云吗？”

欧阳飞一阵心酸，勉强笑了笑说：“叔叔不用看就知道这个世界的样子，叔叔已经看了五十多年了，看累了，该歇歇了。”

乔叶羽握着欧阳飞的手，他的手在微微地颤抖，阵阵绞痛在两个人之间无声传递着，咬噬着他们的心。乔叶羽含泪抬起头发现欧阳飞的脸汗津津的，看上去气息微弱。

“欧阳，是不是不舒服？要不要看医生？”

欧阳飞一笑：“不用，我自己知道，别担心，没事的，我一定会活着撑到医院的，我还要留一双眼睛看着你幸福呢。”说着，他站起身，“我去卫生间洗把脸。”

乔叶羽想扶着他，他一笑推开了，说：“别把我当病人。”

趁欧阳飞去卫生间的空隙，乔叶羽考虑再三，拿起他放在包里的手机拨通了欧阳枭的电话：“喂，你好，我是乔叶羽……”

Chapter 13

两个小时后，飞机平稳降落，欧阳飞和乔叶羽牵着孩子的手走出机场时，欧阳袅已经在救护车里等候多时了。

救护车里，还有欧阳莎莎。

“哥，我已经和眼科医生联系好了，不过因为你的病还要进行必要的检查，以确保角膜的质量。”欧阳袅对欧阳飞说，她知道，大哥现在最关心的就是这个问题。

“好的，小袅，哥给你添麻烦了。”

“哥，你现在什么都无须说，要保持体力，大概半小时就到医院了。”欧阳袅紧紧地握住哥哥的手，泪开始在眼里打转。

“莎莎——”欧阳飞转过脸，喊着一直不吭声的女儿。欧阳莎莎接到小姑的电话心急如焚，尽管欧阳袅已经和她大概说了乔叶羽的情况，但是，当她看到老爸和那对母子一起走出机场的时候，她的心还是有了恨。她不明白，她和妈妈才是老爸的亲人，为什么他的最后时光却要选择和乔叶羽母子在一起？

有那么一瞬，她本想上前扶住老爸，忍住了；她还有一大堆的话想和老爸说，也忍住了。

欧阳飞懂得女儿的不满，他笑了笑，抓过女儿的手，说：“老爸很自私，是不是？老爸知道自己很自私，当时间一寸寸地在减少，老爸变得更自私了，很多事情都是由着自己的性子，没有考虑到你和妈妈的感受……闺女，对不起，原谅爸爸，好吗？”

见莎莎只是低着头流眼泪，欧阳袅用胳膊肘碰了碰她，说：“莎莎，懂事些。”

“小袅，别怪她，是我这个爸爸不够好。”欧阳飞喘了喘气，又对莎莎说，“闺女，你妈是一个经不起事的人，这一次老爸真的不行了，就要离开你和妈妈了，爸走了以后你要照顾好自己照顾好妈妈，别让她太操心，爸已经够让她操心的了。”

“爸——你别说了，你会好起来的。”莎莎终于忍不住哭出了声。

欧阳飞笑了：“傻丫头，还是学医的呢，学会自欺欺人了。其实老爸不怕死，老爸就是放不下你们……”说着，他看向乔叶羽、欧阳袅，眼睛湿了。她们都是他生命中的亲人，永远是。

“哥，别说了，马上就要到医院了。”

“小袅，你让我把话说完，我怕到了医院我就醒不过来了。”欧阳飞又看了看乔叶羽，喘息着对欧阳袅说，“不要恨她们母子，她是可怜之人，你要帮哥照顾好她们。”

“欧阳，谢谢你，谢谢你给予我和孩子的爱。”乔叶羽已经泣不成声。

欧阳飞拍了拍她的手，说：“我给飞飞角膜移植后，你还是回那个古镇吧，那里适合你，在那里你才会快乐。”

“嗯，欧阳，我听你的，我们一起谱写的歌我会天天唱……”乔叶羽说不下去了。

“小袅、莎莎，我还有两件事要说：一是我死后把我的骨灰撒向大海，我是一个无拘无束的人，不想死后圈在一堆土里。”

“哥，你放心，我会照办的。”欧阳袅的泪已止不住。

“还有，还有第二件事，料理完我的后事再和妈说，不要让她老人家看见我的遗容伤心，我已不孝……”想到母亲，欧阳飞疼痛得闭上了眼睛，有泪顺着眼角滑下来。欧阳莎莎帮他用纸巾擦着，抽泣着。

“哥，这样妈会不会怪罪？”欧阳袅也哭出了声。

“不会的。小袅，你知道吗？妈每天念心经，她相信一个人的离去是另一种重生。亲骨肉的离去，她当然会难过，只是我不想让她太疼……小袅，好好照顾妈。”欧阳飞说不下去了。

“哥，你放心，我会做到的。”

救护车呼啸着进了医院的大门，陆天和欧阳海、欧阳林都焦虑地站在门口迎候着。

李妍赶到的时候，眼科专家正从病房出来，对走廊里的欧阳兄弟以及乔叶羽说：“检查结果出来了，癌细胞没有转移，角膜移植手术没问题。”

“谢谢，谢谢。”乔叶羽禁不住泪流满面。

“我看病人的情况不是很好，你们家属要寸步不离，我们也会随时准备手术的。”

“好的。”欧阳袅沉痛地点了点头。

医生又说：“还有，尽管捐献角膜是欧阳先生的个人意愿，但手术前我们需要家属签字，请问，哪一位签字？”

“我嫂子签，她来了我会带她去找您。”欧阳袅说。

医生点了点头走开了。

欧阳袅看着在场的每一个人，发愁地说：“唉，怎么和大嫂说呢。”一回头，却发现李妍正站在身后。

“嫂子，你什么时候来的？”欧阳海问。

李妍看了看乔叶羽，又看了看欧阳三兄妹，轻轻地说：“你们到底还有多少事瞒着我？”一句话出口，腿一软，差一点跌坐在地上，欧阳袅和莎莎忙扶她坐在了走廊的候诊椅上。

“我真不明白大哥的脑子里想的都是什么。”欧阳林嘟囔着。

欧阳海瞪了他一眼，又用眼色示意乔叶羽离开，然后对莎莎说：“大侄女，去给你妈买瓶水。”

乔叶羽和欧阳莎莎都走开后，欧阳袅揽着李妍的肩说：“嫂子，其实不是有意瞒你的，我们知道的也不多。大哥在外面感觉身体不好便给我打电话了，我便叫了救护车和莎莎一起去接他了。在来医院的路上我才知道，他要捐献角膜给一个叫飞飞的男孩……或许，你会不理解，但从学医的角度讲，死后器官捐献一直是我们倡导的……”说到此，欧阳枭看了看两个哥哥，说：“至于其他的，还是让大哥亲自和你说吧。他在里面等你呢。”

“是啊，大嫂，你别多想了，大哥的日子不多了……”欧阳海有些哽咽。

李妍擦了擦泪水走进病房，这时欧阳莎莎买水回来，想跟进去，欧阳枭拦住说：“让你爸爸妈妈单独说一会儿话吧。”

几个人都在走廊里坐下，欧阳海问：“妈那儿怎么办？她刚到香港两天。”

“大哥说了，不告诉妈。”欧阳枭说。

“什么？出了这么大的事怎能不告诉妈呢？”欧阳林一听就急了。

欧阳枭看了看莎莎，说：“大哥一直都是特立独行的人，到了最后的最后，还是听他的吧。至于妈那儿，等忙完大哥的事咱们再商量吧。”

欧阳海摸了摸欧阳莎莎的头，叹了口气说：“只能走一步算一步了。”

“老婆。”病房里，欧阳飞睁开眼看见坐在床边的李妍，微弱地喊着。

“还知道我是你老婆呀？大飞，你是不是一直都不在乎我？”李妍的泪已经决堤。

“谁说的？你是我枕边人，我怎会不在乎？”

“如果你在乎我，你就不会瞒着我这么多。”

“老婆，其实事情没你想的那样，有些事瞒着你是不想你心烦。咱俩过了这么多年，我最知道你心善也心软……”

“所以你才欺负我。”李妍看着欧阳飞虚弱的样子，疼痛彻骨。

欧阳飞嘴角一翘，强打精神，抬起手擦了擦李妍的泪水，说：“是呀，我总是欺负你，总是让你操心，现在又要走在你前头了，还要你操心加伤心。我真是太自私了……老婆，对不起啊……也不知道人有没有下辈子，如果有我一定还。”

“我不要下辈子，我要你这辈子还清了再走。”

“老婆，这事好像我说了不算了……”说着，欧阳飞大口大口地喘息着。

李妍忙说：“大飞，你别说话了，我都知道，都知道的。什么也别说了，咱好好治病，我俩还要看着咱莎莎嫁人呢。”

欧阳飞的头一侧，有泪流出来，李妍轻轻地帮他擦拭着，说：“你别想太多……”

“老婆，我有两件事求你，你一定要答应我。”

李妍流着泪点头：“你说吧，我答应。”

“第一件事，你还年轻，我走了以后，你不要一个人过，一定再找一个，找一个比我好的，让自己后半辈子有人疼。”

“大飞，你别说了。”李妍哭着趴在了欧阳飞的胸前。

“第二件事，莎莎已经大了，她骨子里和我一样叛逆。我走了以后，不要干涉她的生活，让她过自己喜欢的日子，好吗？”

李妍泪水肆意，欧阳飞出走后，她以为他是不在乎自己和这个家的，听了他的话，李妍才又找回二十多年的夫妻恩情。

她擦了擦泪，说：“大飞，放心吧。我和孩子都会好好的，你也要好好的。你休息会儿吧，我要去医生那儿签个字。”

两天后，欧阳飞离开了人世。角膜移植手术顺利实施。

一家人围着欧阳飞痛哭的那一刻，欧阳老太太正在香港的宝莲寺上香礼佛，香火缭绕中，她手中的菩提珠突然断了……

遵照欧阳飞的遗嘱，在殡仪馆设简单的灵堂，供生前好友祭拜。欧阳袅和两个哥哥佩戴黑纱陪着嫂子和莎莎守灵。陆天忙前忙后，俨然自家人。王诺来了一次便回去了，她说，看见欧阳飞就会想起乔叶羽，想起乔叶羽就会有恨。欧阳林急了，冲她喊，我哥都死了，你还说这些？王诺冷冷地说，你哥要不是飞飞的亲生父亲，会给他移植角膜？为这一句话，欧阳林差一点打了她。

陈琼倒是一直在，却不怎么说话，因为欧阳海执意要果果回来，她很不高兴。果果在外地上大学，赶回来是要花销的。欧阳海说，大哥就这么一个亲侄子，果果必须回来给大伯磕头。陈琼嘟囔说，又不是他儿子有这个必要吗？欧阳海也瞪了眼，少有的固执己见。陈琼拗不过又不便发作，看见陆天围着欧阳袅转，便故意问他，丽霜怎么没来？陆天一愣，陈琼笑着说，我和杨丽霜是一个车间的同事。

陆天有些尴尬，欧阳袅并不理会二嫂的刻薄和三嫂的刁蛮，她知道，这样的时候最该关心的是大嫂和莎莎。李妍一会儿呆愣一会儿大哭，几次晕厥，欧阳莎莎更是惹人疼惜地偎在妈妈或小姑的身边泪水涟涟。

“小姑，爸爸真的没有了，再也没有了。”莎莎带着哭腔的一句话，令欧阳袅肝肠寸断。在自小没有父亲的欧阳袅心里，大哥的分量是极重的。她一直记得，在欧阳飞最后的时候，她为他刮胡子、梳头，欧阳飞笑中有泪，说，小袅，是天使。说完还意味深长地看了床旁的陆天一眼，欧阳袅知道，大哥放心不下她。

“有好友祭拜，亲人谢礼。”有人在喊。

李妍、欧阳袅和莎莎忙低头叩谢，抬起头，欧阳莎莎的泪唰的一下又下来了，是孟森。他怎么来了？欧阳莎莎就像是一个受了委屈的孩子，忽然想扑进孟森的怀里大哭一场。孟森给她的感觉就像是父亲，在他身边，欧阳莎莎就是一个长不大的孩子。

这时，欧阳林走过去，与孟森握手：“哥们儿，谢谢了。”

“别客气，有需要帮忙的尽管说话。”孟森表情凝重地对欧阳林说。

“谢谢哥们儿，都安排得差不多了，大哥有遗言，一切从简。”

说着，孟森又走到李妍身边，看了一眼欧阳莎莎，垂头说：“请节哀顺变。”

“谢谢。”李妍点头致谢。

欧阳林递过去一支烟，自己也点了一支，边吸着边送孟森出门。欧阳袅回过头，发现莎莎一直望着孟森和欧阳林的背影，神情有些异样。这丫头怎么了？正想问个究竟，手机响起来：

“喂，你好，我是乔叶羽，很冒昧打扰你。”乔叶羽的声音很低很卑微，欧阳袅没说话，等着她继续说下去，而她似乎很难张口：“……我想，以接受角膜的患者家属身份去祭拜一下欧阳，你看可以吗？”等了一会儿，没听到欧阳袅的声音，乔叶羽忍不住哭了：“求求你，我想再看看他，想哭一场……”电话那端的哭声听起来很压抑很揪心，欧阳袅看了看身心疲惫的李妍，小声对着话筒说：“你等我电话。”

挂了电话，欧阳袅不知道该如何和大嫂开口，这时杜小梅也来了。鞠躬、行礼、问候，慰问过李妍和莎莎，欧阳袅送杜小梅出来。

“小袅，你多保重身体。莎莎这孩子看上去憔悴了不少，真让人心疼。”杜小梅关心地说。

“小梅，谢谢你。唉，这件事对莎莎和我嫂子的打击都太大了……她懂事了很多，不像从前那么有锋芒那么活泼了，回想起来，她也真是没少给你添麻烦。”欧阳袅由衷地说。

“这么客气就见外了，其实二十多岁的年纪，性格还是开朗些好。”

“嗯，但愿她能从失亲之痛的阴影中走出来。”欧阳袅不无担忧地说。

“小袅，你自己也多保重身体，这么一大家子的事真够你操心的。”

“唉，我正发愁呢。”杜小梅看着欧阳袅，听她接着说道：“有一个人要来祭拜大哥，我不知道该不该让她来。”

“哦？照理说，谁来都可以的，除非她与众不同。”

“还是你聪明，一语中的。她呀，这样说吧，是我大嫂不愿意见的人，也是个可怜人。”

“既然你大嫂不愿意见，那就别让你大嫂看见。”

“可是——”欧阳袅有些犹豫。

“要么，你就明说？试着和你大嫂商量商量？”

“这，我怕说不好会伤害她，我大嫂已经够伤心了。真的，我真的不忍心……”

杜小梅想了想，说：“既然是这样，不如你想个办法，把大嫂支开，打个时间差，不就两全其美了吗？”

欧阳袅叹了口气说：“看来只能如此了。”

灵堂里，又来了很多欧阳飞的生前好友，人来人往中，欧阳飞的遗像很近也很远。李妍坐在角落里，紧盯着欧阳飞的照片，仿佛傻了一般，他就这么撒手了，他一直都是这样的，凡事从不和家人商量，也很少顾及旁人的感受。这一次他下了狠心，走得很远很远。照片上的他还是那么俊朗潇洒，眉宇间似乎在说，老婆，让你受累了。

李妍已经哭得没有了泪，她太累了，微闭上双目，在悲凉的氛围里憔悴而单薄。

“大嫂，你太累了，要不你先回家休息一会儿吧，我和哥哥们都在这儿，晚上你再过来。”欧阳袅走过来轻声说着。

“我要陪着他，明天他就成灰了，再也回不来了。”李妍喃喃着，欧阳袅和莎莎忍不住再一次泪流满面。

“嫂子，你别这样，你这样大哥会走得不安心的，他查出大病却坚持要晚些告诉你，就是怕你难过。他说，他最知道你承受不住。”欧阳袅哽咽了。

“小袅，你说你大哥对这个家是在乎的吧？”李妍有些神情恍惚。

欧阳袅用手捋着大嫂的头发，说：“嫂子，你太累了，明天还有很多事呢，你先回家躺一会儿再来，好不好？”

见李妍不再坚持，欧阳袅又对欧阳莎莎说：“莎莎，你陪妈妈回家。”

“不，我不，我要陪老爸。”欧阳莎莎哭着说。

欧阳袅只得对陈琼说：“二嫂，那就辛苦你了，你陪大嫂回去休息休息吧，让三哥开车送你们。”陈琼答应着，扶起李妍，和欧阳林一起出去了。

欧阳袅长长地呼出一口气，拿出手机，回拨了乔叶羽的电话……

乔叶羽正在医院的住院收费处排队，护士长说飞飞的住院费欠账了，让她及时补交上。接到欧阳袅的电话，她感激地说：“谢谢你，我马上赶过去。”

“你好，我交眼科王飞飞的住院费。”乔叶羽对窗口内的收费员说。

“已经交过了。”收费员查看了电脑说。

“我知道交过了，好像不够，今儿是再补交些钱。”

“我是说，刚刚有人补交了。”

“是吗？”乔叶羽一时想不起，又问：“您记得是谁交过的吗？”

收费员有些不耐烦地说：“一天有那么多人来交费，我哪儿记得呀。”

“哦，那谢谢了。”

乔叶羽从人群中退出来，想了半天也弄不明白是怎么回事，只得沿着走廊往回走。快到飞飞病房的时候，她看到一个熟悉的身影，正站在走廊里往飞飞的房内张望着。

是王进。

原来是他。乔叶羽站定了，心头一热却终是没有上前。有些人有些事成为过往便注定回不去了，所以不如不见吧。

乔叶羽赶到欧阳飞灵堂的时候，迎面正碰上欧阳莎莎，她瞪着一双已哭红的眼睛质问着：“你来干吗？”

“我，我来——”乔叶羽捧着玫瑰花心如刀绞。

“莎莎，别闹，是小姑让她来的。”欧阳袅走过来说，“进去吧。”

“不行，小姑，我不让她进去。”欧阳莎莎大声地说。

欧阳袅轻声劝道：“莎莎，别这样，爸爸一定不希望你心怀怨恨。你想想，她的孩子移植了爸爸的角膜，爸爸走了她来祭拜是情理之中的事。”

“有这么简单吗？祭拜都用菊花她为什么举着玫瑰？”欧阳莎莎忽然像一头小兽，“小姑，你让妈妈回家是不是就是为了让这个女人来？我真是没想到你会这样。”

“莎莎，你这样说会伤小姑的心的。”陆天在一旁说。

“我伤她的心？那我妈的心呢我的心呢？你们把我妈当傻子把我当瞎子呀。”说着，掩面号啕大哭起来。

欧阳袅也禁不住泪水横流，走到莎莎跟前，抽泣着说："莎莎，有些事你还不懂。其实让你妈回家就是不想她伤心。不管从前发生过什么事，在这样的时候没有什么是放不下的。你爸爸已经走了，我们都很难过，往伤口上撒盐的事情，我们都不会做，因为我们是亲人，一辈子的亲人。"说到此，连日来的心焦和劳累让欧阳袅有些站不住了。

陆天忙过来扶住她说："小袅，是不是太累了？"

欧阳海也顺势揽住欧阳莎莎的肩，哄着说："行了行了，不哭了，大侄女，二叔知道你最懂事了。咱不哭了，听话啊。"一边说一边示意欧阳袅陪乔叶羽进去。

乔叶羽两腿发软，举步艰难地挪到灵堂，看见欧阳飞照片的一刹，再也支撑不住，一下子跪在了地上："欧阳，我来看你了……"只是说了一句话，乔叶羽便哽咽在喉。她把玫瑰花摆放在灵前，红色的玫瑰在清一色的菊花群里格外耀眼。

"欧阳，谢谢你对我们母子的爱，飞飞恢复得很好……就像你说的，飞飞的眼睛就是你的，我一定会带着他，带着你去欣赏人间的风景……没给你送过花，一直知道你喜欢玫瑰的，记得有一次演出谢幕，一个女孩捧了玫瑰花上台献给你，引来了全场的尖叫。那一刻，我看见你是如此幸福……欧阳，你知道吗？我很感激你能把最后的时光留给我。欧阳，我们在束河的日子会是我这一生的温暖……欧阳，我爱你，你听见了吗？"

乔叶羽没有大放悲声，只是嘤嘤啜泣着，在心里默默地和欧阳飞说着话……她知道，他不喜欢旁人听见他们的悄悄话，他喜欢静谧，喜欢静静地看着她，悠然地吸着烟，充分享受两个人的世界。

同为女人，欧阳袅在一旁看着难免心酸，一个女人总会为爱而伤，不管这份爱值不值得。在女人心里，爱就是生活的全部，就是"我愿意为你"。她走过去轻声说："你要是想哭就哭出来吧，我大哥如果在天有知，一定会希望你和孩子幸福的。"

乔叶羽站起身，抹了一下眼泪，对欧阳袅深鞠一躬："谢谢你，能来看他一眼我已心安，下周我们就回云南了……”说着，又看了看欧阳飞的照片，眼神无比柔和，“欧阳说过，那里是一个幸福的地方。”

“祝你幸福。”欧阳袅真诚地说道。

“谢谢，也祝你幸福。”说完，乔叶羽依依不舍地转身，仿佛听见欧阳飞在身后说：“羽，我会看着你幸福的。”

欧阳飞骨灰撒放那天，欧阳果果风尘仆仆地赶回来。一进门，就和莎莎抱在一起：“姐，姐你没事吧？”

“果果，我没爸爸了。”欧阳莎莎放声大哭，引得所有的人都陪着垂泪。欧阳海带着果果给大伯的遗像叩头，然后又领着他走到李妍面前，果果擦了擦泪水，懂事地说：“大娘，您保重身体。”

“果果回来了？你看你大伯活着的时候谁也不麻烦，这回却给你们添麻烦了。那么大老远地赶回来，累了吧？”李妍红着眼睛说。

“大娘，我不累。”

“嫂子，一会儿出海，骨灰盒由莎莎抱着，就让果果抱大哥的遗像吧，侄子就是儿子。”欧阳海对李妍说。

李妍点了点头：“你们看着安排吧。”

正说着，陈琼拿了一块黑纱进来，戴在果果的胳膊上，轻声问：“儿子，累吧？”

“没事。”

陈琼拉住儿子的手，眼里掩饰不住地开心。儿子又长高了，又英俊了，站在人群里是如此出类拔萃。在这个大家族里，只有她陈琼有儿子，儿子就是她的骄傲。想到此，她扬扬自得地瞥了王诺一眼，心想，真不知道她怎么想的，不生孩子，哼，一个女人不生孩子有她后悔的时候。

王诺看到了陈琼的显摆，她嘴角微微一扬，不予理睬。像陈琼这样穷酸的女人才不会懂得她王诺的生活，为孩子负累，她才不要。人生就是要享受的，等到烧成了一把灰的时候人和人都是一样的，不一样的是活着的方式。

在一场悲伤的送别中，没有人注意到两个女人细微的心思。

这一天，风和日丽。欧阳家族除了欧阳老太太之外，所有的人都到齐了，陆天也一直陪在欧阳袅的身边。

骨灰随着花瓣纷纷扬扬撒向大海，欧阳飞结束了独我的一生。

回来的路上，欧阳袅对陆天说："其实人生真的很短，很多东西都是不重要的。"陆天没有说话，他知道欧阳袅不希望他深陷职场纷争，可是，人生有很多阶段，每个阶段有每个阶段的内容，人到中年的男人哪一个不想有所建树呢？至于闲看云卷云舒的散淡，那都是暮年的心境了，一个人如果在年轻时就无所追求，是不是人生也会少了些许色彩？

最近消化科的病人特别多，料理完大哥的丧事，欧阳袅便上班了。

"欧阳护士长您好。"

一大早，一个清灵灵的陌生女孩站在自己面前，正在查看重症记录的欧阳袅抬起头，竟一点也不感觉眼生。

"你是？"

"万晓萌。"

"新分来的还是实习的？"欧阳袅还是没反应过来。

女孩甜甜地一笑："我是到这个医院实习的，在脑内科，是欧阳果果的朋友。"

欧阳袅忽然反应过来了："哦，知道了，研究老年痴呆症的，是吧？你什么时候上班的？"

"我刚上班两天，特意过来谢谢您的推荐。"女孩笑起来很好看。

"哟，咱科又分来一美女？"这时，陆天穿着白大衣走过来，看见万晓萌笑着问。

欧阳袅一笑："瞧你，办了好事自己还不知道给谁办的。这就是那个万晓萌，我侄子的朋友，上次你和医政科推荐的那个研究生。"转过身，她又说，"要谢就谢谢陆主任，是他给你帮的忙。"

“谢谢陆主任。”女孩冲着陆天鞠了一躬。

“别别别，自家人不客气，都是你小姑的面子，我就是说了句话。在脑内科好好干，争取表现出色留下来。”陆天很是谦虚也很像领导的样子。

“是，谢谢陆主任指点，谢谢小姑帮忙。”女孩笑着说。

欧阳臬看向陆天，小声说：“喂，有没有搞错？谁是小姑啊？你别在这里瞎攀亲啊。”

“她不是你侄子的女朋友吗？”

“谁告诉你的？没有女，是朋友。”

陆天一笑：“哦，差不多的，需要过程需要过程。”

欧阳臬还想说些什么，万晓萌接过话说：“小姑，您先忙，有时间我想请您和陆主任吃个饭，您看可以吗？”

“好好好，叫着果果一起啊。”陆天不等欧阳臬说话满口答应着。

看着万晓萌的身影走远，欧阳臬转过头瞪着陆天：“我说陆主任，未来的陆院长，你怎么一提吃饭就来精神啊？你征求我意见了吗？答应得可倒痛快。”

陆天开心地一笑：“小姑娘不错，嘴够甜，比她小姑更讨人喜欢，给个机会嘛。”

“嘿，你越说越来劲儿是吧？”欧阳臬忍不住笑着想打陆天。

陆天一闪，深情地看着欧阳臬，轻声说：“你好久没笑了……”听了这话，欧阳臬收起笑容，叹了口气，是啊，太多的家事，她哪有心思笑？

陆天端起水杯，说：“我今天在胃镜室，有事打电话。”临出门又转过身，说：“别财迷，不让你们欧阳家请客，改天我请你，老地方。”

欧阳臬轻轻地笑了，她坚信，陆天是最懂她的那个人。

这时，电话响了，是杜小梅。简单地问候了几句后，杜小梅说：“小臬，我刚从护士长那里得知，莎莎正式辞职了，你看这事怎么办？我也不知道你是否知道，你看需不需要再劝劝她？”

欧阳臬想了想说：“随她吧。”欧阳臬清楚，在欧阳飞病重期间，莎莎就已经递了辞职申请，而且很久不去上班了，只是没有得到正式批准而已。

“我担心她是因为父亲去世一时伤心才提出来的，你也知道，进我们妇产医院很不容易，我不希望她一时冲动丢了工作。”杜小梅在另一端说。

“谢谢你，小梅，我和她之前谈过，她也是成年人了，可以对自己的行为负责。而且我大哥临终的时候也嘱咐过，希望莎莎能过想过的日子。既然她选择了，那就尊重她吧。”

“那好，我知道了，小袅，你自己多保重身体。”

“你也是，要好好调解心情，这段时间忙得我一直也没问问你过得怎么样。”

杜小梅一笑，望着窗外的玉兰树说：“还好吧，老样子，有时间我们喝咖啡。”

“好的，保重。”

“嗯，保重。”

欧阳果果没有立即回学校，趁着在家小住的几天，带着万晓萌游遍了这个城市的大街小巷。熟悉的气息里，他发现，自己喜欢的女孩很适应这个城市。或许，这就是缘分，老天派了一个万晓萌给他，她会留在这个城市里，陪着他一起终老。

在街心公园的长椅上，他说：“这是一个平民城市，尽管高楼林立，但生活在这里的人们小富即安、随遇而安，总之，就是一个‘安’字。”

万晓萌羡慕地说：“安，这个字就是一个女子在家里，家会给人安全感。”

“嗯，的确如此，不过这是对女孩而言，对我们男人来说，应该是有志走四方。一直以来我都特别向往流浪的生活，自由自在、无拘无束。”欧阳果果望着蔚蓝的天说。

“你的这个想法其实是男孩的，不是男人的。”

“你怎么知道？”

万晓萌笑着说："你忘了，我比你大，知道的比你多。"

"我说过了，你比我大也是女孩，是女孩就要小鸟依人一些，尤其在我这样的'男人'面前。"说着，欧阳果果还刻意举了举胳膊，张扬了一下臂力。

万晓萌很开心地揽过他的胳膊，把头靠在他的肩头说："我知道的，这一次要不是你帮忙，我怎么能来到这个城市实习。所以呀，我很依赖你呢。"

"这还差不多。"欧阳果果笑了，"其实呀，我也就是和我小姑试着一说，没想到小姑太给力了。怎么样？同事们对你还友善吧？"

"嗯，都挺好的。我喜欢。"

"晓萌，你有没有想过去见见我的父母？"欧阳果果忽然很正式地问。

"啊？我，我没想过。"

"没想过？你刚才不是还在说'安'的寓意吗？难道你不想在这个城市安顿下来？难道你不想和我在一起，让我给你安全感吗？"欧阳果果有些着急。

"……我现在最想的是尽快适应新环境，努力工作，其他的，还早吧？"万晓萌支吾着，很小心地看着欧阳果果。

他不说话了，自从在网上认识了这个女孩，他们一见如故，无话不谈。在认识三个月的时候，他们见面了，她提出想到他的城市实习，他以为她是为自己而来的，却原来不是那么回事。

"怎么了？想什么？"万晓萌看出了他的不高兴。

欧阳果果说："我想尽快回到学校去，完成毕业论文。"说着，顿了顿又说："我还在想，或许我们还是适合在网上交流。"

"你想多了。"

"没有。"

"还说没有呢，都挂在脸上了。小气。"万晓萌也嘟了嘴。

欧阳果果站起身，说："好了，我们回去吧，你说得对，有些事距离尚早。对了，晚上我带你去酒吧玩吧，介绍一个女孩给你认识。"

"女孩？"

欧阳果果轻松一笑："对呀，你还没考虑好嫁给我，那我就多结交几个呗。”

“欧阳果果，你太过分了。”说着，万晓萌在广场上追着他打起来。欧阳果果一边躲一边笑着说：“既然你这么在乎，那就证明你心里有我。万晓萌，爱我吧，我会给你幸福的。”

“偏不，偏不。”

两个人正追打着，果果的手机信息响了，他停下来一看，上面写着：果果，奶奶从香港回来了，我们晚上一起过去吧。

“谁呀？”万晓萌喘着气问。

“我姐。”欧阳果果想了想说，“晓萌，你先回去吧，我晚上有事了。电话联系。”

“好吧。”万晓萌纳闷地看着欧阳果果，猜想一定是很重要很重要的事，不然这个阳光男孩不会如此的凝重。

Chapter 14

客厅里，一家人围坐在欧阳老太太身旁，悲伤而紧张地望着她，欧阳袅担心母亲听了大哥的噩耗会身体不支，还偷偷准备了急救药和氧气袋，但她没敢拿进屋，而是放在车的后备厢里。陆天也说，有事随时打我电话，我在办公室候着。

“什么时候的事？”欧阳老太太的声音很轻，却沉痛无比。

看谁也不敢吭声，欧阳袅低声说：“妈，大哥是半年前查出的癌症，大家知道也都是最近的事，大哥不让说……他的后事也是遵照他的意思……妈，您想哭就哭出来吧，别憋着……”

“是啊，妈，您要多保重身体。”欧阳海担心地说。

欧阳林一直站在母亲身后，他唯恐她伤心过度摔倒。莎莎和果果也都紧盯着奶奶的脸。陈琼和王诺不便插嘴，远远地站着，也都不敢多说一句话。

李妍强忍着悲痛说：“妈，大飞走得很安详，他说，妈会原谅他的不孝的。”

欧阳老太太似乎是一直都没缓过神来，沉默半晌，转过头看着李妍，拍了拍她的手说：“苦了你了。”一句话，李妍的泪忽地流了出来：“妈，您别这样说，您要注意身子骨。您要是有个三长两短的，我们都不会安心的。”

“妈没事。”欧阳老太太闭了闭眼，又擦了擦眼角的潮湿，轻声说：“你们都回去吧，妈想一个人静一会儿。”说着，一个人进了卧室。

几个人面面相觑，不知道是该走还是该留。

陈琼拽了拽欧阳海的衣襟说："走吧，我看妈没事。"

欧阳海瞪了她一眼，没动。

李妍拉着欧阳莎莎的手说："要不我和莎莎留下，反正我们娘俩也没什么事，你们都挺忙的。"

欧阳袅看了看哥嫂，想了想说："大家都回去吧。妈说得对，静一静也好。我们要是都在这儿，妈也不得休息。大嫂和莎莎在这儿妈难免会触景伤情。果果难得在家待几天，二哥和二嫂也回吧。三哥的店里不能没有人。还是我留下吧，有事我会打电话给你们的。"

见欧阳海和欧阳林还是不放心的样子，王诺也说："小袅说得对，都挤在这儿也不是解决的办法。有些事咱代替不了。"欧阳袅看了看王诺，尽管她一直都不喜欢这个好吃懒做的嫂子，但她不得不承认，这句话是对的。母亲需要时间来消解心头的悲伤，也需要一个人静静地面对，谁也帮不了。

"小袅，那辛苦你了。"李妍冲欧阳袅点了点头，挽着莎莎先走了。随后，欧阳海一家和欧阳林两口子也一起出了门。

欧阳袅顺着虚掩的门缝看了看，卧室里，母亲正面朝窗户微闭双目，手捻菩提珠，静静端坐。她悄悄退回客厅，简单收拾了一下，便到厨房煮面。她知道，母亲最爱吃素卤面。

大概半个小时后，她端着热腾腾的面走进卧室，轻声说："妈，您吃点儿东西吧。"

欧阳老太太没说话，却长长舒了一口气。欧阳袅接着说："在香港吃的都是甜食吧？您尝尝我的手艺，看看味道是淡了还是咸了？"

"那一天，我在宝莲寺，手里的菩提珠莫名就断了，原来是大飞在和妈道别……"欧阳老太太望着窗外，无限伤感地念叨着。

"妈，您吃点儿面，吃完了咱们再说话，好吗？"欧阳袅端着碗小心翼翼地劝着。

欧阳老太太把目光从窗外转过来，幽幽地说："素卤面，那天你哥来我这儿，我们娘俩吃的就是这个。如今，他是吃不上了。”

欧阳袅侧过头，抹了一下眼泪：“妈，您别这样，别憋坏了身子。现在就咱娘俩，您哭几声吧，哭出来就好受了。”

“你爸爸走的时候，大飞就是和我这样说的。”

“妈——”欧阳袅嘤嘤啜泣起来。

欧阳老太太搂住小女儿，任泪水从心底喷薄而出……哭了一会儿，老太太拍着欧阳袅的肩头说：“不哭了，咱不哭了，咱就当他出远门了。他若是在路上遇上菩萨，那是佛来度他了。”

欧阳袅抬起头，母亲面色温和，悲戚中不失安然。她想，大哥说得对，不让妈看着他走是一种慈悲。

欧阳袅以为母亲走过了这道坎儿，却在半夜时分惊觉母亲一个人依然在静坐。她想起身劝导几句，却找不到合适的言语，于是默默地背过身，装作不知。黑影里，欧阳袅流着泪想，失子之痛是刻骨的烙印，或许只能交给时间。

第二天清晨，欧阳袅在睡梦中闻到了五谷豆浆的香味儿，她努力睁开眼，发现母亲已经做好了早餐。

“妈，您这么早？”

“不早了，起来吃吧，吃完了去上班。”

见欧阳袅没动，欧阳老太太走到床前，一字一句地对小女儿说：“妈没事，你们都各忙各的妈才会心安。”她的话很轻也很淡，仰起头，欧阳袅发现一夜之间，母亲的花白头发几乎找不到几根黑色的了。欧阳袅很心疼地喊了声“妈——”，欧阳老太太勉强一笑，说：“傻丫头，人活一辈子会有很多劫数，是妈的劫数妈就要承受，这是妈的命，也是一种修行。放心吧，一切都会过去的。”欧阳袅点了点头，把头靠在母亲的肩头，心里疼痛而柔软。

早上11点钟，欧阳莎莎还赖在床上，李妍并没有催她起床，一个人默默地打扫着房间，并习惯地把烟缸分别放在茶几和书桌上。从前，欧阳飞要么坐在沙发上看电视，要么在书桌前沉思，每每此时他都是要吸烟的。李妍知道，自己要从欧阳飞的生活中走出来不是件容易的事，一起生活了那么多年，这个家的每个角落都有他的气息。或许，自己也无须走出来，活在有他的记忆里，将是自己后半辈子的温暖和寂寞。

有短信提示音响了，是莎莎的手机。李妍走过去，见莎莎正揉着睡眼在看短信，看着看着忽然就笑了。这孩子好久没笑过了，她笑起来的样子很像欧阳飞，有些傲气有些自我，眉梢弯弯的，很迷人。

“妈，你过来，果果给我发了个短信，太好玩了，我念给你听听。”欧阳莎莎躺在床上对李妍说。

李妍坐到莎莎床边，听她念道：“脸和屁股年终考评结果：屁股比脸优秀。理由：1.光滑，不起皱；2.细腻、不长粉刺水痘锈斑等；3.节俭，不用花钱保养；4.美观，造型简约时尚；5.庄重、大气有福相；6.真诚，不会皮笑肉不笑、两面三刀；7.谦虚，深藏不露；8.辩证，既一分为二又合二为一；9.高尚，忍辱负重，经常代人受过挨打；10.踏实，既能坐又能站，还是内外沟通的窗口单位。”

“呵呵，这孩子，从哪儿弄的词儿。”李妍也忍不住笑了。

“妈，这都是网上的段子，网上专门有些人靠写短信挣钱的。”说着，她回复果果说：瞎贫，还不回学校念书？

李妍看着莎莎问：“这也能算是工作？”

“当然了，妈，只要能挣到钱就是好工作。就说调酒师吧，在您眼里不是正经活儿，可那不但是一门技术，还是一门艺术。”说着，果果的短信又来了：看乐了吧？晚上去酒吧找你玩，介绍我的女朋友给你。

看了短信，欧阳莎莎一边起床一边对李妍说：“妈，晚上果果去酒吧找我，还说带女朋友呢。”

“啊？他大学还没毕业就谈朋友了，你二叔二婶知道吗？”

“妈，你老土了吧？现在的大学生没有性生活的都是少数，更别说谈朋友了。”

李妍一皱眉头：“你这孩子说话，这要是让你二婶听见了，准不爱听。”

欧阳莎莎并不理会李妍的反应，简单洗漱后背了包扔下一句“我下午有培训班，晚上直接去酒吧，你别等我”便出门了。

和欧阳飞当年辞职一样，莎莎也只是办妥了辞职手续通知了李妍，他们似乎都不需要李妍同意，或者说他们知道李妍一定会同意的。其实细想想，每个人都有既定的路，即便是最亲近的人也干涉不了。欧阳飞走后，李妍看开了很多事，很多事想通了也就不纠结了，不纠结也就不累了。

李妍抬头看了看表，也出门了。她要去看望婆婆。她知道，欧阳飞的去世，最难过的莫过于老太太。她甚至以为，照顾好婆婆就是与欧阳飞依然在一起。

晚上，“水晶之恋”酒吧。

欧阳果果领着万晓萌进门时，欧阳莎莎正在吧台后忙碌着。

“姐，万晓萌。”欧阳果果满脸幸福地介绍着，“我姐，欧阳莎莎。”

“叫我莎莎吧。”

万晓萌笑眯眯地点了点头，说：“莎莎姐好。”然后趴在吧台上好奇地问：“莎莎姐，你这是在干吗？”

欧阳莎莎一笑：“一看就是一个乖乖女，没来过酒吧吧？我在调鸡尾酒呢。”见万晓萌有些羞涩，欧阳莎莎更开心了，说：“果果，你眼力不错。”

“那当然了，我得过姐的真传。”欧阳果果耍着贫嘴。

欧阳莎莎得意地说：“以后好好孝顺姐呀，不过，你是青出于蓝胜于蓝了。”

“莎莎姐那么漂亮，追求者一定是排队了。”万晓萌在一旁说。

“这小嘴儿甜的。其实呀我没真正恋爱过，因为我是倡导只爱不婚的，所以，没有男孩愿意和我浪费光阴。”说着，望了望不远处的一个男人，说：“看见没？我要是恋爱呀，就和那样的中年男人，不牵扯婚姻，只谈恋爱。”

孟森抬起头，正好碰见欧阳莎莎望过来，不由一笑，冲着她举了举手中的杯子。这个女孩真的挺特别的，在她身上有那么一股说不出来的东西，让他刮目相看。自从上次在这个酒吧遇见，知道她做起了专业调酒师，孟森便常来这里了。

“姐，你说的不是真的吧？”欧阳果果转过头嘟囔着：“那个人也太老了。”

欧阳莎莎笑了：“行了，别那么八卦了，去找个地方坐吧，吃喝随便点，今儿姐请客。”

欧阳果果拉着万晓萌的手找到了靠窗的一个位子。刚刚坐定，邻座的一个男人嚷起来：“服务员，过来，这酒是什么味道的？”

一个男服务生谨慎地走过来，谦卑地说：“先生您好，请问您有什么事？”

“你自己闻闻，这是什么东西？”

服务生小心翼翼地看了看点单，说：“这是您点的玛格丽特鸡尾酒。”

“不对，这酒味不对，你们一定是搞错了，把调酒师叫过来。”

服务生有些为难地说：“调酒师正在忙，还有很多客人等着呢，您看能不能……”

“怎么？别人是客人我们就不是客人了？调酒师在忙，那你和我说说这玛格丽特应该是什么味道？”

“这——请您稍等一下。”

服务生说完去了吧台，欧阳果果看见欧阳莎莎一边摇着调酒器皿一边听着看着这边，然后放下，随服务生走过来，欧阳果果不由为姐姐捏了一把冷汗。

“果果，你说这个人是不是故意捣乱啊？”万晓萌也紧张地问。

“不好说，酒吧里人杂，什么人都有的。”

这时，孟森也悄悄走过来，站在不远的地方，唯恐欧阳莎莎处置不力伤到自己。不知从什么时候起，孟森对这个女孩子有了一份很微妙的关心。

“您好先生，请问有什么问题？”欧阳莎莎不卑不亢地说。

“你是调酒师？真没想到是个女的。”那个男人叼着烟说：“这杯酒的味道不对。”

“您要的是玛格丽特鸡尾酒，有什么不对？”

“有酸味。”

欧阳莎莎一笑：“先生，玛格丽特鸡尾酒以墨西哥特产的龙舌兰为基酒调制，有清淡爽口的酸味，带着悲伤恋情的苦味。1949年，约翰·杜勒沙先生以这杯酒获美国国家鸡尾酒大赛第三名。很多人喜欢这种味道，不仅仅是酒的本身，还是因为酒的名字是用调酒师不幸死亡的情人玛格丽特的名字来命名的。我想，您一定是懂得这杯酒才点的。如果说这酒的酸味不够好，那是我技术不精，但没有酸味是不可能的。”

很显然，那个男人是不懂鸡尾酒的，在欧阳莎莎的一通解释后，他颇有些不好收场。这时孟森走过来打圆场：“这位调酒师真不简单，不但酒调的好，还能讲出酒的故事。我给这位仁兄推荐‘新加坡司令’尝尝，口感甜味浓烈，和‘玛格丽特’迥然不同。”

那个男人顺势说：“那好吧，听人劝吃饱饭，我就换一杯。这一杯退掉。”

“对不起先生，鸡尾酒售出是不能退换的。”服务生小声说。

那个男人刚要发作，孟森笑眯眯地说：“能在一个屋檐下喝酒是缘分，‘新加坡司令’我请了。”

“嗬，够大方啊？你有钱了不起？来这个地方的人没有穷人。”男人并不买账。

孟森并不介意他的无理，笑着说：“是是是，一看您的穿着和说话就知道是个有素质有品位的人，我真是比不得，是我太自以为是了，很惭愧。”说着，不等对方再说什么，便对欧阳莎莎和服务生说：“都去忙吧，没看出来吗？这位先生还是喜欢玛格丽特的味道。”

“我就说了，您一定是懂酒之人。我一定多多努力，调出更醇正的鸡尾酒，也希望您常来，多提宝贵意见。非常感谢。”说着，欧阳莎莎深鞠一躬，转身离开了。

欧阳果果和万晓萌一直看着事态的发展，见几个人各归各位了，万晓萌说："吓死我了，果果，你说那个人到底是不是懂酒的？"

"懂个屁，他是被我姐捧杀了，哑巴吃黄连。"

"莎莎姐真棒，要是我准傻了。"万晓萌吐着舌头说。这是真心话，对万晓萌来说，生活一直都是风调雨顺的，她可没经过如此的风浪。

两个人喝着东西等了一会儿，欧阳莎莎便也过来坐了。

"姐，不用调鸡尾酒了？"欧阳果果问。

"我师傅来了，他让我歇会儿。"

"姐，你从前干护士就是不愿意受那些病人和家属的气才辞职的，依我看，当调酒师好像也不怎么样。"欧阳果果说。

"其实服务行业都是一样的不容易。"万晓萌也说。

欧阳莎莎以一个长者的口气说："绝对不一样。医疗服务和其他消费不能同日而语，那是不可逆的。还有一个根本的区别是：调酒师是我所喜欢的。这一点很重要。"

"嗯，莎莎姐的话我赞成，我研究主攻的专业是老年痴呆症，对很多人来说是不可思议的，而且这病至今尚无确凿可靠的治疗方法，可是我喜欢这方面的学术研究，就像我的指导老师说的，只要是喜欢的事干起来就会其乐无穷。"

"嗬，你们俩还说到一块儿去了。"欧阳果果开心地说。

"那是，女人嘛，总有很多相通的地方。"万晓萌说。

"莎莎，我们走了，今天不用送你吗？"这时，孟森和几个朋友正欲走出酒吧，经过莎莎身边友善地问。

欧阳莎莎站起身，不见外地说："谢谢孟老板，我还要再坐会儿，就不搭你的车了。再见。"

"再见，路上小心些，别玩太晚了。"孟森就像一个长辈嘱咐着。欧阳莎莎忽然想起刚才的事，在孟森转身离开的一刹，又叫住他，说："哦，对了，刚才，谢谢啊。"

孟森一笑："谢我什么？是你自己摆平的。"

“谢谢你主动和稀泥呀。”

一句话，令孟森开怀大笑，他知道，他的很多助人行为都被莎莎称之是“和稀泥”，他也是因为“和稀泥”才与欧阳莎莎结识的。

“好了，你们玩吧，我今后也要多多努力，争取‘和稀泥’再上新水平。”说完，孟森笑着离开了。

欧阳莎莎重新坐下来，见欧阳果果还在傻傻地盯着孟森的背影。“喂，看什么看啊？”“姐，你真要和他谈恋爱吗？”两个女孩看着他认真的样子，不约而同笑起来。

欧阳莎莎说：“他像爸爸一样包容我的所有，为我想着所有的事，符合我对一个男朋友的所有要求，在他面前我想怎样就怎样，他幽默、沉稳，是我喜欢的男子。和他谈恋爱，有什么不可以？”

“他，他会不会有老婆？”欧阳果果越发搞不懂了。

“他的生活和我没有关系，我不在他的生活里。”莎莎轻描淡写地说。

万晓萌歪着头想了想，说：“莎莎姐，活在一个人的生活边缘，是不是很傻也很苦的事？”

“嗯，可能是，没深想过这个问题，好了，想那么多干吗，过好当下才是正理，举杯碰一下吧，祝你们两个人学业事业爱情通通都美满。”欧阳莎莎说着举起手中的杯子，三个人杯子碰撞的时候果果发现她的胳膊上有一块青紫，忙拉过来看，莎莎一躲，说：“没事啦，每一个调酒师在最初练习的时候都会经历这样的伤痕的。来，干杯。”

“干杯。”

夜色的霓虹里，三个年轻人依傍着这个城市的梦，一切似乎都是喧嚣丰饶的。而窗外静空的一轮弯月，正在风中涤荡着看不见的寂寥。

回到家的时候已是深夜，欧阳果果带着酒气推开门，想蹑手蹑脚地回房间，却发现父亲欧阳海正偎在沙发里，等他。

“爸，您还没睡？”

“等你呢，去哪儿了？”欧阳海绷着脸问。

“和莎莎姐在一起聚聚。”

“莎莎？听说她辞职了，这孩子真是不听话，找份工作多不容易……你大伯走了，你大娘也是管不了她了。”

欧阳果果凑到欧阳海身边说：“爸，其实也没你们想的那样难，莎莎姐现在在酒吧里当调酒师，看上去挺开心的。还有我女朋友，我小姑一句话，就让她进了医院脑内科。”

“什么？你又给你小姑添乱了？”欧阳海明显不悦，在这个家里，小袅已经够累了，他实在不想自家的事再给她添负累。

“找他小姑怎么了？当初她给侄女找工作，现在就不能帮帮侄子呀？”陈琼听到声响，也披着睡衣走到客厅里，数叨了欧阳海几句，又转过身兴奋地问着果果：“儿子，你有女朋友了？快和妈说说，她是哪里人？爸妈是干吗的？长得漂不漂亮？你们是怎么认识的？”

欧阳海叹了口气，陈琼从来都是惯着果果，容不得他这个当爹的说半句。

说到万晓萌，欧阳果果神采飞扬：“妈，她叫万晓萌，是研究生，长得挺秀气的。”

“你才多大啊？还没毕业就找女朋友，你该把心思用在学习上。”欧阳海插话道。

陈琼瞥了欧阳海一眼，笑着对果果说：“别听你爸的，男孩子嘛，就要趁着年轻多处几个女朋友，这样到了结婚的年龄，才会知道自己想和什么样的女孩过一辈子。”

欧阳果果开心地点着头：“还是妈说得对，不过，爸、妈，我不再找了，这辈子我就找这一个了。”

“哟，瞧我儿子美的，这女孩就那么好，让你甘心陪她一辈子？那你和妈说说，她到底哪里好？”陈琼笑着问，欧阳海也竖起了耳朵。

“嘿嘿，我也说不出来，反正和她在一起我就特别开心。”果果搔了搔头皮说。

欧阳海看了看儿子，说："果果，要说是女朋友嘛，在一起开心就可以了，但要是娶老婆，还是要有很多条件的。"

"就是呀，你爸说得对，比如，她的家庭，她父母是干什么的。"陈琼说。

欧阳果果有些不耐烦了："爸、妈，你们开始查户口了？她爸妈干什么的和我有什么关系？只要我喜欢她，她喜欢我就可以了，有那么复杂吗？"

"恋爱没那么复杂，但婚姻远比你想象的复杂得多。"欧阳海说。

陈琼也附和着："儿子，你喜欢的女孩妈就喜欢，但是她要是成为欧阳家的儿媳妇，我们还是要认真考察的。"

欧阳果果看了看父母，说："怪不得我让晓萌来家里，她不肯，看来她是对的。"

欧阳海和陈琼互相看了一眼，陈琼说："看来这个女孩还没有确定要嫁给你。傻儿子，你是不是剃头挑子一头热？还傻乎乎地帮她找工作。"

欧阳果果忽然很烦，于是站起身："哎呀，不说了，我困了，去睡了。"

"儿子，你还没告诉妈你们是怎么认识的呢？"陈琼追着问。

"在网上认识的。"

"网上？"陈琼张大了嘴，看着欧阳海，问："你看这事靠谱吗？"

欧阳海摇了摇头说："你自己掂量吧，刚才你不是还鼓励你儿子嘛。"说着，也去睡了，留下陈琼一个人在客厅里发愣。

儿子就是陈琼的全部，自从知道果果有了女朋友，她是又欢喜又担忧。欢喜的是儿子长大了，担忧的是这个女孩到底会不会给儿子幸福？

"陈琼，发什么呆呢？"杨丽霜端着饭盒走过来问。

"哦，丽霜啊，也没什么，我儿子说最近处了一个女朋友，我正琢磨这事儿呢。"说着，往嘴里扒了两口饭。

杨丽霜因为欧阳枭的原因，对欧阳家的人通通没有好感，平常很少和陈琼说话，不过偶尔说起家事，陈琼也很少站在欧阳家一边，这让杨丽霜多少舒服些，心里对她也就不那么抵触了。而陈琼，深知杨丽霜与欧阳袅的微妙，本不便理会她，可杨丽霜最近提升为车间班组长，人在屋檐下不得不低头，两个女人便比从前近了些。

“这有什么好琢磨的？让女孩来家里，你帮着把把关呗。”杨丽霜说。

陈琼抬起头：“问题是，人家女孩不来家里，所以我琢磨着，是不是我儿子单相思啊？”

杨丽霜笑了：“看来你们欧阳家的人都有单恋的基因啊。”陈琼听出了弦外之音，却装作不明白，有意避开她的锋芒笑着问：“你说我偷偷地看看这个女孩，怎么样？”

“去哪儿看？人家让你看啊？”

“她在你们陆天的医院工作，是什么脑、脑内科？好像是。”

杨丽霜一听，没再答话，提起陆天工作的医院，她就会想起那个喜欢陆天一直未嫁的欧阳袅，想起她，就像是有个人一直在窥视着她的宝物一样，让她心生不安。要说有个地方是她不愿意涉足的，一定是那里了。

“丽霜，今天下班咱俩一起走吧，我去看我未来的儿媳妇，你顺路接你家老公。”陈琼没心没肺地安排着。

本来，杨丽霜最不喜欢别人安排自己，而这个陈琼似乎有这个毛病，动不动就这样那样，好在她是有意讨好自己，不然杨丽霜才不会由着她的意思。这段时间，自己和陆天的关系有些冷，他总是推脱有病人而晚回家。她很担心他不回家是和欧阳袅在一起，又不便直问。一直以来，欧阳袅就是他们夫妻生活的暗礁，表面上风平浪静但谁都知道危险的存在。正因为如此，杨丽霜才格外恨欧阳袅，她似乎从不抢什么，但她又分明夺了属于她的。她知道，陆天心中有一杆天平，在她和孩子的另一端，欧阳袅的砝码很重。

“好吧，下班一起走。”杨丽霜应允了陈琼。她也想缓和与陆天的关系，毕竟，人到中年，婚姻是生活的基础，她不傻，不想留个空子给欧阳袅钻，更不想自己减轻砝码，让陆天倾斜于另一方。

下午5点多，医院走廊里难得的清静。

连日来，欧阳袅身体虚弱。这个季节，消化内科的重病人本就很多，又赶上有两个小护士休假，她替了两个夜班下来，明显感到体力不支。非工作时间，她还要推了一切活动去母亲家，母亲尽管表面上平静，但她的话越来越少，大多时候只是一味地坐着、手捻佛珠，让欧阳袅很是不放心。

“小袅，最近是不是累了？”陆天对坐在护理站发呆的欧阳袅说。

欧阳袅头也没回，淡淡地说：“就一直没歇过来。”

“要不这个周末我们去山里休息休息？”

“你有时间？这么多病人。”

“当然有，陪小袅我有的是时间。我和王主任说说，让他盯着。”

“唉，我现在每天都去我妈那儿，哪儿也去不了的。她让我很不放心。”

陆天侧过头看着欧阳袅，她发愁的样子很可人，眉梢弯弯的，鼻子一翘一翘的，头轻轻的侧歪，就像是透过满枝鲜花望月亮，会令你的心微微一动，但你又说不出是鲜花的娇还是月亮的美触动了你。

陆天痴痴地望着欧阳袅，欧阳袅浑然不觉地望向天花板，从远处看，两个人仿佛在画中，不谙世事地沉浸在一份相知的美好里。可是，在杨丽霜眼里，这无疑就是一枚炸弹，落在她的愤怒里，要把她烧掉了。

陈琼在一旁看在眼里也难免不舒服，虽然欧阳袅没有和陆天亲昵，但他们彼此的那份默契和关爱的确会令人生妒。陈琼相信，没有任何一个妻子会容忍自己的丈夫这样深情地望着另一个女人。

她以为，杨丽霜会撒泼，甚至害怕她会冲上去抓打欧阳袅。如果是这样，陈琼真的不知道自己到底该帮谁。她很后悔，自己来医院干吗要带上杨丽霜，这要是让欧阳袅和欧阳海知道了，肯定会怪她的。她想转身离开，却苦于找不到合适的理由。就在这时，杨丽霜拿出了手机，站在陆天看不见的地方拨通了他的号码。

陆天刚要凑到欧阳袅身边说几句贴己话，电话响了，他很不耐烦地看了看，挂掉了。看着他的样子，杨丽霜强压怒火，又拨了一遍。

“怎么不接电话？谁呀？”欧阳袅回过头问。

陆天无奈，只得接了，听筒里杨丽霜极尽温柔地说：“喂，老公，今晚回家吃吗？”

“哦，回不去，我还有个病人没处理完，你和孩子吃吧，别等我。我正忙着呢，挂了啊。”

“什么病人啊？又不回家。出什么问题了？”欧阳袅听了后，问道。

陆天叹了口气，还没等回答，万晓萌穿着白大衣过来了，亲热地喊着“陆主任”，然后对欧阳袅说：“小姑，晚上我请你吧。”

“还没过门，就喊上‘小姑’了？”陆天开着万晓萌的玩笑。

万晓萌甜甜地一笑，大方地说：“果果的小姑当然是我小姑了，对吧？小姑。”

欧阳袅一笑，并不反驳。现在的年轻人真是令人刮目相看，自从通过陆天介绍万晓萌到了脑内科，她工作很努力，而且很善于维系人脉，明眼人都知道她是想留在这个医院。这也是她每天有事没事总是会来消化科说几句话的原因。欧阳袅想，从这一点上，万晓萌要比欧阳果果成熟得多，果果就像是个大男孩，青涩而稚气，而万晓萌是熟透的桃子。在欧阳袅眼里，果果不具备摘桃的条件，可是，年轻人的事真是说不准，自己也不便干预。很多事情，尤其是情感上的事，还是顺其自然的好。

欧阳袅微微一笑：“晓萌就是乖，谢谢你了，我晚上还有事，改天吧。”

“真有事呀？不会是和陆主任约会吧？”万晓萌也开着玩笑。

陆天丝毫不介意，反而很开心地说：“我倒是很想呢，只是没这福气哦。”

三个人说说笑笑的，而角落里的杨丽霜和陈琼都极不舒服。终于，杨丽霜走了出来，冷冷地喊了声“陆天”，然后有些挑衅地望向欧阳袅。

三个人都愣住了，尤其是欧阳袅，没想到陈琼会和杨丽霜同时出现，下意识地喊了声“二嫂”，便没话了。

“你怎么来了？”陆天冷冷地问杨丽霜。

“我怎么不能来？我来接你下班呀，是不是影响你约会了？”

万晓萌一看这阵势，感觉不太妙，忙说了声“小姑，我先走了”欲转身，谁知，陈琼叫住了她，问：“你是万晓萌？”

“是，我不认识您，您是——”

“欧阳果果是我儿子。”

啊？在陈琼审视的目光里，万晓萌忽然有些不知所措，这一切来得太突然了。

Chapter 15

陈琼对万晓萌说：“借一步说话吧。”

万晓萌求救地看了看欧阳袅，欧阳袅说：“二嫂，有事吗？要不我陪你们去办公室说吧。”

“别走啊，欧阳护士长，我和你还有话说呢。”杨丽霜不愠不火地拦住了欧阳袅。一时，几个人都僵在原地，场面有些不好收拾。

“丽霜，你干吗呢？走，我和你回家吧。”陆天说着去拽杨丽霜的胳膊，她狠狠地一甩，说：“你不是有病人吗？有病人你还有闲心在这儿调情？”

“丽霜，不是你想的那样……”陆天有些莫口难辩。

“我什么也没想，我只是看见了。”杨丽霜难掩伤心却依然霸道地说。

陆天张了张嘴，懒懒地说：“你爱怎么想就怎么想吧，你的心我管不了。”听了这话，杨丽霜越发难过，是啊，人的心长在肉里，看不见，他陆天和欧阳袅的深情相对，她杨丽霜都装在眼里了，也刻在了心上。婚姻是一座城堡，却从没给过她安全感。这么多年了，没有人会在乎她的疼。想到此，杨丽霜的委屈在一刹那奔泻，她流着泪问欧阳袅：“世上的男人那么多，为什么偏偏看上我的这一个？”

“丽霜，别瞎说了，走吧。”陆天又来拽杨丽霜的胳膊。

“你怕我伤害她？是吗？那你和我离婚，你娶她呀。用你的一辈子保护她呀。为什么不？是不爱吗？不爱就离她远远的，别这样对我。这样对我不公平，不公平，你知道吗？”杨丽霜一字一句带着泪。

陈琼和万晓萌都一时不知该退身还是劝说，待在原地，很尴尬。欧阳袅的心也和裂了一般，她知道，杨丽霜说得没错，这样的一份感情不但对她对自己都是不公平的。可是，感情这东西，谁能掌控得刚刚好，既不伤害又保持完美？真的太难了。她一直以为，不要婚姻不要承诺，只远远地看着陆天就是幸福，可她从没想过，自己的存在对杨丽霜来说就是一种伤害。

“对不起——”欧阳袅怯怯地说。

“对不起？为什么？因为你爱陆天吗？因为你破坏了我们全家的幸福吗？你以为他爱你？他爱你就会娶你。这么多年了，你确定他爱你吗？”杨丽霜几乎没有正面和欧阳袅谈过感情，今天的这些话掷地有声，一下一下敲在欧阳袅的心上，很疼很疼。

“丽霜，别说了，我和小袅还有事，改天再说吧。”陈琼实在看不下去了，忙过来给欧阳袅解围。结婚这么多年，这个妹妹对她还是蛮好的，此刻若不伸手实在有些不仗义。

没想到，杨丽霜瞪了陈琼一眼：“你装什么好人？在我面前你说过他们欧阳家好话吗？今儿若不是你带我来，我还真是看不了这场好戏了。”

欧阳袅惊异地看向陈琼，陈琼忙解释着：“小袅，我不是故意的，我是想来看看果果的女朋友……才和她搭伴儿一起来的，真的，嫂子没想害你，你知道我一直都是有口无心的。”

万晓萌也很诧异地看向陈琼，没想到欧阳果果的妈妈这么八卦，竟然想来考察自己，自己还没答应嫁给她儿子呢，是不是太离谱了？

“丽霜，什么都别说了，咱回家。”说着，陆天再一次去拽杨丽霜，却在抬头间碰上欧阳袅伤心的眼神。他的一个“咱”字拉近了夫妻的距离，却将欧阳袅抛出很远很远。还有什么可说的？傻的一直都是自己。

这时，桌上的电话铃声响了，欧阳袅拿起电话，听对方说完后，果断地说：“好的，我们马上接诊。”转过身，她对陆天说：“陆主任，急诊来了一位胃出血的病人，请马上过去。”

“好的。”陆天凭着职业的本能一溜烟儿地跑出去了，欧阳袅知道，这是一个救命的电话，不然陆天无法收场。在这场情感对决里，他一直都是逃兵。

“嫂子，我也要忙了。”说完，欧阳袅转身进了治疗室。万晓萌看了看两个中年女人，说了声“失陪”，也走了。

杨丽霜余怒未消地看了看陈琼，陈琼赶忙过来说：“丽霜，消消气，咱们也走吧。”说着，连拉带拽地和杨丽霜离开了医院。

回到家，陈琼坐在沙发上不停地运着气，越想越窝火，你说自己招谁惹谁了？

欧阳海见老婆的状况不对，也不问，一个人进了厨房忙活起来。他最知道陈琼的脾气，越理她她就越来劲儿，弄不好还会把气撒在自己身上。多年的婚姻生活告诉他，淡着她才是应对上策。

沉了沉，陈琼终于忍不住了，坐在沙发上冲着厨房嚷道：“欧阳海，你没见我气不顺吗？你怎么当老公的？也不关心体贴一下。”

“老婆，我用实际行动，给你做水煮鱼呢。”欧阳海在厨房一边忙活一边大声回道。陈琼听了不便发作，便压了压火走到厨房门口说：“欧阳海，你说你妹妹到底是怎么想的？那么多男人不爱，偏偏喜欢一个有妇之夫。”

“咱可是有协议啊，小袅的事咱不议论，只默默祝福她。”欧阳海头也没回地说。

陈琼不屑地说：“还祝福呢，我看啊，她总有一天会吃大亏，就那个杨丽霜，你是不知道呀，要多厉害有多厉害，骂人都不带脏字的。唉，还有那个陆天，看上去是喜欢小袅，可在关键时候他可是不伸手的。我都怀疑，若有一天你妹妹和杨丽霜抓起来，他会护着谁？”

欧阳海把炉灶的火捻到最小，回过头说：“今儿怎么想起这些事了？”

“唉，真是懒得提，本来今儿我想去医院看看儿子的那个万晓萌的……也怨我，想巴结杨丽霜，下班约她一起搭伴去医院，谁知就遇上了陆天和小袅……”

欧阳海一听紧张起来：“没事吧？那个杨丽霜没欺负小袅吧？”

“欺负？你说怎么界定‘欺负’这个词？是两个人打骂起来算欺负啊还是用软刀子一点一点划她算欺负啊？唉，搞不懂你妹妹。”

“到底有没有事？你快说啊。”欧阳海很着急地追问。

陈琼不满地瞪了瞪欧阳海，说：“能有什么事？我在那儿呢，有你老婆在，谁敢动咱们欧阳家的人？”

欧阳海一听这话便乐了，陈琼顿了顿又说：“瞧你那样儿，就知道关心你妹妹，你怎么不问问那个万晓萌怎么样？”

“是啊，咱儿子的万晓萌怎么样？”欧阳海忙附和着问。

陈琼叹了口气，说：“样子还行，就是不知道她家的背景……这孩子看上去比咱家果果成熟得多，这要是成了，以后儿子准听她的话。”

欧阳海又笑了：“两口子谁听谁的都一样，咱家不也是你做主吗？再说了，八字没一撇呢，也许咱家果果毕业了，还会给你带回一个儿媳妇呢。说不准的事别瞎操心。”

见陈琼不说话了，欧阳海试探着说：“老婆，和你说一件正事儿呗。”

“什么正事？”陈琼摆放着碗筷问。

欧阳海咳嗽了一下，说：“是这样啊，老婆，你看马上快过年了，每年春节我们一大家子都是到大哥大嫂家过的。今年大哥没了，妈明显老了很多，我是想，过年的时候让大家都到咱家来……我知道，这样的话你会很辛苦，老婆，我保证，我一定多干活，也一定好好补偿你……”说着，用胳膊肘暧昧地碰了碰陈琼。

陈琼看了欧阳海一眼说：“少来这套，我说今儿怎么表现这么好呢，进门就奔厨房，原来是有事啊。就知道你小子没安好心。”

欧阳海憨厚地一笑说：“请老婆成全。”

“不行，欧阳林开饭店的，都去他那里聚会多省事啊。现在好多人的年夜饭都选择在饭店吃，干吗都挤到咱家来？我不愿意。”

“老婆，你想想啊，果果都快大学毕业了也没在咱家过个年，每年都是大哥大嫂辛苦，大哥没了，我就是老大，如果今年再去大嫂家，她们孤儿寡母的，我这张脸往哪儿搁啊。如果妈不在了，去饭店吃也行，可是妈还在，她不喜欢年三十出去吃团圆饭……老婆，行吗？”

陈琼一时找不出拒绝的理由，可又不那么心甘，于是说：“看我心情吧。”

欧阳海说了声“得嘞”，便笑着跑进厨房去端菜。不一会儿，陈琼的短信便响了，拿过一看，竟是欧阳海发来的：

一少妇倒垃圾，不小心滑倒在垃圾桶里，正要爬起，被一捡破烂老头搂在怀里，老头感慨地说：城里人就是不会过日子，这么好的媳妇儿说不要就不要了……

陈琼哈哈笑着对端着菜的欧阳海骂道：“德行。”

欧阳海也很开心地说：“我就知道老婆一定会心情好的。来，尝尝我的手艺。”说着，夹了一块鱼肉放到陈琼碗里。

陈琼一边美美地吃着一边说：“你这个人啊，除了脑子有些笨之外，还是有优点的。”

欧阳海笑眯眯地点着头，他习惯了亲人说他“笨”，在他看来，这样的说辞是有温度的。其实他一直都懂得，亲人之间只要和睦相处，其他的都不重要。

腊月二十八一早，欧阳海便把母亲接到了自己家里，而且分别给李妍、欧阳林和欧阳袅打电话，邀请他们一起来家里过年。

欧阳老太太很高兴，拿出一千元给陈琼说：“这是妈给你的年货钱，去买些排骨和鱼，还有海鲜，咱们一家子好好团圆团圆。”

“妈，您不是喜欢吃素斋吗？”欧阳海问。

“你们吃呀，妈看着你们吃就高兴。”

“妈，我们有钱，不用您的钱。”陈琼客气着。

“妈知道，大家在一起过年都是为了让妈高兴，如果妈没了，你们也许就各过各的年了。”

欧阳海忙拦着说：“瞧您瞎说什么呢，大过年的。”

老太太一笑，说：“妈不糊涂，拿着吧。”

当天晚上，欧阳枭又装了满满一后备厢的吃食送到二哥家，欧阳果果跑了两趟才把所有的东西都扛上楼。他说，小姑，你是不是把家都搬来了呀？欧阳枭说，奶奶在哪儿，家就在哪儿。陈琼自是乐得合不拢嘴，眼看着家里的冰箱都满了，阳台上也堆得满满的，这个年过得如此丰盛，令她满心欢喜。欧阳海也是得意得很，颇有家庭男主人的荣耀感。

吃过饭，果果找同学玩去了，四个大人围着茶几看电视，欧阳海切了橙子端上来，拿过一瓣递到陈琼面前，陈琼刚要接过来，他笑嘻嘻地一转，递到了母亲手里。然后又拿起一瓣不动声色地又递到陈琼面前，陈琼又要接过来，欧阳海一转手又递给了妹妹。当他再拿起一瓣的时候，陈琼的脸一沉，说：“欧阳海，这一瓣才轮到我吗？”

欧阳海一笑：“错了，这一瓣是我的。”说着，放进嘴里，还故意做出酸酸的样子。欧阳老太太和欧阳枭知道他们夫妻在开玩笑，都没当回事，笑眯眯地在一旁不答话。谁知陈琼却翻脸了：“怎么？欧阳海，我在你们欧阳家就这么没地位啊？吃一瓣儿橙子还要等到你们吃完了才轮到我？”

“嫂子，生气了？呵呵，我哥和你逗着玩呢。”欧阳枭忙说。她知道二嫂的脾气，这要是耍起来，谁也甭想过好年了。欧阳老太太也说：“二海，别闹了，快给陈琼端过去。”当着母亲和妹妹的面，陈琼的翻脸让欧阳海很没面子，不过也不好发作，便拿了一瓣递到陈琼手里，说：“小气，给你。”

谁想陈琼不依不饶地：“是我小气还是你欺负人？”

“谁敢欺负你呀？你多厉害。”欧阳海在喉咙里嘟囔了一句。

“欧阳海，你平时不是这样的，怎么妈一来你就变了？你是存心和我过不去是不是？”陈琼说着，用手一推，一盘子橙子被打翻在地上。欧阳枭一见，也不高兴了，想说几句又怕二哥难堪，于是站起身对欧阳老太太说：“妈，我陪您到外面走走吧。”

穿了外套走出楼门，寒冷的街灯下，欧阳袅劝道：“妈，您别往心里去，这么多年了，您是了解二嫂的脾气的。她就是这样，得理不饶人，她不是跟您过不去。”

欧阳老太太一笑：“你不用劝妈，俗话说六十耳顺，妈都七十多了，还有什么想不开？”

“妈，要我说，也怨二哥，您说我们一家人在一起，你就别惹她呗，明知道她不识逗还偏逗她，惹翻了又搪不起，真是的。”

欧阳老太太说：“你二哥就是这样的，他不像小林，看上去是宠着媳妇儿的，可他要是真急了，你三嫂还真就不敢吱声了。你大哥也是，小事不管，大事有主意。二海呀，就是能力弱，经常好心办坏事。”

欧阳袅笑了：“您真是如来佛，我们几个人都逃不出您的手掌心。”

“你们是妈的孩子，谁属什么的我能不知道？虽说你二嫂小性儿，不大方，但她知道节俭会过日子。你二哥要是娶了别人，还真不一定过得如现在好。人啊，都是一物降一物，你二哥的某些不知深浅有时需要你二嫂的不留情面来调理。”

欧阳袅点了点头，不可否认，生活是一种能力，每个人的悟性也是不同的。生活本身也真是没有好坏，只要自己觉得滋润就是幸福了。

正说着，欧阳海也下楼来了，看到她们母女，喊道：“妈，小袅，天太冷了，快上楼吧。”

“哄好了？”欧阳袅取笑着哥哥。

欧阳海有些抹不开面子，说：“你二嫂就是狗脾气。”又转脸对母亲说：“您别往心里去。”

“二哥，你们俩怎么过日子我管不着，反正妈在的这几天，你要学会低头，二嫂的脸子不好看，这个年大家都会不开心。”欧阳袅叮嘱着。

“知道，没事的，其实你二嫂也是没心人白菜。”

“好了，二海，咱上楼吧，小袅也早点儿回去吧，后天早一点儿过来包饺子。”欧阳老太太站在寒风中说着。

“行，那我不上楼了。”说完，欧阳袅开车走了，欧阳海扶着母亲上楼，轻声问：“妈，没生气吧？”

欧阳老太太笑着摇了摇头：“二海啊，这夫妻过日子就好比拉皮筋儿，她拉得紧一些时你就要松，她松了你就可以紧一些，不管谁紧谁松，这皮筋儿的尺度是不变的，超过了皮筋儿承受的范围就会崩，崩了就会伤到人。知道吗？”

“嘿嘿，妈说得对。”欧阳海憨厚地笑着。老太太知道，有些事不是教会的，她这个二儿子常常把握不好生活的火候。不过，这也是他的生活方式。

腊月二十九是贴对联的日子，老太太说，今年你大哥刚刚没，咱不贴了。陈琼听了不太高兴也不好反驳，她早几天就已经买好了一大堆窗花、吊钱儿和对联，老太太一句话就派不上用场了。其实家里红红火火的多好，不能因为一个死人一大帮活人过个年都不喜气。她习惯了自己的生活自己做主，在自己的家里还要听旁人的，让她不舒服。

欧阳海和果果都一早出门了，家里只有陈琼和老太太。中午的时候，欧阳海打来电话说，有个聚会不回来吃了，还嘱咐陈琼把排骨炖好了。平时这些零碎活都是欧阳海干的，这几天，他妈一来家里，他总是拿出大男人的姿态，在老人面前指使她干这干那，好像有意显摆他在家的地位似的，令陈琼气恼。

“都腊月二十九了，还有聚会，这年还过不过了？”陈琼嘟囔着。

老太太坐在客厅里手捻佛珠，没答话。正在此时，欧阳海的电话又来了：“老婆，忘了和你说，阳台上的鲤鱼你先油炸出来，明晚咱做一个‘年年有余’。”还没等陈琼说什么，对方就挂了。

陈琼越想越气，扭头看着老太太正襟危坐的样子，忽然觉得委屈，这一大家子都闲着，就忙我一个人，凭什么？对，给王诺打电话，她也是儿媳妇，让她来炸鱼。电话拨了很长时间才通，陈琼大声说：“他三婶，一会儿你过来吧，咱俩把明晚的年夜饭准备准备，你给我搭把手。”

“二嫂，我约了美容师，下午去按摩，只能辛苦你了。再说了，我哪儿会干活啊，就这样啊，我先挂了。”王诺的声音都透着一股优越感和娇气。

“喂，喂——”陈琼来不及多说就被挡了回来，心里格外窝火，不由嘟囔着：“臭美什么？就你知道享受？谁还天生是伺候人的？哼，我也不干了。”她说话的声音不大，但足够让老太太听见，陈琼潜意识里想讨句好话，找找心理平衡。谁知，欧阳老太太并没有理会，弄得自己左右不是。恼羞成怒，陈琼“啪”地把围裙摔在桌上，大声说：“这年我不过了。”说完，进了卧室。

欧阳老太太冷眼观着陈琼的独角戏，有意淡着她，老太太知道，二儿媳妇生性卑微，自我防御心理极强，好像这个世上的人都对她不好。在这个家里，她自恃生了儿子延续了欧阳家的血脉，却没有得到她以为的应有的重视。所以，她经常心理失衡。每次聚会的时候，陈琼的一言一行，老太太都看在眼里。陈琼就是一个心高命不强的女人，骨子里总是想攀龙附凤，出人头地，却从不知道回过头审视一下自己。其实，欧阳海的平庸与她的平凡是最般配的，只要安于现状会过得很幸福，但她很难知足。见陈琼进了卧室，欧阳老太太站起身，放下佛珠，走进厨房开始忙活起来，人老了，被人甩闲话的滋味真不好受。

陈琼一个人在卧室躺了会儿，心里不是滋味也无计可施，她就是这样，经常无来由地冒火，果果说她更年期提前了。或许是吧，其实她也不是个懒人，干些家务累不着，只是这一颗心，在世俗的琐碎里飘荡着，很多时候掌控不住便失衡了。

忽然，她听到厨房里有动静，侧耳听了听，果然有剁菜板的声音，忙起身跑出去，有些不好意思地对欧阳老太太说：“妈，您歇着吧，我来干。”欧阳老太太没吱声，陈琼往前凑了凑又说：“妈，您生气了？我不是故意的，我就是有些累……”

“没事，妈闲着也是闲着，一会儿我给小袅打电话，让她过来帮你。”

“不用了，不用了，还是我来吧，欧阳海要是知道了又该骂我了。”陈琼有些忐忑地说着。这时，门铃响了，李妍和莎莎拎着一大堆东西进来，见老太太系着围裙，李妍放下包走过去顺手解下来，说：“妈，我来吧。”

“嫂子，你可来了，我头一回攒这么大的局，正有些手忙脚乱呢。”陈琼由衷地说。

李妍一笑：“放心吧，有嫂子在，一切都不是问题。”陈琼偷偷瞥了一眼正和莎莎说话的欧阳老太太，低声说：“咱家老太太，不好伺候。”

李妍宽厚地一笑，没说话，妯娌之间她从不生事，绝对像个长嫂的样子。这也是她嫁到欧阳家多年没和谁红过脸的根源。

年三十晚上，欧阳家自老太太生日后又一次聚在一起，只是少了欧阳飞。一家人刻意围着她，说着一些与年有关或无关的事情。欧阳袅陪着李妍聊家常，唯恐她念及旧人而难过。十二点的钟声响起，欧阳果果和欧阳莎莎跑到楼下放了一挂鞭炮，陈琼笑着招呼着：“吃饺子喽”，李妍和欧阳袅忙跑到厨房帮忙，而王诺依然坐在电视机前看着春晚，热腾腾的饺子端上桌时，她却第一个伸筷先夹了一个放进嘴里，品嚼着说：“嗯，不错，是羊肉馅的？”

陈琼很不喜欢王诺的不懂事，在这个家里她是小儿媳，本应多操持着干家务，却摆出一副养尊处优的样子，自进门来除了吃零食就是看电视，眼里一点儿活儿也没有，看上去很是没家教。陈琼强忍着不快说：“瞧你啥口味啊，是牛肉馅儿的。”

欧阳海和欧阳林都已喝了不少酒，听到妯娌俩的对话，欧阳海放下酒杯，沉着脸问：“怎么是肉馅儿的？你不知道妈喜欢吃素馅吗？在我们老家，三十的饺子吃素馅意味着一年素素净净的。”

陈琼并没意识到问题的严重，淡淡地说：“每年都吃素，今年就不能换换口味啊？”

欧阳果果也插话说：“就是嘛，我喜欢吃牛肉馅儿。”

“你喜欢算个屁。”欧阳海厉声说道。

所有人都愣住了，李妍低声说：“都怨我，陈琼问我包什么馅儿的，我说在谁家谁做主。都怨我，没想那么周到。”

“大嫂，你别揽责任，没你的事。”欧阳林在一旁说。

欧阳袅也说：“吃什么馅儿都行，妈也喜欢吃牛肉的。是不是，妈？”老太太明显不悦，却勉强笑着说：“什么都一样。大过年的，别瞎吼了，都快吃吧。”说着，往莎莎和果果的碗里夹着饺子，自己碗里却没放一个。

“奶奶，您不吃啊？”欧阳莎莎嘴巴鼓鼓地问。李妍狠狠地瞪了她一眼，这孩子就是没心没肺，在这个节骨眼儿上，就别说话了。

“不行，去给妈包几个素饺子去。”欧阳海借着酒劲儿命令陈琼说。

陈琼很是窝火，从白天忙活到现在一刻没闲着，到头来还落了一堆不是。她拉着脸没动，欧阳海更火了，在自家人面前，这不是让自己下不来台吗？

“听见了没有？我说话不算数是吗？”欧阳海的嗓音又大了。

“行了，爸，你能不能不对妈妈这样，妈妈已经很累了，一直在忙。”欧阳果果帮腔说。儿子的一句体贴话，让陈琼的眼开始泛潮了。

“忙个屁，忙了半天没忙到点子上等于是白忙。年夜饭，最重要的就是饺子。”欧阳海有丝毫不罢休的气势。

“行了，二哥，别说了，大过年的，欢欢喜喜的多好。”欧阳袅忙劝道。

“就是啊，你们哥俩也喝了不少了，快吃点东西吧，吃完了都回家休息，明天还要给朋友拜年呢。”李妍也劝。

谁也没想到，欧阳海忽然掉了泪，趴在桌子上絮叨着：“大哥活着的时候我们都去他那儿过年，我们哥仨一起喝酒聊天……如今……我以为，大哥没了，我要担起一家之主的担子，谁知，我连一顿年夜饺子都做不好……妈，儿子不孝啊。”说着，欧阳海竟越发难过地啜泣起来。

一句话，把每个人的心思都勾起来了，李妍、欧阳袅和莎莎的眼圈也红了，欧阳林闷闷地点了一支烟，猛吸着。而陈琼，泪流满面。这个年，她过得太委屈，吃苦受累落埋怨，看来在欧阳家，自己就没有一个好。一转身，陈琼拿了外套跑出去了。欧阳果果紧跟其后喊着“妈——”一路追了出去。

欧阳老太太一言不发，拿起佛珠，捻着，一颗一颗……

这个年，就这样不欢而散。看上去是一顿饺子的小事，也是欧阳海酒后失控，其实是这个家族埋在深处的积郁，在一刹那喷发了。

人世间有很多伤痛是不可触碰的，碰了，便会支离破碎。

正如窗外漫天飞舞的烟花。

春节后，欧阳果果一直没去学校，因为妈妈和爸爸总是别扭着，他们两个人就像是动画片里的“没头脑和不高兴”，爸爸办事简单，妈妈敏感脆弱，稍不留意就会戗起来。而他，是父母关系的调和剂。

当然，还有一个原因是万晓萌。春节假期后，她从老家回来后对他总是不冷不热的。每次打电话她都说忙，他们之间的约会越来越少了，短信也越来越少。为此，欧阳果果很苦恼。他知道，万晓萌对陈琼去找她一事一直耿耿于怀，但他不知道，万晓萌的父母执意让她回家乡工作。

万晓萌是喜欢这个城市的。她想留在这里，不仅仅是因为欧阳果果。在医院工作的这段时间，她的业务发展很好。一个从医者只有每天见到“高质量”的病人，才能成为未来的专家。而这些在家乡，几乎是不可能的。为此，她也很纠结。

这一天，她正陪着自己的老师出门诊，欧阳袅推门进来。万晓萌赶忙站起来：“小姑，您有事啊？”

“嗯，我找王主任咨询点儿事。”欧阳袅说着站在一旁等待王主任看完病人，见万晓萌诚惶诚恐地站在一旁，欧阳袅笑微微地说：“你忙你的吧。”

“没事的，小姑。”万晓萌依然毕恭毕敬地站着。

见状，欧阳袅想了想说：“那我先和你咨询咨询。”

万晓萌一笑：“小姑客气，您说。”

欧阳袅说：“最近啊，我发现我妈有些不对，她总是忘事，一开始我以为岁数大了记忆力减退是正常的，但她竟然事后也想不起来。而且，她好像还出现了幻觉，有一次，我去家里，她看见我就像没见似的，我和她打招呼她也很淡漠，坐下来，她也不像从前那样问东问西的，话很少。我正纳闷呢，她却忽然对我说，小袅，你爸刚刚出门忘了带伞了。我一听，吓了一跳，在我很小的时候我父亲就去世了。”

万晓萌很认真地听着，问：“小姑，老人家是和儿女在一起居住吗？”

“不是，我妈个性强，不愿意拖累儿女，我们长大后都搬出来了，这些年她一直是一个人住。”

“哦，小姑，您一会儿再和王主任聊聊，我初步判断，老人家有可能是痴呆症早期。这种病以独居老人居多。”

“不会吧？”欧阳袅有些不太相信。

这时，王主任已看完病人，站起身对欧阳袅说：“护士长，你们的对话我都听见了，晓萌的判断基本正确。我看，你还是带她来门诊看看吧，只有看过了病人我们才能下结论。”

“好的，我知道了。”欧阳袅忽然一阵心酸，母亲劳顿一生，到头来若是如此结局，好不悲凉。

“小姑，这样吧，今天下班我陪你去家里看看奶奶，如果你信得过我。”万晓萌说。

“那当然好了，谢谢你啊。”欧阳袅答应着，又转过头问：“王主任，这种病能治好吗？”

“这种病关键在护理，包括养成良好的生活习惯，加强体质锻炼，家人多陪伴说说话，增强她的语言思维能力，等等。还是让晓萌先去看看吧，治疗方案回头咱再商量，好吧？”

欧阳袅点了点头，心中万般酸楚。

其实有大半年时间了，欧阳老太太都不太说话，只有杨大爷来的时候，她才有笑容，两个人说说从前，谈谈佛学，更多的时间里她都是一个人。习惯了这种生活，人多了她会觉得乱心。儿女们也习惯了与母亲互不相扰的日子，偶尔小聚，也忽略了她的微妙变化。

欧阳袅和万晓萌来敲门，开门的是欧阳果果。原来，他和父亲欧阳海也来看老太太。

“果果？你在啊？还没回学校吗？”欧阳袅说着，转头看了看万晓萌，一笑：“是不是舍不得晓萌啊？”

两个孩子都有些尴尬，欧阳海正坐在沙发上给母亲削苹果，见她们进来，站起身，万晓萌点头打招呼说：“叔叔好，奶奶好。”

“二哥，这是果果的朋友，也是我们医院的高才生万晓萌。”欧阳袅介绍说。

“哦，好好好，快坐吧。”欧阳海很欢喜地看向这个略显腼腆的女孩子。

欧阳老太太似乎并没有意识到家里来了客人，自顾自地看着电视，嚼着苹果。欧阳海有些不好意思地说：“老太太最近不知怎么了，对什么都不感兴趣的样子。”

万晓萌凑过去，很亲近地问：“奶奶，您好，认识我吗？”

“小袅，放学了？锅里有饭，自己去吃吧。”欧阳老太太看着万晓萌笑微微地说。

欧阳果果很诧异，问：“小姑，我奶奶这是怎么了？把晓萌认成你了。”

欧阳袅摆了摆手，示意都别说话，只见万晓萌又问：“奶奶，您看的是什么节目啊？”

欧阳老太太很努力地想着，说：“谁知道呀，乱糟糟的。”沉了沉，忽然又对欧阳海说：“你赶快收拾收拾，一会儿跟着你王姨去相亲，听说这家姑娘可会过日子了。”

一句话，令欧阳海腾地一下红了脸，这都哪儿挨着哪儿啊，还当着小辈儿们的面，真是的，看来母亲真是老糊涂了。

欧阳果果哈哈笑起来，问：“奶奶，你让我爸和谁相亲呀？”

“去，别捣乱。”欧阳海制止着。

万晓萌抬起头对欧阳袅说：“小姑，奶奶是记忆力障碍的表现，只记得从前不记得现在，越远的事她记得越清楚。这也是老年痴呆症的早期症状，我想，还是到门诊找王主任吧，早治疗效果会好些的。”

“嗯，这丫头说话真甜，听着就喜欢。”老太太忽然又夸了一句万晓萌。

欧阳果果顺势凑过来得意地问："奶奶，让她当您的孙子媳妇儿，好吗？"

"好呀好呀。"

欧阳果果全然不顾万晓萌的尴尬，开心地说："谁说奶奶糊涂了，我看啊，没有人比奶奶更明白了。"说着，幸福满满地看向自己心中的女孩子。

欧阳枭看了看他们，笑着对万晓萌说："晓萌，谢谢你啊，让果果送你吧。"

"不用了，我还有事。"万晓萌拒绝着。

"没事，不耽误你，我只送到楼下。"欧阳果果收了笑容，认真地说。这段时间，他们之间生疏了很多，他不知道原因出在哪儿，但相爱的人都是敏锐的，细微的变化也逃不过对方的眼睛。

到了楼下，万晓萌说："别送了，我走了。"

"不行，我要送，我送我女朋友有什么错吗？"

"果果，你能不能别这样固执，你长大些好不好？"

"不，我偏固执，我就喜欢万晓萌，从前是，以后也是。"

看了看这个俊朗的大男孩，万晓萌狠了狠心，冷冷地说："……那是你的事，我走了。"

欧阳果果看着她走出很远，忽然伤感地大声问："晓萌，可以告诉我为什么吗？"

万晓萌停下脚步，回头看了看夕阳中的欧阳果果，泪眼婆娑。她知道，最终自己会离开这个城市，这段恋情结束得越早对彼此的伤害越小。

"晓萌，你知道吗？我明天就要回学校了。"

欧阳果果喃喃着，万晓萌没有听见，也没有停下来，她的身影越来越小，在一个男孩的远景里划出一道很美的弧线。

Chapter 16

根据医生的建议，欧阳老太太身边不能离人了。欧阳袅和两个哥哥商量着，在没有找到合适的保姆前，三个人轮流陪护母亲。

这一天，轮到欧阳林陪护。一大早，他给母亲洗了脸，哄着她吃了饭，扶她坐到沙发上。欧阳老太太很听话地坐在一旁，拿着佛珠，捻着，默默地看着欧阳林电话不断。这段时间若巧回了老家，饭店缺人手，王诺又指望不上，欧阳林有些疲惫不堪。

“小林，忙完了吗？忙完了咱回家。”欧阳老太太忽然说。

欧阳林没听明白：“妈，这就是咱家呀。”

“这里不是。对了，回家要收拾收拾才能走，你给我找个箱子。”看欧阳老太太的样子，不像是瞎说，欧阳林只得拿了一个箱子放到地上。欧阳老太太打开柜子，将所有的衣服都装进去，箱子装满了，她又找了床单子，把被子也裹起来。只一会儿的工夫，客厅里就没有站脚的地方了。欧阳林看着母亲不停地忙着，自己插不上手，也劝不住，急得要命。正在这时，门铃响了，他去开门，杨大爷站在门口，笑着说：“小林在呀？”

“哦。”欧阳林淡淡地答应着，闪身让杨大爷进了屋。

“哟，秀芹呀，你这是忙什么呢？要搬家呀？”杨大爷说着走到客厅中间，左顾右看地问着。欧阳老太太停下来，看了看杨大爷说：“哦，是他杨伯伯呀，我不是和你说了嘛，我们家大飞和小林都不愿意你到家里来，你怎么又来了？”

听了这话，杨大爷和欧阳林都不知道怎么接话，一时僵在原地。

欧阳老太太却并不在意，继续说：“既然来了，你就帮我收拾收拾，过一会儿大飞就下班了，这不是要搬迁嘛，东西太多了。”

杨大爷这才缓过神来，欧阳老太太说的是“病中话”，欧阳林也明白了，母亲不是说现在，她身处的场景是过去。

“好，秀芹哪，你先歇会儿，我来帮你打包，好不好？”杨大爷很耐心地拉着老太太的手走向卧室，并对欧阳林说：“小林啊，你看着你妈，我来收拾一下。”欧阳林看着杨大爷弯下腰，一个包一个包打开，把东西重新装进柜子里。看着看着不由有些负疚，当年要不是自己极力阻拦，也许母亲和杨大爷就在一起生活了，如果他们一起生活，母亲也许就不会变成现在这样。小枭说，母亲之所以得这样的病，是一个人太孤独。

“我来吧。”欧阳林走过去说。

杨大爷一笑：“没事，这东西啊也不能全装进去，看你妈的样子，弄不好她还要搬家，咱留几个包袱在外面，省得她折腾来折腾去的消耗体力。”

“杨伯伯，从前，对不起啊……”欧阳林很艰难地道歉。

“小林啊，都过去了，不提了，杨伯伯知道你是为你妈好，其实呀，一路走过来才知道，很多事都是命定的。不提了，不提了。”杨大爷说着直起腰，走到欧阳老太太身边说：“秀芹，前两天我去了趟大悲禅院，取了本佛语，我念给你听听？”

欧阳林看见母亲像一个孩子般笑了：“好呀好呀，快念给我听听。”

杨大爷从裤兜里拿出一个小本本，戴上老花镜，一字一句地念道：

佛说：人有八苦，生苦，老苦，病苦，死苦，怨憎会苦，爱别离苦，求不得苦，五蕴炽盛苦。唯有身心放空，方能人离难，难离身，一切灾殃化为尘。

欧阳老太太很认真地点着头，说：“嗯，苦。”

欧阳林心里一阵阵酸涩，母亲的一生真是太不容易了。杨大爷也很不是滋味，从桌子上拿了一粒枇杷糖放进欧阳老太太嘴里，说："秀芹，人生八苦或许就是这颗小小的枇杷糖，入口苦涩最后却甜蜜清凉、回味悠长。"

欧阳老太太很乖地说："嗯，甜。"

这时，欧阳林的电话又响了，他站到窗前听着，眉头拧在一起："王进，你这不是给我捣乱吗？若巧回老家了，你偏要在这个时候辞职，你什么意思？"

王进在饭店的熙熙攘攘里说："对不起，姐夫，谢谢你这段时间对我的关照，我想了想，还是想出去闯闯……"

"行啊行啊，你随便吧。"欧阳林很烦躁地挂了电话。

"小林，你要是忙就去忙吧，我今天也没什么事，你要是相信我，我陪你妈待着。"杨大爷摘下眼镜说。

欧阳林想了想说："那谢谢杨伯伯了，我还真有点儿急事，我把我的手机号码写在纸上放在茶几上，有事您打电话给我。对了，中午我从饭店带两个菜回来，咱爷俩儿喝两盅。"

杨大爷很舒心地笑了："好，去忙吧。"

欧阳林趴在茶几上写电话号码，欧阳老太太又像个孩子似的要求着："讲故事，讲故事。"

杨大爷耐心地答应着，又重新戴上老花镜，很慢很慢地说："听好了啊，这个小本本里有这样一个故事——"

天堂与地狱

有一位武士向白隐禅师问道："天堂和地狱有什么区别？"白隐反问："你乃何人？"武士答："我是一名武士。"白隐听后笑道："就凭你这粗鲁之人也配向我问道？"武士勃然大怒，随手抽出佩剑，朝白隐砍去："看我宰了你！"眼看佩剑就要落在白隐头上，白隐却不慌不忙轻声说道："此乃地狱。"武士猛然一惊，然后若有所悟，连忙丢弃佩剑，双手合十，低头跪拜：

“多谢师傅指点，请原谅我刚才的鲁莽。”白隐又微微说道：“此乃天堂。”

欧阳老太太高兴地说：“天堂好，天堂好。”

杨大爷看了看眼前这个历经沧桑的女人，心疼地说：“秀芹，你一直都生活在天堂里。”

欧阳林写好了字条起身出门，回头望见两位老人一唱一和的样子，五味杂陈涌上心头。人生是个太大的课题，而慈悲，是一种心境。当年他年轻不懂得这些，现在懂得了，自己应该做些什么呢？

已经午夜了，王诺打麻将还没有回来。欧阳林一支接一支地吸着烟，自从若巧回老家之后，王进又离开了饭店，现在的经营状况他真有些应对不来。而且，他还要分给母亲一部分时间。他想说服王诺，到饭店帮忙。

“还没睡呀？”一开门，王诺的香水味道袭来。

“没呢，在等你。”

“今儿心情好呀？想我了？”王诺走过来坐到欧阳林的大腿上。

欧阳林抱着她，贴着她的胸口说：“老婆，你说咱俩过日子，是不是要互相体谅？”

“你是说我不够温柔吗？”王诺撒着娇。

“不是。老婆，你漂亮、温柔，娶了你给我欧阳林长大脸了。”没等他说完，王诺接过话说：“但是——”

欧阳林看了看王诺：“但是，其实也没有‘但是’。这样和你说吧，最近若巧不在店里，王进也走了，这你知道吧？”

“嗯，是好久没见若巧了，王进今儿给我打过电话了，随他吧。”

“还有啊，我妈的病你也是知道的，越来越重了，身边不能没有人，我们哥几个都有工作，不能指望一个人伺候。所以呢，我还要去照看妈……”

王诺警觉地从欧阳林腿上站起来：“你别和我说，要让我去饭店啊。”

“有什么不可以吗？你那么聪明、能干……”

“别，你别给我戴高帽子，你说过的，你可以养我一辈子，吃穿不愁。”

欧阳林无奈地看着王诺，不甘心地说：“是，我从前是说过，而且现在我欧阳林也养得起你，以后也一样，可事情总有特殊的时候吧？”沉了沉，欧阳林又说：“要不你去照顾我妈，反正你得帮我一下呀。”

“你妈那里可以请保姆啊，咱家出钱。”王诺毫不犹豫地说。

“不是钱的问题，找过很多了，人家见是一个老太太神志不清楚，都怕担责任，没人愿意干。”说到这儿，欧阳林想了想，说：“要不，要不你把牌局转到我妈家，既能玩又可以照料老太太。您看如何？”他刻意用了一个“您”字。

王诺知道他心里不满意，却依然不肯委屈自己：“去你的吧，我才不去呢。一个精神病在身边，我害怕。”

欧阳林脸一沉：“怎么说话呢？我妈是老年痴呆症，不是精神病。”

“还不是都一样。反正我不去，我害怕。”

“那你就去饭店盯前台。”

“饭店我也不去。”王诺嘟囔着。

“我说王诺大小姐，你能不能上进些？帮你老公就是帮你自己，你懂不懂？”欧阳林有些着急。

王诺用眼瞄了一下欧阳林，轻声说：“老公，我不是不想帮你，是我这么多年都不出去工作了，我习惯了现在这样，真的。”

“好吃懒做。”欧阳林狠狠地说。

这要是在平时，欧阳林的这句话非把王诺惹翻了不可，可这一次，王诺没敢还嘴，她知道，最近欧阳林确实是心烦意乱。

忽然，电话响了，这是谁？都半夜两点多了。两个人都下意识地查看自己的手机。

“喂，小林，睡了吧？二哥本不想打扰你的。”欧阳海在那一端说。

“没事，我刚从饭店回来，还没睡呢，什么事啊？今儿你不是在妈那儿值班吗？”

“是呀，说的就是咱妈。”

“咱妈怎么了？”欧阳林急忙问。王诺一听，也紧张地凑过来。

“你别着急，也没怎么，就是，咱妈一直都不睡，总嚷着要回老家，刚才自己又收拾了好几个大包袱，我拦也拦不住……她要是在屋里折腾我就由着她折腾了，谁知，她这会儿非要下楼，还说晚了就赶不上车了。我不让，她竟然跑到厨房去拿刀，拼命地砍门锁……我给小袅打过电话了，她在医院值班呢，走不开。没办法，这才给你打电话……我琢磨着，这个点儿打车也不好打了，我也没车，要不你过来，咱俩拉着妈出去一趟？也许她一出去就不闹了。”

“行，你先拦着她，我马上过去。”放下电话，欧阳林穿上衣服就出门了，王诺站到窗前，看着自家车在黑夜里开出了小区，也叹了口气，她知道，婆婆这回确实病得不轻。

“妈，咱等等小林，小林来了，咱一块回家，好不好？”欧阳海劝着母亲。

“欧阳，你别拦着我，我给你生了四个孩子，没有功劳也有苦劳吧？你别这样对我，好不好？”欧阳海知道，妈又犯糊涂了，把他当成了父亲。

正这时，欧阳林来了，老太太一见像是遇到了救星，一把拉住欧阳林说：“我老儿子来了，快，快跟妈回家，你二哥不是个东西，他不听话，他想害我。”

欧阳海的泪差一点掉下来，这段时间，妈一直就是这样，一会儿明白一会儿糊涂的，令你哭笑不得又满腹辛酸。

“妈，您别着急，咱现在就回家，好不好？”两个儿子哄着老母亲下了楼。

凌晨三点的城市，格外安静，欧阳林开着车，欧阳海扶着老太太坐在后排座上，他唯恐母亲情绪失控会有个什么闪失，一直嘱咐着弟弟慢点开。

“慢点开？你懂个屁，咱娘仨这是在兜风，兜风你懂不懂？兜风就是要开得快，像风一样。真是的，从小你就是块木头，现在还是。”

欧阳老太太的一句话把哥俩都逗乐了，欧阳林说："我看咱妈一点儿都不糊涂，而且还很时尚，连'兜风'都知道，简直帅呆了。"

"谁呆呀？咱家呆的就是二海，一点儿不随我。"老太太一边感兴趣地看着窗外一边嘟囔着。

"呵呵，妈，您看我随您吧？长得又帅又聪明能干。"欧阳林回过头自夸着。

"你是谁呀？别和我套近乎，小心我让我儿子小林揍你。"

欧阳海"扑哧"一下笑出声："我还以为妈偏心你呢，敢情都不认识你了。"

"儿子，前边是不是到了亚东胡同了？"欧阳老太太忽然问。欧阳海和欧阳林忙望向窗外，可不是嘛，那条街曾是他们小时候生活的地方，只是，现在已是高楼林立、霓虹灯闪烁，过去的样子早就不见。要不是老太太提醒，他们真的已经忘了这个老地方了。

下了车，欧阳老太太东瞧瞧西看看，两个儿子紧跟在她身后走着。

欧阳海说："一晃几十年啊，我还记得有一次咱俩在胡同口看见大哥下班回来，他从包里拿出两个烧饼说，吃吧，热乎的……"

"是啊，提提鼻子，那芝麻香味儿仿佛还在这儿呢。"欧阳林说。

"吃货。"欧阳老太太扔出两个字。

两个人都笑了，母亲自从患了老年痴呆症，便还原成了一个孩子，除了情绪失控的时候，她的举止行为都充满了童趣。"妈，夜风太凉，咱回家吧。"欧阳海说。

"不回去，在这儿多待会儿，一会儿你爸就下夜班了。"

欧阳林看了看二哥，哄着母亲说："我刚看见我爸回来了，好像在屋里呢。"

欧阳老太太半信半疑地望着欧阳林，忽然说："我老儿子就是聪明。"说着，回过头瞥了欧阳海一眼，说："傻老二。"

欧阳林哈哈大笑起来，欧阳海则苦笑着摇了摇头，即使是在母亲糊涂的世界里，他二儿子也是最笨的。有时想想，父母真是太偏心。

可能是折腾累了，回到家上了楼，欧阳老太太倒头就睡了，呼噜打得可响了。欧阳海拿了被子盖在她身上，和欧阳林一起也歪在沙发上睡着了。

欧阳袅下夜班后，匆匆赶到母亲家，敲了半天门没人应，只得心急如焚地拿了备用钥匙自己开。推开门，只见二哥和三哥一人一条毯子倚在沙发上睡得正香，客厅的地上堆满了大大小小的包袱。欧阳袅知道，母亲一定是又折腾了一宿，不忍喊醒两个哥哥，她蹑手蹑脚地走向卧室。

“哥，哥，你们快起来呀。”欧阳袅忽然站在卧室门口冲着客厅惊呼着。

欧阳海和欧阳林同时从沙发上跳起来：“怎么了？小袅？你什么时候来的？”

“你们看妈——”

两个男人顺着欧阳袅的手指看去，都愣住了。只见欧阳老太太正捧着一个方方正正的盒子，一边擦拭着一边念念有词：“欧阳，你睡得好吗？趁着孩子们都不在，和你说说话……放心，除了大飞没人知道你在这里……这么多年，你一直陪着我，我知道你对我好……嗯，孩子们都挺好的，别惦记着，我有时想他们了也不打电话，都挺忙的……”

门口的三个人眼里都有了泪，欧阳袅轻声问：“那是爸的骨灰吗？”

“一定是的，爸一直在这个家里，我们竟然不知道。”欧阳林喃喃着。

欧阳海也说：“有一年清明，我问妈咱家怎么从不去扫墓？妈说，活着孝顺比什么都强。人没了就是没了，惦念放在心里就很好。”

“原来，妈从没放下。”欧阳袅抹着眼泪说，“哥，我们该怎么办？”

“不知道。”欧阳林说。

“我们别惊动妈。”欧阳海说着，退回到沙发上，他的心像针扎一样疼。中国人讲究入土为安，这些年父亲竟是这样存在着。如今母亲神志不清，大哥也不在了，自己要担起家庭责任才是。可是，他找不到出口。

欧阳林和欧阳袅也是一筹莫展。这样的状况，他们从没遇见过。

一连几日，欧阳海愁绪满怀，鬓角滋生出了白发。陈琼每次想问问，都被他阴郁的神情挡了回来。直到那天，果果来电话问奶奶好些吗？欧阳海差一点哭了。挂了电话，陈琼问："到底怎么了？你和我说说。"

"和你说了也没用。"

"有用没用的，说出来也许就不难受了。"

欧阳海顿了顿，说："这些年我们从没给爸上过坟，你知道为什么吗？"

"是啊，我也纳闷过，为什么？"陈琼问。

"那是因为没有坟，爸一直在家里。"

"啊？在家？你可别吓唬我，听着怪吓人的。"陈琼感觉到脊背发凉。

"唉，不是吓唬你，是真的，如果我不是亲眼看着妈抱着骨灰盒，我也不会相信的。"

陈琼也有些傻了："怎么会有这种事？怪不得你们欧阳家出了这么多事。你快想想办法吧，不然再有什么不吉利的事可别轮到咱家头上。"

"乌鸦嘴，能有什么不吉利啊？"欧阳海瞪了瞪陈琼，嘟囔着："就知道和你说了也白说。"

"有什么不吉利还用我再说一遍啊？你自己看看你家这几年，消停过吗？"

欧阳海不作声了，他不可否认，陈琼说得不是全没道理，这几年，看上去风平浪静的日子其实一直有漩涡潜流存在，尤其是对母亲来说，多年来，最爱的小女儿爱上一个不该爱的人中年未嫁，偏疼的小儿子事业有成却一直无后，大儿子英年早逝她当时还不在身边。这些足够令她心力交瘁了。或许，潜在日子深处的郁结都是母亲致病的根源。

细想想，一家人中也就是平庸的欧阳海过着常人的日子，用母亲的话说，不招灾不惹祸的也是最没出息的。可是，谁能说平平淡淡不是最大的福分呢？

"欧阳海，要不请个人给看看吧。也许有个人给念叨念叨，咱妈的病就好了。"陈琼在一旁思忖着说。

“请人？什么意思？”欧阳海没弄懂。

“就是找个‘大仙’烧烧纸，念念经，驱驱邪……”还没等陈琼说完，欧阳海就急了：“得得得，别说了，就知道你只会出歪主意。”

“什么歪主意？上次果果大舅家的小妮闹头疼，去了很多家大医院又是拍片又是吃药的都没好，最后让一个‘大仙’看了看，人家说是孩子姥爷喜欢孩子。你是知道的，她姥爷去世都三年多了。这事儿你说你信不信？一般人不信，但是看着孩子头疼当爹妈的不得不信，于是就去姥爷坟前烧纸，念叨说，知道您喜欢小妮，但她还小，身子弱，经不起您总摸她的头，您要是真疼孩子，就别折腾她了。”

“后来怎么样了？”欧阳海直勾勾地看着陈琼问道。

陈琼一笑：“你不是不信吗？后来呀，后来孩子就真的不头疼了。刚开始我也是不信的，可这事实摆在这儿。而且退一万步说，就算这件事是凑巧了，那也没什么副作用啊，是不是？”见欧阳海若有所思，陈琼接着说：“咱妈的事也一样，让‘大仙’看看呗，又没什么损失，万一看好了，省得你们兄妹操心受累的了。”

“让我再想想啊，小林应该没问题，我就是怕，怕小袅不愿意。”欧阳海吞吞吐吐地说。

“她有什么不愿意的？给她妈治病她还能不高兴？”

“不是这意思，你是知道的，小袅是学医的，最不相信的就是这些……”

陈琼一撇嘴：“哟，说得好听，学医的，那医院要是能包治百病，谁还信这些啊？这个世界无奇不有，有些事还是相信的好。”

欧阳海有些被陈琼说服了，只是觉得欧阳袅这一关不好过。正琢磨着，欧阳袅的电话打了进来：“二哥，你快来，妈又闹着回家，我一个人拉不住她……”

“好，你别着急，我马上过去。”

欧阳海急匆匆地打车赶到母亲家，欧阳袅正和母亲撕扯着。“妈，您别闹了，我带您回家，好不好？”欧阳海进门便哄劝着。

“你们没一个好人，都是骗子，都拦着我不让我回家，欧阳会着急的。”欧阳老太太大声地喊着，一边喊一边推搡着，由于用劲儿过猛，一下子跌坐到地上。

“妈，弄疼了没有？妈您起来呀。”欧阳袅和欧阳海都过来拽着老太太的胳膊。

“我疼，小袅，你看，妈疼。”欧阳老太太忽然不闹了，很乖地抬起胳膊让女儿看，欧阳袅这才发现在刚才和母亲的推拉中，母亲的胳膊已经青紫了。

“妈，对不起啊，我不是故意的，我去拿红花油给您擦擦啊。”说着，去卧室的柜子里找药。欧阳海说：“妈，我扶您起来吧。”

欧阳老太太站起身，歪着头说：“在最里面那个柜子里呢。”

“哦，我去拿。”欧阳海说着也转身去翻看抽屉。就在这时，欧阳老太太飞快地拉开防盗门跑了出去。

“小袅，快，妈跑出去了。”欧阳海喊了一声，赶忙追了出去，欧阳袅也放下药，紧跟着跑出了家。两个人在小区里找了半天，终于在街心花园的凉亭里看到欧阳老太太正笑眯眯地和杨大爷说着话，旁边还有万晓萌。

“杨伯伯，晓萌。”欧阳袅气喘吁吁地打着招呼。

“小姑，我是来做病人随访的，正好遇见奶奶跑出来……我刚看了看，她胳膊上有青紫的瘀痕。”万晓萌说。

欧阳袅很内疚地说：“都怨我，是我太着急，用劲儿有些大了。她总是想跑出来，不分白天还是黑夜，拦也拦不住，真是急死人了。”

“人心都坏了，我想回家，他们都拦着。”欧阳老太太委屈地和杨大爷说。

万晓萌看了看老人，对欧阳海和欧阳袅说：“这种病就是这样的，在她狂躁的阶段，家人能做的就是顺从她，你越想阻拦她就越狂躁，不小心往往会弄伤她，这样不利于恢复。”

“知道了，真是惭愧。亲闺女对自己的妈都做不到耐心，真是应了那句老话‘久病床前无孝子’啊。”欧阳袅叹了口气说。

“小袅，别自责，你妈要是在清醒状态也不会怪你的。这段时间，你们几个孩子都够累的了。”杨大爷劝慰着。

欧阳海踌躇着说：“我听说，有的病在医院里治不了的，可以有别的法儿，是吗？”

欧阳袅看着二哥，没弄明白他的意思，万晓萌笑着说：“我不知道您说的别的法是什么方法，不过，老年痴呆症在国际上还没有特效方法。”说着，又看了看欧阳海，有些顾虑地说：“我知道很多这样的病人都用过迷信的方法，但最终也解决不了问题。”见欧阳海脸一红，万晓萌知道自己猜对了，便又说：“这个世上确实有很多科学解决不了的事情，但相信科学是我们人类对付疾病最根本的办法。”

“嗯，这丫头说得对。”杨大爷也说：“佛家说，在缘起的世间，生老病死是不可避免的，病人应奉行适当饮食、按时饮食、亲近医师、不怀愁忧、慈心对待。”

万晓萌点了点头：“从某种角度说，佛教就是广义的医学，是以心法为药方。佛陀也曾说过，一个人病了，要依靠医生、家人和病人三方的共同努力才行。”

“想不到你年纪轻轻却懂得这么多。”杨大爷夸赞着。

“您夸奖了，我们家是医学世家，祖父也研习佛学，从小耳濡目染的。”

听了这一席话，欧阳海对万晓萌顿时刮目相看，也暗暗赞叹果果这孩子真是有眼光。说了一会儿话，万晓萌站起来说：“我医院里还有病人，先走了，你们聊。”

“谢谢晓萌，最近和果果联系过吗？”欧阳袅亲热地问。

万晓萌淡淡一笑：“小姑，他学习那么忙，还是少分心的好。”

“嗯，还是晓萌懂事。”欧阳袅笑着回道。

万晓萌走远了，欧阳海和欧阳袅重又坐在凉亭的凳子上，你看看我我看看你，不知如何是好。杨大爷见两个人愁眉不展的样子，劝慰道：“别着急，你妈的病慢慢就好了。知道你们很辛苦，以后要是忙不开就给我打电话，反正我也是个闲人。”

“杨伯伯，不是我妈的事，是——”欧阳袅有些难以启齿。

“那是谁的事？”杨大爷也糊涂了。

“是我爸。”欧阳海在一旁说。

“你？你爸？”杨大爷当然会觉得惊奇，一个死了多年的人还会有什么事？

欧阳袅看着欧阳海，犹豫着：“二哥，要不和杨大爷说说？”欧阳海点了点头，他想，杨大爷毕竟是老人，又和爸妈有深厚的交情，这事说出来，也许会给他们一个妥善的建议。于是，他道出了实情。

杨大爷也愣住了，沉默许久，他转过头看着一脸童真的欧阳老太太，痛心地说：“秀芹，这些年你对自己太苛刻了，你一直都没放下呀。”

欧阳袅的眼圈红了：“杨伯伯，当年只有我大哥知道爸爸的骨灰放在了家里，我妈要是不病，我们还都蒙在鼓里呢……现在她天天吵着要回家，总是抱着骨灰盒自顾自地说话，我们真是不知道怎么办了。”

“是啊，杨伯伯，您帮我们想个办法吧。”欧阳海在一旁发愁地说。

“入土为安。”杨大爷一字一句地说，“我们中国人讲究入土为安，也许你爸下葬了，你妈的病就会好了大半。我相信，在她的世界里这件事一直是她的心事。不管当年是为了什么，现在是该解决的时候了。”

“杨伯伯，下葬是不是也要选择日子呀？”欧阳海问。

杨大爷点了点头：“是呀，按咱当地的风俗，一般要在清明前后。这样吧，我找几个老朋友，都是认识你妈的，我们在一起帮你们忙活忙活，帮你妈把这件心事了了。”

“杨伯伯，真是太谢谢您了，我们兄妹都不懂这些，正发愁呢。”欧阳海诚恳地说。

杨大爷摇了摇头说：“谢什么？这事情听起来就让人心酸。人啊，活到你妈这份儿上，太辛苦了。好了，我也回去了，等我联系好了咱们再具体商议。”

说完，杨大爷骑着自行车走了，一路上，他的心揪成了一团。

Chapter 17

“爸，您干吗去了？我都等您半天了。”杨丽霜拎着大包小包的东西站在楼门口冲着杨大爷说道。

“没事，去你欧阳婶子家看看。”杨大爷锁了自行车，和女儿一起上楼。

杨丽霜明显不高兴，说：“我就知道您去她那儿了，我真是不明白，这娘俩怎么这么大的魅力，老的少的都牵着心。”

“胡说什么呢？你婶子病得很重，我去看看怎么了？丽霜，做人要厚道。”

“爸，我怎么不厚道了？只要陆天一上班，我这心就堵得慌，我明知道他和欧阳袅在一起，我一点办法也没有，我要是不厚道，我早找他们领导去了，我不好受他们也都别想好受了。”杨丽霜气呼呼地说着，把东西放到厨房的桌子上。

杨大爷看了看女儿，叹了口气，这个世界真是太小了，那一次在欧阳老太太的生日宴上提到陆天，本以为不是小袅认识的那一个，却偏偏是。一直以来，在女儿面前他佯装不知，更不会提起，不是不想管，是感情的事管不得。

“丽霜啊，你妈去世早，从小你就没个说贴己话的人。爸知道，有些心事你不便和爸说……不过这人啊，很多时候要学会放下……一些你认为很重的事，若是试着看淡了，或许也就真的轻了、远了。”杨大爷坐下来喝了口水说。

“爸，我知道您让我睁一只眼闭一只眼，可我就是咽不下这口气，我杨丽霜哪一点比不上她欧阳袅？我算是明白了，男人啊就是得不到的才是最好。我就不信了，若是欧阳袅和陆天在一起天天过日子，他就百分百满意了？未必。”

“你看你，多明白的一个人，偏偏和自己过不去。其实呀，小袅和陆天未必像你想的那个样。他们天天在一起工作，走得近一些也是正常的，你别总是疑神疑鬼的。”

“爸，听您这话倒是我的不是了？那欧阳袅一看就是个狐狸精，说话都是弱不禁风的样子，她要不是勾引男人那是给谁看的？”杨丽霜听出父亲话语里的偏袒，很不高兴。

杨大爷摇了摇头，他知道，女儿自小被他惯得很自我，与人交往中难免霸气，在家人面前更是如此。都说婚姻如鞋，合适与否只有自己知道。其实婚姻这双鞋都是自己的脚走出来的，怨不得旁人。

“爸，和您说件正事。陆天他们医院就要进行副院长改选了，听说竞争挺激烈的，陆天说，您有个在卫生局工作的老战友，要不您联系联系，改天一起坐坐？”杨丽霜换了一种口气说道。

杨大爷故意脸一沉，说：“陆天让我女儿不高兴，我才不管他的事。”

“爸，瞧您说的，毕竟他是您外孙女的爸爸，他的仕途关系着咱一家人的生活呢。您别不管呀。”杨丽霜急忙解释着。

杨大爷笑了：“你呀，让我说你什么好？你既然知道利害关系，就别给陆天找麻烦。”

“我有分寸的，爸，您抓紧联系联系。”杨丽霜督促着。

“丽霜，你回去告诉陆天，我的那个老战友已经退休多年，估计说不上话了，这一次全靠他自己了。”

“爸，您别不管呀，现在办什么事都靠关系，没有关系那陆天就没戏了。”

“真没戏了，那也没办法，爸老了，能力有限。”杨大爷看着杨丽霜满脸的焦急，又说，“要相信，这个世道最终是靠本事吃饭的。”

“您都退出江湖好多年了，您怎么知道这个世道凭本事？爸，这样和您说吧，有本事很重要，但有关系更重要。换句话说，有关系就是最大的本事。”

杨大爷又一笑：“瞧我闺女着急的样子，这陆天要是不好好待我闺女，我绝饶不了他。好了，你先回去吧，爸想想，陆天是我女婿，能帮的爸一定会尽力。但是，你回去告诉他，别指着我，关键还是靠自己的能力和群众基础。”

杨丽霜一听，马上笑颜逐开了：“知道了，还是我爸水平高，一张嘴就像个老领导。”

“马屁精。”

“嘿嘿，谢谢爸，我先走了。”

杨大爷笑着看着杨丽霜出门，转身拿起桌上的电话，他要找几个老战友，为了陆天，也为了欧阳老太太……

几日来，欧阳林一直缠着王诺谈孩子的问题。最初，王诺以为和每次一样，他的热乎劲儿过去了也就算了，谁知这次欧阳林像是铁定了心，非要弄出个结果不可。

“你知道的，我不喜欢孩子。再说了，我都四十多了，就算是我愿意生，身体也吃不消了。我可不愿意生完孩子后像个水桶，让你不喜欢。”王诺还是百年不动摇的理由。

欧阳林不急不躁地说：“你的这些理由我都知道，问题是，现在的情况特殊啊，妈病成那样，我们要是有个孩子也许会起到‘冲喜’的作用，你是知道的，咱俩的事一直是妈心头的大事。”

王诺一撇嘴：“别和我说这些，你妈又是孙子又是孙女的，也不缺我这一个，就算是要‘冲喜’，你怎么不让小袅结婚啊？我看这事更是你妈心头的大事。”

欧阳林一笑：“这你就不知道了吧？妈最疼的人就是我，所以呀，我的事最大。”

“那也不行，你的事最大我也不生孩子。”王诺斩钉截铁地说。

欧阳林眉头一皱，说：“那我和别人生啦？”

“你敢？！”王诺马上像个刺猬一样瞪圆了眼睛。

“瞧你的样子，我哪敢呀？逗你的，我是说，你实在不愿意，那咱领养一个呗。”

王诺不说话了，从前欧阳林也提过领养的问题，她一直犹豫。都说孩子是自己的好，这领养的毕竟不是自己的骨肉，如果长大了还要去寻找亲生爹娘，那自己不但白白付出了，而且会很伤心的。

欧阳林似乎看出了她的心思，柔声说：“我知道你是怎么想的，你是怕孩子不和你亲，是不是？其实呀，人都是有感情的，你从小把她养大，她不可能不和你亲，就算是去找亲爹娘，养父母这一边也是放不下的。”

王诺继续沉默着，她真的有些接受不了，别人的孩子，和她没有任何瓜葛，与她生活在一个屋檐下，真是难以想象。这些年，她独惯了。

“我想了想，为了避免出现长大了寻亲的情况，咱不从这个城市抱养，咱从远一点的地方，甚至是到山沟里去抱养，你看怎么样？”

“山里的孩子？”王诺抬起头看着欧阳林。欧阳林借机说：“是呀，山里的孩子纯朴，而且就凭咱家的物质条件，等她长大了知道了自己的身世，和穷乡僻壤比起来，她也是不愿意回去的。”

见王诺的心思有些动摇，欧阳林进一步说：“而且，我还想过了，为了确保这个孩子咱不白养，咱领养一个女孩。”

“女孩就不白养了？”

“女孩是妈的贴心小棉袄啊，长大了和你最亲，再有，一般情况下，女孩比男孩更有良心嘛。”欧阳林笑着把脸凑到了王诺跟前。

“去你的，你就会哄我。”王诺噘起了嘴。

“老婆，哄你干吗？我这是为你和我的将来考虑。你想想，等咱老的那一天，有个头疼脑热的，闺女跑前跑后的，多温暖。是不是？”

“那山里的孩子也不好找啊，咱又不认识山里的人，而且还要知根知底才行，不能有遗传病什么的。”王诺说。

欧阳林一看有门了，非常高兴，强压着内心的激动，故意想了想说：“是呀，山里的孩子，还要是女孩，条件苛刻了些，是不好找呢。”

“不过，山里人大多重男轻女，女孩应该比男孩好抱养。”王诺边想边说。

欧阳林笑了：“还是我老婆聪明。问题是——咱们到哪个山区去找呢？”他歪着头看着王诺，似乎等王诺拿主意。

“是呀，咱又没有认识的，总不能瞎找吧？”王诺也歪着头思忖着，忽然她灵机一动，兴奋地说：“欧阳林，我想好了，咱们饭店不是有很多外地的人吗？咱们问问他们，看看他们老家有没有适合抱养的孩子。”

欧阳林笑着看着王诺，说：“同意了？”

王诺这才缓过神来，说：“谁说的？我还要考虑考虑的。”

“我知道我老婆最懂事了。老婆，有了孩子，咱们一家人会幸福得令人嫉妒的。”欧阳林搂过王诺，在她耳边说：“宝贝，我会更疼你的。”听了这话，王诺的心一软，不由放下了傲气和刁蛮，也柔声说：“老公，有了孩子你也要对我最好才行。”

“嗯，我会的。”

三天后，欧阳林在饭店里给王诺打电话，说是若巧老家有个远房表姐，刚刚生了二胎，是个女孩，一家人还想要个儿子……王诺犹疑着说：“哦，真要呀？”

“老婆，这个玩笑可是开不得的，咱俩商量好的事，若巧都和人家说了，下个星期就抱过来了。你可不许反悔。”欧阳林赶紧把话敲定了。

“我，我是还没准备好。”

“这有什么好准备的？孩子用的吃的咱去买，这几天我再找一个合适的保姆，你只管当你的少奶奶，所有的事都不用你操心的。”

“我是说，我思想上还没准备好。”王诺想打退堂鼓了。

“哎哟，我的姑奶奶，你还要准备多长时间啊？你要是再犹豫，就让别人抱走了。若巧说了，这孩子长得乖巧俊俏，高高的鼻子有几分像你呢。”

王诺还是拿不定主意：“那，那——”

欧阳林在电话另一端帮她拿主意说：“那行，不反对就是同意了，我这就给若巧打电话，下个星期就让她抱过来。还有，我想了想，人家父母生育孩子也不容易，不能亏了人家，要多给些钱，你看行吗？”

“哦，你看着给吧。”

放下电话，王诺看着镜子中的自己，摸了摸脸，又摸了摸肚子，坚持了这么久的事情就这么被攻破了？到底是欧阳林还是岁月给她的决定？

环视四周，想到不久的将来，这里会有一个孩子跑来跑去，她摇了摇头，看来这件事已经是无路可退亦无计可施了。

欧阳林亲自开车去接若巧。远远地，看见有些发福的若巧怀抱着孩子站在寒风里，等他。欧阳林的眼睛一热，走过去，柔声说：“若巧，辛苦你了。我会好好补偿你的。”

“俺不要补偿，俺只要你们对孩子好。”

“一定会的。若巧，你应该相信我。”

若巧抬起头，看了看欧阳林，眼里闪动着泪花：“老板，俺信你。”

欧阳林点了点头，小心翼翼地问：“我可以看看孩子吗？”

若巧拨开紧裹的襁褓，露出一张可爱的小脸儿，圆圆的，高鼻梁，浓密的头发，一张小嘴儿努动着，看见欧阳林竟轻轻地笑了。那一瞬间，欧阳林差一点哭了，激动得不停地擦着眼角的潮湿，念叨着“我闺女，是我闺女”。若巧抬头看了看他，又看了看孩子，轻声说：“你们爷俩儿有缘。”

“嗯，我知道，我会好好珍惜的。好了，上车吧，外面冷。”欧阳林说着打开车门，扶着若巧坐到了副驾驶的位置上。

车启动了，若巧看着窗外说：“老板，俺有一个请求，不知你能不能答应？”

“你说，几个都行。”欧阳林爽快地答应着。

若巧回过头看了看欧阳林，说：“俺想带孩子一段时间。”

一个急刹车，欧阳林把车停下了。“若巧，我们说好的，孩子送过来后就和你没关系了，你还可以在饭店上班，我给你加薪水。”

若巧眼里有泪光在闪动，吞吐着说：“……是，是俺表姐不放心，舍不得。”

“若巧，你这样，我会很难做的。”

正说着，孩子“哇”的一声哭了，若巧忙摇晃着、哄着，还把脸贴在孩子的小脸上，轻轻地说：“不哭啊，不哭，你以后的爸爸妈妈会对你好的。”

欧阳林心头一酸，说：“这事，我和王诺商量商量，她要是同意，你就带孩子，她要是不肯，你还是去饭店上班，有空的时候你也可以来家里看孩子的。好不好？”

“嗯。”若巧只得点了点头。

王诺并没有出来迎接孩子，而是躲在屋里，欧阳林喊了很多次，她才慢吞吞地走出来，有些害怕似的不敢靠前。这件事，她接受起来并不容易。

“老婆，你过来看看，这孩子长得可像你了，尤其是那小鼻子，又挺又翘的。”说着，欧阳林把孩子抱到王诺眼前，王诺看了看，的确，这个小丫头长得很俊，只是皮肤有些黑。欧阳林像是猜透了她的心思，说：“山里的孩子皮肤黑，不过人们都说，这孩子谁带起来的就会随谁，我保证，不出几个月，咱闺女呀准和你一样，白白净净的。”

若巧在一旁低声说：“在俺们老家，白净的孩子不吃香，看上去像是有病，黑了看上去才健康。”

王诺并没理会若巧，欧阳林回过身说：“若巧，要不这样，你先回饭店？”

若巧用眼神恳求着欧阳林，欧阳林想了想，试探着对王诺说：“要不这样吧，老婆，你看啊，孩子刚从老家抱出来，可能不太适应这里的生活，要不让若巧带一段时间，等孩子适应了再让保姆带？”

“有什么不适应的？一个小孩子。我已经和张姨说好了，她晚上就过来。”王诺的语气丝毫没有商量的余地。

欧阳林看了看若巧，用眼神说：“就这样吧，别让我为难。”

若巧不放心地对王诺说：“老板娘，这孩子胆小，晚上睡觉的时候要多搂一会儿，不然会哭起来没完的。”

“我知道了，我会和张姨说的。”王诺不耐烦地回道。

“若巧，我送你回饭店吧？”欧阳林颇感内疚。

“不用了，我自己回去就行，您还是照顾孩子吧。”说完，若巧很不舍地看了看孩子，又很不放心地看了看王诺，转身出门了。

“一个乡下丫头，总想着管别人，张姨照看过好几个孩子了，有什么不懂的？再说了，即便是不懂，也轮不到她指手画脚的。”王诺嘟囔着。

“咳，她表姐肯定是不放心，她代表孩子亲妈说几句，别和她计较。”

“对呀。”王诺忽然想起来，“她是知道孩子底细的人，若是孩子大了她和孩子说几句闲话，那咱不是麻烦大了？赶紧让她走吧，我看见她心就不踏实。”

“孩子离着长大还早着呢，以后再说吧，不急。”欧阳林搪塞着，然后笑眯眯地凑到孩子跟前，喜滋滋地说：“老婆，过来，你抱抱咱闺女。”

王诺站在床边，远距离地看着说：“软乎乎的小东西，我害怕。”

“害怕什么呀？你瞧咱闺女的眼睛又黑又亮，多好看。”王诺瞧着欧阳林的笑模样，内心有些不是滋味，她知道欧阳林一直想要个孩子却没料到他是如此喜欢。她并不确定，这个孩子的到来会不会给她的生活带来幸福。

晚上，保姆张姨便搬过来住了，她和孩子住在客房，与主卧室隔着阳台，却总能听见孩子的哭声。一晚上，欧阳林起来很多次，王诺说：“有张姨在，你不用过去的。”

欧阳林总是很不放心地说：“孩子换了新环境，可能不适应，张姨不一定会护理的。”对欧阳林的细致，王诺很不舒服，也不好说什么。整整一个晚上，两个人谁都没睡好。

早晨，王诺一边吃早餐一边说：“我要去趟美容院了，折腾一晚上，眼袋都出来了。”

欧阳林看了看她，说：“老婆，现在你是妈妈了，有了孩子别总往那些地方跑了，有时间在家里多和孩子加深加深感情。”

王诺一翻白眼，不满地说：“这么小的孩子怎么加深感情？咱可是有言在先的，保姆带孩子，你别借机把我拴在家里。”

正说着，孩子又哭起来了，欧阳林赶紧跑过去，问：“怎么了？是不是饿了？”

张姨说：“刚刚喂过了。也不知怎么了，是不是着凉了？”说着，打开襁褓一看，便便很稀，呈绿色。这时，王诺嘴里边嚼着边凑过来，一看，赶紧捂住鼻子：“好恶心。”

欧阳林不高兴地看了她一眼说：“小孩的便又不臭，有什么恶心的？”说完，又问张姨，“这颜色对吗？”

张姨说：“可能是消化不良。要不去看医生吧。”

“怎么刚来了就有病？小孩子真是麻烦。”王诺嘟囔着。

正说着，门铃响了，王诺开门一看是若巧，不高兴地问：“你怎么来了？”

“老板娘，俺来看看孩子。”若巧说着话眼睛往屋里瞧着。

“若巧，你来得正好，孩子哭了一晚上，你快来看看，这大便也是又稀次数又多的，正准备去医院呢。”欧阳林像抓住了救星似的唤着。

若巧赶忙跑过来，一边给孩子换纸尿裤一边说：“是不适应，着凉了，而且，孩子用纸尿裤会不舒服的，在俺们老家都用穿过的旧秋裤剪成布块儿。”

“你倒是会说，用尿布总要洗，还要消毒，哪有闲时间。”张姨听了若巧的话不高兴了。

若巧并不在意她的不高兴，抱起孩子说：“带孩子就是件苦差事。”

“你这话什么意思？我们这里是城市，城里的孩子讲究科学喂养，你懂吗？”张姨抢白着这个乡下丫头。

“俺不懂，俺只知道，让孩子舒服，不受罪，哪怕自己吃些苦也是值得的。”说完，若巧又对欧阳林和王诺说：“老板、老板娘，孩子着了凉，我去屋里给她暖暖肚子就可以了，不用去医院的。”说着，抱着孩子进了屋。

“这是哪里来的丫头，太没规矩了吧？王诺，看来张姨伺候不起你家的千金了，你还是另请高明吧。”

“张姨，她就是一乡下人，您跟她计较什么？”王诺劝道，“回头我说她就是。”

“王诺，不是张姨不给你面子，是这个丫头说话太噎人。这样吧，你让她干，她干不了了我再来。”说完，张姨拿了自己的东西就走了。

王诺很生气，冲着欧阳林说：“你都看见了吧？好像这孩子是她的，她有什么权利这样做？她到底想干吗？从前王进说她霸道我还不相信，这回算是见识了。我费力请的保姆就这样被她气走了，太不像话了。欧阳林，你看着办。”

欧阳林很为难地劝着王诺：“你是知道的，这孩子和若巧沾亲，又是她抱来的，她多管一些也在情理之中……我看这样吧，临时再找保姆也不容易，就让她先带一段日子，等孩子适应了新环境，咱就让她走，行吧？”

王诺满心的不愿意，可也找不到合适的办法，只得应允。不过，自此，她越发地不亲近孩子，每天照样逛街喝茶打麻将。欧阳林看在眼里，不满也是无语。他劝自己，或许等孩子大一些，一切就都好了。

听说三叔抱养了一个孩子，欧阳莎莎格外高兴，打电话让他请客，得到“可以在饭店免费吃一个月”的承诺后，她又兴奋地给果果打电话，打了好多次，果果才懒洋洋地接听。

“果果，忙什么呢？告诉你一个好消息啊，咱俩有小妹妹了。”

“小妹妹？什么小妹妹？”那一端的欧阳果果有些摸不着头脑。于是，欧阳莎莎一五一十地告诉他三叔最近从山区抱养了一个女婴。

“哦，是这样啊。知道了。”

欧阳莎莎听出了果果的无精打采，打趣道：“果果，怎么了？失恋了？”

“你怎么知道？”还是提不起精神的语音。

“嘿，敢情我说对了。和谁？那个万晓萌？”欧阳莎莎很纳闷，他们的关系不是很好吗？

“不是她还会有谁？”

欧阳莎莎一听，故意说：“我弟弟这么优秀，我想，一定是你抛弃了她。”

“老姐，拜托，你用用脑子好不好？要是我不要她了，还会这么失意吗？”

欧阳莎莎咯咯地笑起来：“失忆？那就是忘记了，嗯，忘了就好，旧的不去新的不来嘛。”

“姐，你故意气我是不是？不和你说了。”欧阳果果要挂电话。

“别呀，姐这不是哄你开心嘛。你是我亲弟，你的事就是我的事，说吧，需要姐做什么？赴汤蹈火，在所不辞。”

欧阳果果一下子提起了精神儿，说：“姐，不要你赴汤蹈火，只要你帮我问问，她为什么忽然就不理我了，是我哪里做错了吗？她提出来我一定改的。”

“我还以为出了什么大不了的事儿，原来是闹别扭了，你直接问不就行了。”

欧阳果果听出莎莎的不以为然，忙说：“老姐，我打电话她不接发短信她不回，发多了她只回一个字：忙。你说这不是要把我逼疯吗？姐，拜托你，帮我问问吧，你们挺合得来的。我有预感，她这次不是和我赌气，是真的想分手……”

“瞧你这出息，分手就分手呗，就凭咱欧阳果果这么帅气，还怕没人追？”

“姐，不是你说的这样……就算是死咱也要死个明白呀，你说是不是？”

欧阳莎莎知道，这个弟弟天生憨实，就像二叔一样厚道本分，却缺乏种闯劲儿。看来，她必须伸手了，于是拍着胸脯说：“放心吧，包在老姐身上了。”

午后的酒吧很静，没有歌手唱歌，只是环绕着舒缓的轻音乐。万晓萌来到“水晶之恋”的时候，欧阳莎莎正坐在角落里喝着菊花茶。看见门口的万晓萌，她举起手“啪”的一打响指，算是打招呼。

“莎莎姐，你今天不用调酒吗？”坐下后，万晓萌好奇地问。

“喝酒的人大多在晚上来酒吧，下午到这里闲坐的人大多是喝咖啡和喝茶的。你来点儿什么？我请客。”欧阳莎莎说。

“谢谢莎莎姐，来杯柠檬水吧。”万晓萌甜甜地笑着。在这个城市，欧阳莎莎是她为数不多的几个朋友之一。她们不但年龄相近而且在很多方面有共同的价值理念。

“晓萌，我昨天给果果打电话了，他好像很不开心。你们最近是不是联系的少了？”欧阳莎莎开门见山。

万晓萌低下头，一笑：“最近都挺忙的，他就要毕业了，我的研究课题也要接触很多病人，每天除了病房门诊就是随访，哪有时间联系啊。”

“真人面前不说假话，这不是理由。”欧阳莎莎毫不留情面地说，“爱着的时候，他的电话短信是亲昵，不爱了便是令人厌烦的。这些我懂得的。”

“莎莎姐，不是你想的那样。”

“那是怎样的？”欧阳莎莎逼问着。

“其实……是我父母的原因。他们想让我回到他们身边工作。既然我不能留下来，那么就不能和果果在一起……所以，不如早散了，省得陷得太深空惹伤心。”

“现在不是流行双城生活吗？不在一个城市也可以相爱呀。”

万晓萌抬起头，样子很认真：“莎莎姐，果果的纯真很像你……我们都不是小孩子了，相爱不是过家家，或许遥远地相爱可以，但婚姻不可以。现实太辛苦，而且容易心生嫌隙，距离会让婚姻变得更脆弱。况且，我不是一个很独立的人，我需要身边有一个人相伴……”

欧阳莎莎自嘲地笑了笑：“你说得有道理，的确，我们欧阳家的人血脉里流有单纯的基因，容易把爱想得太简单，比如，我小姑、果果，可能还有我。我想，你可以直接和果果说出来，他虽单纯但不幼稚，他会懂得的。”

“莎莎姐，我了解果果，从某些方面来说，他还是个大男孩，很多事情会很偏执。以我对他的了解，他知道了原因会选择随同我去往我生活的城市。可是，他的父母会同意吗？我见过他的父母，他母亲还专门到医院‘考察’我……我不想因为一场不成熟的爱情而影响了一个家庭的幸福。”万晓萌喝了口柠檬水，望着窗外说。

欧阳莎莎看着眼前的女孩，由衷地说：“我知道你比果果大几岁，不过，你比我想象的更成熟。”

万晓萌一笑：“哪有啊，我只是一个人在外面生活得久了，学会了思考而已。”

“晓萌，都说爱一个人可以为对方付出一切，你相信吗？”欧阳莎莎问。

万晓萌想了想说：“那要看付出的是什么，如果一个人为了爱情连亲情都不要了，这份爱再至真至纯，我也不会接受的。因为，人不能自私地活着。我当然相信爱情的美好，可我也相信，爱情没那么简单。”

“嗯，确实是这样，最近听了一首歌叫《如果我是梁山伯》，歌里说，如果我是梁山伯，一定放了祝英台……其实细想想，放手才是真爱。”

万晓萌笑了：“这首歌我听过，也思考过相关的话题，还是那句话，爱并不简单，或许放手是真爱，或许不放弃是另一种真爱。每个人的感情经历都是不同的，不可复制，没有定理。”

欧阳莎莎也笑了：“说得好。晓萌，放心，我会劝导果果的。”

“那就谢谢莎莎姐了，我真的不想伤害他，是果果让我相信网络里也有真情，他把我介绍到这个城市来，我才有了丰富的职场经历和人生阅历，他虽是我生命中的过客，却也是我生命中重要的一个人。”喝了口水，万晓萌话题一转，说：“别总说我们了，你呢？莎莎姐，最近好吗？”

欧阳莎莎抿了口菊花茶："还好。老爸走了以后，一直陪着妈妈调整心情，她现在又到超市上班了，我也开始了新生活。你知道吗？晓萌，我调酒的时候心情格外开心。想想曾经面对生老病死的日子，现在的日子真是太幸福了。其实，我天生就是特立独行的，不适合与常人打交道。"

万晓萌笑眯眯地端详着："没有啊，不觉得呀，我觉得莎莎姐挺有人缘的。"

"就你这小嘴儿，说话让人特舒服，也是天生适合干医生的。"

"呵呵，我也是慢慢学呀，祖父、父亲都是医生，到我这一代，不干这一行自己都不答应了。"万晓萌笑着，"怎么说着说着又说到我了？"

"不说你说谁？"欧阳莎莎逗她。

"说说你吧，莎莎姐，你和你的那个父亲情人怎么样了？"万晓萌凑近了莎莎低声问。

欧阳莎莎很开心地笑起来："他呀，几乎每天都来酒吧喝我调的鸡尾酒，你说会怎么样？"

万晓萌歪着头笑："莎莎姐，小心玩笑当真啊，有些感情稍不小心就陷进去了。"

"陷进去很好啊，我还怕自己陷不进去呢，唉，能入我欧阳莎莎眼的男人太少喽。"

"也是，莎莎姐那么独特，人生也要独特才行。"

欧阳莎莎像是忽然抓住了一根稻草，说："对，晓萌，就是你这句话：独特。我要的就是这一份独特。你说的，不可复制。"

"啊？莎莎姐，你不是来真的吧？"万晓萌有些发蒙了。

正说着，莎莎一抬眼，笑道："看，我的他来了。"万晓萌转头向门口望去，孟森正一个人走进来，找了一个靠窗的位子，坐下，打开手提电脑。

"莎莎姐，爱真的需要勇气。"万晓萌回过头说，"这是梁静茹说的。"

欧阳莎莎一笑："晓萌，缘，真的很奇特。他在我每次'遇难'的时候总会出现，而且在我眼里的难题他总会迎刃而解，他总是用最简单的办法解决看似很复杂的问题。我有时会想，他就是上天派到我生活里来的，不管他是不是我的夫君，但他一定是我的恋人。”

“我是一棵开花的树，长在你必经的路旁……阳光下，慎重地开满了花，而你最终无视地走过……”万晓萌轻声念着。

欧阳莎莎又一笑：“在席慕蓉的诗里，错过很唯美。不过，我才不求佛，也不会让他无视我的存在，遇见，我就要烙在他的生命里。”

万晓萌很崇拜地看着欧阳莎莎，她只比自己大一点点，但真的比自己有勇气。或许正是因为自己太过成熟，才不肯给自己尝试的机会。其实，她明白，双城生活不一定就是不美好，只是她不够勇敢。人生有很多路要走，某些路看上去是弯的，很多人都觉得绕开走是一种明智，但绕开了便永远不会懂得这一条路的滋味。

“莎莎姐，祝福你。”万晓萌说。

欧阳莎莎一笑：“也祝福你。”

说着，万晓萌站起身，和欧阳莎莎道别，她还有个随访，要到病人家里去，她很珍惜在这个城市已是为数不多的工作机会。

万晓萌走后，欧阳莎莎便起身，坐到了孟森的对面：“嘿，孟老板。”

孟森正在电脑前忙着下订单，听见欧阳莎莎的声音，并没抬头而是笑着问：“今天这么早？下午也有酒鬼吗？”

“下午没有酒鬼，有色鬼。”

“哦？在哪里？”孟森笑着抬头，他以为欧阳莎莎在说他，谁知她指了指自己说：“我。”

“哈哈，你呀，我还头一次听一个女孩子说自己是色鬼的。”

“这有什么不可以？”欧阳莎莎满不在乎的样子。

孟森笑得更开心了：“好，可以，欧阳小姐说可以就可以。不过请问，你看上谁了？”

“你。”

“我？”

“对，就是你。”

孟森一时不知该怎么应对，在这个女孩面前，他经常是这样地被她问住。他习惯了她的与众不同，不过他知道，她是个好女孩，很清冽的那种女孩。

“怎么？害怕了？”欧阳莎莎调侃道。孟森笑着继续看电脑，不接她的话，没想到她下面的一句话，让孟森差一点把咖啡都喷洒在西服上。

欧阳莎莎说：“我们一起生个孩子吧。”

Chapter 18

欧阳莎莎的这一句话是真的把孟森惊着了，虽然他习惯了她语出惊人。

“丫头，这样的玩笑可是乱开不得的。”

“我喜欢你叫我‘丫头’，就像喜欢我老爸叫我‘闺女’。”欧阳莎莎微微笑着。

孟森摇了摇头：“你呀，你比我的孩子大不了几岁，怎么满脑子稀奇古怪的念头？”

“有吗？我不觉得。”见孟森还是低着头看电脑，欧阳莎莎敲了敲桌面，说：“喂，问你呢。”

“什么？”

“咱俩一起生个孩子。”

“别闹。”

“我没闹。”

孟森抬起头，看着欧阳莎莎澄澈的眸子，问：“看来你是认真的，那你可以给我一个理由吗？”

“因为，我想和我喜欢的男人一起生个孩子。”莎莎一字一句说得很认真。

“这种事是两相情愿。”

她紧盯着孟森咄咄逼人：“你看着我的眼睛说，你不喜欢我，你每天来酒吧不是为了我？”

孟森又开始应对不来了，他承认，这个女孩身上有一种东西是他从没遇见过的，这种东西说不出来但对他有强吸引力。他从前也来酒吧，但没有现在这么勤，可以说，很多时候他是为了她而来。远远地，看着这个女孩在吧台后边舞动着调酒器，他会很舒心。但是，这并不能说明什么，他有家有事业而且从没想过要改变现状。

喜欢一个人，并不代表想拥有她。

欧阳莎莎像是看出了孟森的心思，说：“我也没想怎样，你有老婆孩子，我并不想取代她们的位置，也不想当‘小三’，我是一个恐婚者，也许这一生都不会走进围城。但是，我想有个孩子，有一个自己的孩子……”说着，欧阳莎莎再次盯着孟森的眼睛说：“你符合我孩子父亲的所有条件，成熟、稳重、幽默、健朗，最关键的是，未来的妈妈喜欢你。”

“丫头，咱别这样开玩笑行吗？”孟森感觉自己招架不住了。

“你看我像是开玩笑吗？我不是一个随便的女孩。”

在莎莎的率真面前，孟森越发窘迫：“即便你是真的，你也应该知道，感情这种东西勉强不得。”

“我没有勉强，首先我没有勉强自己，你很勉强吗？关于性爱，男人比女人直接，女人要先有爱才会谈性，而男人不是，无爱也可以有性。”欧阳莎莎说到此，顿了顿，又说：“所以，你可以不爱我，只要我喜欢你，我们便可以在一起要个孩子。”

孟森真是被说得云山雾罩的，他有些蒙，但是他心里清楚这个想法很荒谬：“丫头，或许你说得是对的，但是我和你的想法不同，也许是有代沟吧。孩子意味着责任，不是宠物，不是想要一个就可以要一个的。而且，就算是按照你的想法要了孩子，你们不可能生活在真空里，也要面临孩子的教育等问题，现实的压力不是你可以想象的。”

“这些我都不怕，只要你愿意。”欧阳莎莎语气坚定且温柔。

“不行，你还年轻，我不能‘助纣为虐’。”孟森的眼神有些慌乱。

欧阳莎莎被孟森的话说笑了："哪有这么严重？我又不是暴君，我爱生活，爱孩子，我会认真对待我生命中的每一个人，包括你。"

孟森低下头，继续看着电脑。欧阳莎莎知道他的心已被自己的话搅乱了，于是微微一笑："孟老板，你忙吧，我是认真的，我等你答应。"

说完，欧阳莎莎走了，望着她袅袅婷婷的背影，孟森觉得自己沦陷了。

父亲下葬的那一天，天气晴好。欧阳袅挽着母亲的胳膊站在墓碑前，轻声说："妈，爸回家了，以后我们会常来看他的。"近一段时间，欧阳老太太病情加重，几乎认不出自己的子女了，总是喊错了他们几个的名字，脸部也几乎没什么表情，整个人呆呆的样子。没想到，欧阳袅的一句话，老太太忽然嘤嘤地哭起来。她一落泪，欧阳海、欧阳林和欧阳袅，还有李妍眼圈都红了。

一旁的杨大爷说："秀芹，你有什么话就说出来，别憋屈了自己。"他相信，在这一刹那，老太太是有知觉的。

欧阳莎莎和果果也忙过来搀扶住奶奶，老太太抬起头，看了看两个孩子，说："欧阳，小林和小袅也大了，不用惦记着。"原来，她的记忆还是停滞在了从前。

李妍流着泪说："爸，您和大飞都要好好的。"

陈琼走过来搀住她说："嫂子，别难过了。"

欧阳海也说："都别难过了，爸入土为安了，该高兴才是。今儿除了王诺在家看孩子没到之外，咱欧阳家的人都齐了。从今以后，爸会在九泉之下保佑我们平安幸福的。"

"喂，什么？你大点声儿，郊外信号不好……啊？王诺自杀了？"站到一旁去接听电话的欧阳林差一点跌坐到地上。

所有的人都惊呆了，他的电话就像是一声响雷在这个家庭的天空爆炸了。

一家人心急如焚地赶到医院的时候，王诺左手前臂缠着绷带虚弱地躺在病床上，见到欧阳林，她眼睛一闭，把头扭到一边去。

“老婆，你这是干什么？”欧阳林急急地扑到床前，大声地问。

王诺不说话，任欧阳林问什么她都不答。欧阳袅见状，轻轻地说：“三哥，三嫂需要静养，我们先出去吧。”

走廊里，一家人都丈二和尚摸不着头脑。王诺的父母一把鼻涕一把泪地相互搀扶着坐在长椅上，王进前不久从饭店辞职不知去了哪里，王诺又出了这种事，老两口伤心欲绝。

“爸、妈，对不起……”欧阳林低着头向两位老人赔罪。

“小林啊，到底怎么了？有什么大不了的事不能好好说，非要寻死？一个人到了不想活的地步，她的心里到底装了多大的委屈？”王诺父亲焦虑地说。

“爸，我真的不知道啊。”欧阳林也很着急。

“算了吧，小林，王诺都这样了，你是她丈夫你能不知道原因？你自己做了什么你心里最清楚。”王老太太冷冷地说。

“妈，我一大早就去郊区了，王诺在家看孩子，我真的不……”孩子？蓦地，欧阳林像是想起了什么，赶忙拨了若巧的电话，响了很多遍，若巧才在那一端怯生生地说：“对不起，老板，俺不是有意的。”

“到底怎么了？快说。”欧阳林很大声很大声地嚷着。

抱着孩子的若巧吓坏了，胆战心惊地诉说了原委：

原来，早晨欧阳林出门后，王诺一直懒在床上。若巧早早起来给孩子喂了奶，清扫了房间。孩子吃饱了，躺在摇篮车里睁着圆圆的小眼睛东张西望着，若巧则蹲在一旁轻轻地和她说着话。和孩子在一起的时间越长，若巧越是离不开她了。看着她乖巧的样子，若巧情不自禁地说：“宝宝，你的小鼻子随俺，你知道吗？你的黑也随俺，不像城里人白得不健康。”说着，若巧出神地望着窗外，自顾自地说：“你的爸爸很棒，开饭店挣大钱，比俺认识的很多人都强。你知道吗？俺在他的饭店干活可开心了……俺崇拜他，所以俺愿意……”

“你愿意什么？”

王诺的声音冷不防从身后传来，一下子把若巧从自说自话中拽了出来。她惊慌地站起身，说：“老板娘，没，没什么，您怎么在家？”

“我的家我当然在了，没什么你慌什么？”在王诺的傲慢和犀利面前，若巧来自山村的卑微和胆怯被逼到了墙角，无处可躲。

“若巧，你在我们家住得还习惯吗？”王诺说着坐到了摇篮旁边，以高高在上的口气问。

“老板娘，习惯的。”

“比你们老家好吗？”

若巧看了看王诺，没说话。说心里话，她并不认为城里有多好，城里人没有山里人实在，很多人很多事情都让她觉得不舒服。见若巧没答话，王诺猜出了七八分，便阴阳怪气地说：“既然城里没那么好，不如回老家去吧。”

“老板娘，您想赶俺走？”

“不是赶你走，是让你主动提出来，自己走。”王诺看着摇篮里的孩子说：“你刚才说，这个小家伙随你？这可不好。她以后要越来越随我才行。”

若巧忙说：“老板娘，俺刚才都是随口说着玩的。您别介意。”

“我不介意。不过，你总是这么随口说着玩，可不好。我希望孩子长大的时候，身边没有人知道她是从哪里来。她、欧阳林和我，我们三个人才是一家人。你明白我的意思吗？”

“俺知道的，老板娘，等孩子大一些俺就去饭店，不会再来家里看孩子了。”

“不是回饭店，是回老家。而且，是明天。”王诺一字一句地说。

“老板娘，俺以后不乱说了，你就让俺多待一段时间吧，孩子还小，离不开俺。”

“离不开你？好笑。你是她什么人？一个保姆而已。我已给她找了新保姆，明天就来，人家可是经过婴幼儿教育专业机构培训的，你能比得了吗？”

若巧低下头，不服气地小声说：“俺不和她比，俺只知道，孩子和自己的妈，哦不，孩子和自己的亲人在一起才是好的。”

王诺盯着若巧的脸说：“我就是孩子的妈。”

若巧不说话了，王诺站起身，说：“那就这样吧，你收拾收拾。”

“俺不走，老板让俺走俺才走。”若巧鼓了鼓勇气说。

“他？在这个家里我说了算，哦，对了，我差点忘了，你刚刚说你崇拜他？哼，告诉你吧，你崇拜的人在我眼里什么也不是。”

若巧看了看王诺自以为是的样子，觉得她是一个可怜的女人，她根本不知道自己的老公需要什么。见若巧默不作声地收拾着孩子的东西，王诺又居高临下地说：“哦，刚刚你还说你愿意，你愿意什么？告诉你，在这个家里，只有我愿意。”

说完，王诺走出了房间，若巧看她走出了，喃喃着说：“俺愿意为他生孩子，你愿意吗？”谁知，王诺又折身回来，正好听见若巧的低语。

“你刚才说什么？你再说一遍！”王诺像是一座即将喷发的火山压向若巧。

若巧吓得不敢言语，下意识地从摇篮里抱出孩子，紧紧地搂在怀里。王诺看着若巧紧张的样子，再看看她怀里的孩子，想起欧阳林带她回家的情景，想起她挤走张姨时欧阳林的依从，还有她刚刚说的话……难道？原来，自己才是那个最大的傻子，他欧阳林把私生女都抱到家里来了，自己还在为孩子精挑细选地找保姆。

凭什么？老天凭什么这样对我王诺？难道仅仅因为我不想生孩子吗？

若巧一直紧张地盯着王诺，她很害怕，害怕她情绪失控会伤害自己和孩子。没想到，王诺在一瞬间气焰全消，一声不吭地转身走进了厨房。若巧抱着孩子有些不知所措，她知道自己惹祸了，自己答应过欧阳林，这个秘密到死也不会说，而且孩子稍微大些自己就会离开这个城市，永远不再出现。

可是……现在怎么办？

若巧想了想，放下孩子，踌躇着走向厨房，她想和王诺说明白，告诉她，自己注定会离开的。看见王诺背对自己趴在餐桌上，若巧胆怯地说：“老板娘，您别难过了，俺走，俺今天就走，您别和老板闹别扭……其实，他还是爱你的，他就是想要个孩子……那天，他喝醉了……真的，俺们就是生了个孩子……”若巧伤心而艰难地说着，王诺一动不动。若巧以为她不肯原谅，便绕过餐桌想与她面对面再谈谈，却发现王诺紧闭双目脸色惨白，餐桌上有血，并已经流到了地板上……

“小林，你说你做的这是什么事啊？”一家人坐到一起商量时，欧阳海斥责着弟弟。

欧阳林垂着头说：“我也没想到王诺会这样不接受，当时我想，万一她知道了也就是和我赌几天气而已。”

“就是呀，这事也不能全怪小林，谁让王诺不生养呢？一个女人不生养，还让自己的丈夫必须接受，这本身就是不讲理嘛。”陈琼在一旁借机煽火。

欧阳海瞪了她一眼，又问：“若巧那边你打算怎么办？”

“什么怎么办？当初我和她说好的，她给我生孩子，我给她钱，其他的，什么也没有。”见欧阳海瞪着自己，欧阳林又看了看其他人，说：“我说的是实话，真的，我是想和王诺过一辈子的。”

“让几个臭钱烧的。”欧阳海狠狠地说。这样的话要是在平时，欧阳林听了早急了，他是从来不服二哥的，可今天这局面，他的确有些没齿难辩。

“哥，你想过吗？你同时伤了两个女人。”一直没说话的欧阳袅在一旁说。

欧阳林看了看她，没说话，他知道自己亏欠了王诺和若巧，可是，他一个身心健康的堂堂男人，想要个自己的孩子有什么错？

“我觉得三叔没有错，三婶自己不想生孩子就要承受这样的结局，若巧自己愿意也谈不上伤害不伤害的。每个人的路都是自己选的，怨不得别人。三叔，我挺你。”欧阳莎莎送奶奶回家后也赶过来了，推门进来见一大家子人都在责怪三叔，忙替欧阳林撑腰。

“不许瞎说。”李妍坐在一旁本不想说话的，自从欧阳飞过世，她和这个家之间就隔了一层膜，彼此变得客气很多，有些事情她已把自己视为局外人，小叔小姑不和她是不过问的。从墓地赶到医院的路上，她就猜想一定是小林做了什么，没想到果然是这样。制止了莎莎，李妍对欧阳林说：“嫂子说句话，要是说错了你别怪。”

“大嫂，咱是一家人，你说吧。”欧阳林低着头。

“这件事到了这个地步，咱也别说谁对谁错了，现在最要紧的是，你要让王诺原谅你，而且，你要和那个若巧商量商量，让她永远离开这里，别让王诺再见到她。”

“大嫂，这一点你放心，我们当初是这么讲好的。”

李妍叹了口气说：“你不是女人你不懂，当初孩子没出生的时候她可以这样答应你，可是有了孩子就不一样了，没有哪一个妈妈能甘心扔下自己的宝宝。小林，你要和她好好说，别伤了她的心。或许，你是只想和她要个孩子，可对一个女人来说，能为一个男人生孩子，一定是掺杂了感情在里面的。”

欧阳林看了看大嫂，他没想到事情会弄得这么复杂。欧阳袅也说：“三哥，大嫂说得对，我觉得要想解开三嫂的结，还是要靠你自己。其中处理好若巧的问题很关键。”

“是啊，我知道，从电话里我听得出，若巧吓坏了。”

“小林啊，王诺这边有我们呢，你先回家看看若巧和孩子吧。”李妍说。

“那好，这里就拜托你们了。”

欧阳海拍了拍他的肩：“都是自家人，不用客气。快去吧。”

欧阳果果站在窗前一直没说话，一是大人之间的事他不便插嘴，还有一个原因就是闻到医院的味道就会想起万晓萌，想起她心就会疼。小姑说，她已经结束实习马上就回家了。莎莎姐也告诉他，太遥远的相爱不现实。

这个世界太现实了，三叔的事就充分说明了这一点。欧阳果果想不明白：爱情，也可以变得现实吗？太现实的爱情，还是爱情吗？

若巧是真的吓坏了，所有的人都跑到医院去了，她一个人留在偌大的屋子里，越想越害怕。孩子似乎知道这个家出了大事，不哭也不闹，乖乖地睡着。太安静了，若巧环视着这个本不属于自己的地方，好比站在悬崖上，稍不留意就会掉下去。她知道，脚下的深渊，是自己选择的。

有人在开锁。会是谁？是王诺回来找自己算账，还是欧阳林回来责骂自己？若巧缩在墙角，胆战心惊地等待着。

“若巧，你蹲在那里干吗？快起来。”欧阳林找了半天才发现瑟缩成一团的若巧。她没有动，眼神里满是惊恐。对视的一刹那，欧阳林忽然觉得愧疚，是自己害了这个女孩，她原本那么聪明伶俐那么阳光，原本可以有简单幸福的生活，却被自己带进了这个旋涡。他真的太自私了，为了满足一己之私，伤了两个女人。

他走过去，轻轻地扶起若巧，拥她入怀，温柔地说：“别怕，若巧，都是我不好，都过去了，没事了，别怕。”

若巧像一只受伤的小鸟，在欧阳林的怀里渐渐平静，大颗大颗的泪珠流下来……

三天后的飞机场候机厅，孟森送若巧去深圳。

“若巧，深圳那边的朋友会在机场接你的，你到了那边好好工作，有什么需要帮忙的尽管打我电话。这里的一切就忘了吧。”

“谢谢您，俺会好好的。”

孟森点了点头，轻轻说：“若巧，我应该和你道个歉，在这个城市没有照顾好你啊，如果不是我把你领到这里来，你就不会受伤害，你的人生就是另一种样子。”

若巧淡淡地一笑：“您别这样说，真的，俺不后悔来这个城市，不后悔。”说着，把头扭向窗外的停机坪，泪光一闪即逝。

孟森知道她心里不好受，想了想又说：“以后有机会，我会拍几张孩子成长的照片，用手机发给你，好不好？”

若巧笑了：“嗯，谢谢您。俺走了。”

目送若巧的背影消失在人群中，孟森也不禁酸涩。佛家讲究道场，其实人也一样，只有在属于自己的地方才会获得幸福。或许，这个城市本就不是若巧的幸福所在吧。

转过身，一边走出机场，孟森一边拨了欧阳林的电话……

欧阳林正在医院的走廊里徘徊着，王诺还是不肯和他说话，岳父岳母正在里面劝解。接了孟森的电话，知道若巧已经离开，欧阳林长舒了一口气。他给了若巧一大笔钱，足够她在另一个城市开始新的生活。钱，成为他补偿若巧的唯一办法。这个世上有很多事情不是钱的问题，但钱会成为最终的解决途径。

站在病房的门口，贴着门缝，他听到岳父说："小诺啊，这件事是他不对。不过你想想，你就完全对吗？一个女人，没病没灾的，就是不给丈夫生孩子，这搁哪个男人身上能受得了？"

"老头子，你别向着欧阳林说话，他骗咱闺女就是他不对。"王老太太不满地说。

王诺流着泪说："他从一开始就骗我，先说要抱养，然后把自己的私生女抱回家……他把我当什么了？我要和他离婚。"

欧阳林心里一惊，刚要冲进去，只听王老太说："傻闺女，你要是离婚那你就真的傻了，你一离开，人家三口马上和和美美地过日子了，只有你是凄凉的。"

老岳父也说："是呀，你都四十多岁了，离了婚从头开始会很难的。再说了，你在欧阳家这些年过的日子再也没处找了。谁还会像小林那样宠着你？"王诺不说话了，她心里明镜似的，这些年不工作，自己也懒惯了，换个生活环境，真是没有人会满足她想要的安逸。可是，就这么算了吗？不行，这口气她咽不下啊。

"闺女，妈知道你咽不下这口气，咱不离婚，但咱和他约法三章，他答应了，这件事就算过去了。"

"什么约法三章？"王诺擦了擦眼角的泪问。

"第一，若巧永远消失；第二，孩子由你亲自带；第三，财产你来管。"王老太太胸有成竹地出主意。

"啊？妈，我不带孩子，我不喜欢孩子，带孩子好辛苦的。"

"傻闺女，这孩子只有你自己带，等孩子长大了才会和你亲，只要孩子和你亲近，过去的就当它没发生过。闺女，要学会低头，僵了这么久了，要给男人也给自己一个台阶下。”王老太太说。

“是啊，小诺，日子还要过下去，事情已经这样了，原谅他也是宽容你自己啊。你总是这样过不去，伤的还是自己。”见王诺不说话了，老岳父回过身示意门外的欧阳林进来。

“谢谢爸妈，请二老放心，我以后会对王诺好的。别说是约法三章就是七章八章，我也没意见。”欧阳林推门进来，先向两位老人致谢、表决心。

“这些话你不用和我们说，只要小诺原谅你，只要你们过得好，我们老两口也就放心了。”说完，王老太太和老伴儿一起走出病房，并带上了门。

欧阳林转身跪在王诺床前，捧着她的手放到自己的唇边，亲吻着，喃喃着：“老婆，对不起，是我太自私了，没考虑到你的感受……原谅我吧，你的条件我都接受，只要你别不要我不要这个家，好吗？”

王诺泪流满面……

欧阳海一家三口在吃饭。

陈琼问欧阳海：“你帮儿子找工作的事怎么样了？”

欧阳海夹了一口菜说：“这段时间忙着给父亲安葬，小林又出了这事，哪顾得上。不过，我倒是问了几家，大概了解了一下，大多都是要有工作经验的。”

“这刚毕业的大学生哪里有工作经验？这不是明摆着拒绝吗？”陈琼不满地嘟囔着。看了看一言不发的儿子，陈琼又对欧阳海说：“你们单位不是每年也招人吗？去和你们领导说说，要么咱送送礼，怎么着儿子毕业了也要有个接收单位啊，不能在家荒着。”

欧阳海白了陈琼一眼，说：“要送你去送，反正我不会。”

“你这人说话就是不中听，这是给你儿子找工作又不是给别人，瞧你这话硬的，能噎死人，怪不得这么多年还是个小科员，人家领导谁不喜欢会说话的呀？”

“行了，这说儿子的事呢怎么又扯到我头上来了？”

“说你怎么了，怕说呀？有时想想真是不明白，你们欧阳家的人个个都是人精，偏偏你像一块木头，你妈是不是太偏心了？”陈琼端着碗不依不饶地数落着。

欧阳海刚想反驳，欧阳果果抬起头，说：“爸、妈，你们别为我的事费心了，我想好了，毕业后不回家了。”

“不回家？什么意思？”陈琼急忙问。

“就是，就是我想去别的城市工作。”欧阳果果淡淡地说。

“你想好了？”欧阳海放下碗问。

“嗯，想好了。”

“去哪儿？”

“……”

见儿子不说话了，陈琼忽然想起了万晓萌，问：“是去那个女孩的城市吗？她家是在上海呀还是在北京？果果，妈今天和你说句实话，她就是住在天堂，妈也不许你去。”

“妈——”

“你别说了，你是我儿子，你的事我做得了主。”

“妈，您别这样，我都成年了，我的路怎么走，您就让我自己决定吧。”

欧阳海劝着陈琼：“要不你先听听儿子的理由。”

“听什么？”陈琼的嗓音一下子提高了，“我养了二十多年的儿子，为了一个女孩不要父母了，还需要什么堂而皇之的理由吗？果果，那个女孩妈见过，的确很招人喜欢，不过妈告诉你，她不适合你。”

“妈，你又没接触过，怎么知道她不适合我？”欧阳果果很不服气。

陈琼轻轻一笑：“儿子，别看你妈文化不高，可你妈不傻。你喜欢的那个女孩子，太聪明了，你降不住。”

“你不是一直喜欢聪明人吗？刚才还说我爸不够聪明。”欧阳果果嘟囔着。

“你——”陈琼一下子被问住了，“反正我说不行就是不行。”

“妈，你讲讲理好不好？”果果显得很烦躁。

“果果，别和妈妈这样说话，妈妈都是为你好。”一直沉默的欧阳海插话说，“选择在另一个城市生活，不是不可以，是要在充分考虑的基础上。你能说你的理由充分吗？”

“爸，爱情是不需要理由的。”

欧阳海笑了：“儿子，你说的爱情爸不懂，但爸爸活了快五十年了，爸知道，不是每一种生活都适合你。比如，爸不够洒脱，不能像你大伯那样无拘无束地活着，爸也不够能干，也不能像你三叔那样干大事业、挣大钱。但是爸爸踏实、懂得知足，所以咱家的生活比上不足比下有余，这也是一种幸福。爸和你说这些，是想告诉你，人就像是一粒种子，每个人都有适合自己生长的土壤。如果你确认那片土地适合你，爸不拦你。但是，如果你仅凭着一股热情，或是你说的爱情，爸希望你三思。”

欧阳海是一个沉默寡言的人，在果果的印象中，老爸总是话很少，从小到大都是妈妈在说。今天，老爸的这些话在他看来，分量是很重的。

“爸，您是不是认为我不够优秀，所以才不放心我去另一个城市？”

“儿子，你一直都很优秀，但是，一个人生活是否幸福不是以优秀与否来衡量的。其实很多时候，和亲人在一起就是幸福。爸不会讲大道理，但爸觉得人这一辈子幸福比优秀重要。儿子，自私地说，爸爸和妈妈的意见是一致的，我们希望你幸福，更希望能陪着你幸福。”

欧阳果果想了想说：“爸、妈，无论我做什么决定，我都希望你们能支持我。”

欧阳海拍了拍儿子的肩膀，说：“只要你是经过深思熟虑的。”

陈琼在一旁还是不放心地说：“儿子，妈就你这么一个儿子，不许你离开妈。”

“好了，别说了，果果会有分寸的。”欧阳海说。

第二天早晨，陈琼买了油条豆浆回来，去敲果果的门，敲了半天没人应，推开门一看，屋子收拾得很整齐，桌上放了一张字条，陈琼一看就急了："欧阳海，你快来呀，果果走了。"欧阳海忙跑过来，只见字条是这样写的：

爸、妈：

我想了想，还是先回学校待一段时间，静一静……

至于毕业以后的事，你们的意见我会慎重考虑的。

你们的儿子：果果

"别着急，儿子长大了，这件事，我们要给他时间。"欧阳海安慰着陈琼。

陈琼担心地说："那万一他考虑的结果还是走呢？"

欧阳海长长舒了一口气："他真是要飞，我们拦也拦不住。想开些吧，做父母的该做的该说的我们都做到了，路，还得他自己选。"

正说着，陈琼的电话响了，是杨丽霜。她在电话里气哼哼地说："陈琼，你把你婆婆家的电话告诉我，一大早我爸就出去了，又没带手机，我有急事找他呢。"

陈琼正不痛快呢，听了杨丽霜的话很不客气地回道："你找你爸，要我婆婆家的电话干吗？"

杨丽霜没想到陈琼会和她这么说话，愣了一下，说："那要问问你婆婆了，她使的是什么勾魂术，都躺在床上了还能让我爸天天往她那儿跑。"

陈琼冷笑着说："要我说呀，应该问问你爸才是，我婆婆现在痴呆了，什么都不明白了，倒是你爸非常清楚自己在做什么。"

欧阳海听了，忙在一旁拽了拽陈琼的胳膊，陈琼毫不示弱地接着说："我们家欧阳海出去了，他知道他妈的电话。你是知道的，我婆婆家的事我从不管的，对不起了。"说完便挂了电话。

"陈琼，别这样，万一有事就耽误了。"欧阳海着急地说。

“耽误了和我有什么关系？哼，我就讨厌她趾高气扬的样子，都是一天一天过日子，谁比谁强多少啊？”陈琼说着，走到餐桌前，拿起油条吃起来。

这个陈琼呀，家里外面都是爱耍小性子，不分青红皂白的。欧阳海摇了摇头，忙拨通了欧阳老太太家的电话，是欧阳袅接的，她说，杨伯伯刚刚进屋，欧阳海忙说明了情况。

放下电话，欧阳袅对杨大爷说：“刚刚您女儿找您，说是有急事。”

杨大爷一听，说：“肯定是陆天竞选的事。小袅，那我先走了，这本《自在语》你念给你妈听听。”

“嗯，好的。您路上小心啊。”

杨大爷关门走了，欧阳袅也忐忑不安起来，最近家事太多，很久没和陆天深聊过了，也不知道他最在意的事业会怎样。

Chapter 19

欧阳袅坐到床前，翻看着杨大爷留下的《自在语》，一行行地看着，读着：

需要的不多，想要的太多；

四福：知福、惜福、培福、种福；

平常心就是最自在、最愉快的心；

山不转路转，路不转水转，水不转人转，人不转心转。

读着读着，欧阳袅的心渐渐平复了下来，人生许多事是不可逆转的，得到与失去往往是命定。她起身给母亲喂了些水，说：“妈，您说陆天会如愿吗？”老太太用一双不谙世事的眼睛望着她，忽而笑，忽而哭。欧阳袅知道，母亲已经不会回答她了，在母亲的世界里，一切都归零了。

她笑着自己答道：“但愿陆天能够看淡结果，不管输与赢。是不是，妈？”说着，她拿出手机，自言自语道：“我给他发条短信吧。”

人生如赛场，上半场按学历、权力、职位、业绩、薪金比上升；下半场按血压、血脂、血糖、尿酸、胆固醇比下降。上半场顺势而为、听命，下半场事在人为、认命。

欧阳袅一边笑着、念着，一边将短信发了出去。她没想到，陆天没能如她所愿，无法看淡看轻仕途烟云。她更没想到，在消化内科永远见不到陆天了。

第二天，欧阳袅正在更衣间换白大衣的时候，听到一个同事对另一个同事说："你听说了吗？陆主任住院了。""啊？什么病啊？""你不知道啊？是自找的病。""什么意思？""看来你是真不知道，就是想当官没当成差点把命搭上。""哦，我倒是听说副院长提拔的事了，好像是他岳父的关系不够硬。""唉，这种事就得想开了。"

"小王，刚才你们说的都是真的？"

两个同事回头发现欧阳袅站在身后，有些不好意思，忙说："护士长，是真的，陆主任住在脑内科了，听说脑出血很严重，身子都不能动了，也不能说话了。"欧阳袅忽然有些头重脚轻，这个陆天怎么这么糊涂，明明知道功名利禄都是浮云，偏偏入了道着了魔。匆匆料理完手头的工作，欧阳袅便急急地赶往脑内科。

病房走廊里，人很多，欧阳袅跑到护理站，问："陆天住哪个房间？"还没等护士回答，身后传来一个冷冷的声音："你来干吗？"

不用回头就知道，是杨丽霜。

转过身，欧阳袅愣住了，那个霸气、傲慢，看上去不可一世的杨丽霜不见了，她手里端着脸盆，头发凌乱，神色疲惫，只是，她对欧阳袅的敌意越发浓烈而明显。欧阳袅知道，这份敌意一直存在，从前她还稍微掩饰着，而如今，当这份敌意毫无顾忌地裸露时，软刀子就变成了利剑，泛着寒光，令欧阳袅不寒而栗。

"我，我来看看有什么需要帮忙的吗？"

"是吗？那我代表我们家陆天谢谢你了。"她的口气充满了挑衅，还刻意把"我们家陆天"几个字说得很重很重。

"丽霜，别这样说话，小袅也是好心。"身后一个苍老的声音传来。

"杨伯伯。"欧阳袅和杨大爷打着招呼，很是尴尬。

"小袅啊，陆天在走廊尽头的阳面那一间，你去看看吧。"杨大爷用手指着说。

“爸，你这是干吗？你怎么总是向着外人？我不允许她去见陆天。”杨丽霜的语气没有丝毫商量的余地。

“丽霜，别这样，爸知道你心里不好受，人啊，得饶人处且饶人，陆天就是想不开才弄成这样，爸希望你别和自己过不去。”杨大爷看上去也是心力交瘁。

“不行，凭什么啊，我和他生活了二十年了，他心里一直惦记的是别人，现在他躺下了，还不是我来伺候？老天爷对我太不公平。”杨丽霜说着眼里有了泪。

“丽霜姐，我没别的意思，我是真心的想帮忙。”欧阳袅一时不知道该如何处理眼前的困境，身边还有那么多的同事在看着自己，真是难堪。

“帮忙？你不来添乱就不错了。我倒是要看看，你来了，是不是我们家陆天就能从床上坐起来了，如果是，我算是服了你。”

“丽霜，你怎么这么不听话？”杨大爷很生气女儿的执拗，他知道，现在正是探视时间，人越来越多，闹大了，谁的脸面也不好看。

“爸，您说，这欧阳家的人怎么脸皮都这么厚呢？从她妈到她，一个比一个不要脸，我看啊，她的名字起的倒是蛮好的，欧阳袅，哼，真是林子大了什么破‘袅’都有。”杨丽霜只顾恶狠狠地说着，没看见自己的父亲在一旁气得直哆嗦。而欧阳袅看得清楚，喊了声“杨伯伯”，忙过去搀扶。

“你走开。”

杨丽霜一把推开欧阳袅，转身扶住父亲，杨大爷颤抖着声音说：“丽霜，别丢人了，闹够了没有啊？”

“欧阳护士长，消化内科有急病人，请您回病区呢。”这时，万晓萌穿着白大衣过来解围。欧阳袅看了看杨氏父女，转身和万晓萌一起走出脑内科，一边走一边问：“晓萌，什么病人？”

“没病人，是我故意说的。”

欧阳袅站住了：“谢谢你啊，晓萌。其实……”在这个年轻人面前，欧阳枭不知道该如何解释。

万晓萌一笑："小姑，不用解释，对于我来说，你和陆主任都是帮过我的好人，就这么简单。"这个女孩果然聪慧，轻描淡写的一句话便化解了欧阳枭的尴尬。

"我还以为你已经回家了呢。"欧阳枭笑着话题一转。

"已经买好机票了。"万晓萌一笑，然后悄悄地说："小姑，明早九点我们王主任教学查房，所以整个上午是不允许家属探视的。"说着，还挤了挤眼睛。

欧阳枭笑了："知道了，谢谢。"

第二天，欧阳枭早早地来到脑内病房，果然，几乎没几个家属，很安静。推开走廊尽头的那一间房，她看见了陆天，他仰躺在病床上，一动不动，像是睡着了。欧阳枭知道，他会睡很长时间，王主任说，如果不是治疗及时，也许他就这样睡过去了。

就这样睡过去，是不是太狠心？你怎么能这样对我？

欧阳枭轻轻地走到床边，俯视着自己的爱人，泪水肆意地流下来。在这个世界上，自己只爱他，那么执着地爱他，虽然知道他没有那么勇敢，甚至有些自私。但是，爱一个人是很奇怪的事情，在她的心里，他的那些对和错都不重要，重要的是他一直在。

是的，这些年，对于欧阳枭来说，爱情就是每天上班可以看见他，和他说几句话，在某一个瞬间两个人会心一笑，足矣。

爱情，也是一种习惯。选择了为爱守候，便不会在意旁人的眼光，只会在意他的感受。这些年，欧阳枭一直在意着陆天的感受，她的喜怒哀乐都是和他连在一起的。只是，这样的一份爱，没有几个人会懂得，包括陆天。

床头桌上的水晶瓶里插着一束康乃馨，花间有一个小小的卡片，上面写着：爸爸，我们爱你。欧阳枭一阵心酸，他有他的生活，而自己的生活里只有他。

“小袅，我今天门诊，有事到门诊找我。”

“你怎么知道我爱吃煎饼？”

“在消化内科，没有人会比护士长漂亮。”

“小袅，别担心，我会一直在的。”

往事历历在目，和他在一起的细碎点滴就像是发生在昨天，如今，他静静地躺着，丝毫不理会她的难过和心酸。

“陆天，你给我站起来，站起来呀。”欧阳袅内心的积郁化作泪水，绵绵不绝地奔流着。她一直都知道他对自己的重要，却从没想过他会以这样的方式存在。

这时，手机响了，是李妍。欧阳袅擦了擦泪水，摁了接听键，电话另一端的李妍很是焦急：“小袅，忙着呢？本来不想给你打电话的，可是……”

“嫂子，咱都是自家人，有什么事你就直接说。”

“是这样，最近啊，莎莎要在外面租房子住，我劝不住，她说她知道自己在做什么。说多了，她就不言语了。小袅啊，你哥临终前嘱咐过我，让莎莎过自己想要的生活。我现在真是不知道是该管还是不该管。自小莎莎最听你的话，我想了想，还是让你和她谈谈吧。”

“嫂子，我知道了。放心吧，莎莎是大姑娘了，没事的。”

挂了电话，欧阳袅叹了口气，家事接踵而来，压得她喘不过气来，再看看卧床的陆天，她的心仿佛裂了一道缝，生疼生疼的。

“陆天，我不会让你这样躺下去的。我爱了你这么多年，你想不管我了，不可以，我会让你重新站起来的。”说完，欧阳袅带上门，走出了病房。她暗暗下了决心，不管这个世界变成什么样子，她都不会放弃自己想要的。

欧阳袅，一直都是一个外表柔弱内心坚强的女子。

欧阳莎莎下定决心要和孟森生个孩子，这让孟森很惶恐也很纠结。孟森一个人在外做生意很多年，阅人无数，从没在感情方面如此放不下。坦言讲，孟森是喜欢莎莎的，她很率真，与他接触的生意场上的人不一样，她就像是一缕阳光穿过他的世界，炫目的光芒迷乱了他的心神。理性告诉他，不可以。但是，孟森不知道自己还能坚持多久。他清楚地知道，自己心动了。

“孟森，我带你去一个地方。”不知从什么时候起，欧阳莎莎开始直呼其名了。

“什么地方？”孟森问。

“去了你就知道了。”欧阳莎莎不由分说，拉着他来到了一个稍显偏僻的居住区里。小区面积不大，环境很好，中心花园里还有一些少儿娱乐设施。绕过几丛花坛，欧阳莎莎带着孟森爬上了一栋楼的顶层。

打开门，欧阳莎莎笑着说：“欢迎孟老板光临。”

出现在孟森面前的是一间雅致的一室一厅，狭小的空间飘逸着各种颜色的纱帘，很是暧昧。不过，以透明的纱帘隔断出厅、室、厨，别致而清雅。坐在玫瑰红的沙发上，接过欧阳莎莎递过来的咖啡，孟森有些摸不着头脑：“这里是——”

“我和孩子的小家。”欧阳莎莎率性地笑着，“怎么样？我的设计，你觉得好看、好看还是好看呢？”

孟森被她逗笑了：“看来我只能选择表扬了。嗯，确实不错。”

欧阳莎莎笑得很开心，看了看孟森，说：“孟森，这是我租的房子，我相信，在不久的将来，我还会通过自己的努力买一套喜欢的房子。”

孟森一笑：“我相信你的能力，不过，你完全可以选个如意郎君，与他一起奋斗，这样既省力也会很温暖。”想了想，他补充说：“事实上的婚姻大抵都有这个作用。”

欧阳莎莎也端了杯咖啡坐下来，说：“孟森，我明白你的意思。我知道，现代社会的婚姻从某种角度说，就是利益共同体。我不否认婚姻的温暖，但我更知道婚姻的不完美。与其走进围城大失所望，不如只在城外恋爱。”见孟森认真地听着，欧阳莎莎抿了口咖啡，继续说：“你一定不明白，既然我不喜欢婚姻，可以选择独身，但为什么非要做未婚妈妈呢？你一定记得那个死了孩子的员工，你说过你很同情他，而我，只同情那个产妇。妇幼医院的那起医疗纠纷，最伤心的莫过于没了孩子的母亲。我一直记得，在一群人打打闹闹的时候，她独自黯然垂泪的样子……”

孟森静静地听着，欧阳莎莎顿了顿说：“是这件事让我下决心离开了医院，也是这件事让我长大了……对了，你见过我小姑吧？她一直一个人生活，她的孤苦从不说，也不可说。和她在一起的时候，我会常常想，不管她是否有爱情，如果她有个孩子，生活会不一样……”

欧阳莎莎悠悠地说着，在飘逸的纱帘映衬下，她年轻的脸庞格外动人。孟森不知道自己该说些什么，在这个女孩面前，他似乎只有招架的份儿。

“孟森，你喜欢什么样的女人？”

“我？说不太清楚。”被欧阳莎莎忽然发问，孟森一时没有了答案。欧阳莎莎笑了：“我帮你分析一下啊，你的老婆呢，很贤惠，在老家给你带孩子、伺候老人，你呢，把钱供应得足足的，大部分心思花在生意上。不过，偶尔一个人的时候，你会孤独寂寞，会感觉心灵深处有一个空洞，需要一个女人来填补……当然，你不是一个随便的人，所以你老婆一直对你很放心……”孟森疑惑地看着这个古怪精灵的女孩子，她怎么会知道自己的生活？

欧阳莎莎一笑：“我说对了？其实说对了并不难，你知道吗？现在像你这样游走在城市边缘的人，太多了。”

见孟森一副不相信的样子，欧阳莎莎又一笑，轻轻哼唱着：“……这城市那么空，这回忆那么凶，这街道车水马龙，我能和谁相拥……”唱到此，欧阳莎莎说：“杨坤的《空城》，不会没听过吧？推荐给你。”

孟森笑着摇了摇头，这丫头，真是把自己治了。

“孟森，你是不是担心我会缠上你，所以才不和我生孩子？”欧阳莎莎放下咖啡杯，凑到孟森眼前，忽然很温柔地说，“相信我，我也不是一个随便的人，我想和我喜欢的男人生孩子……我只是不想孤独一生，真的，你成全我吧，好吗？求你了。”孟森望向窗外，有意避开她灼人的眼光，莎莎顺着他的目光也望着窗外说：“每一个女子都是一种花，你知道吗？我是烟花，只求一瞬的姹紫嫣红，不惜为之一生破碎。”

老话说，男追女隔座山，女追男隔层纱。这境，这情，这点点心语，没有男人能逃得过。孟森的心柔软得一塌糊涂，这颗心，已经太久没有这么狂跳过了。低下头，望着莎莎澄澈的眸子，他情不自禁吻上了她的嘴……

“只是在人群中多看了你一眼，再也忘不掉你容颜……”两个人柔情蜜意渐浓时，欧阳莎莎的手机铃声唱起来。孟森慌忙站起身，整了整衣襟，抱歉地说：“对不起，我失态了。”欧阳莎莎略显羞涩地拿起手机，走到窗前去接听：“喂，小姑，什么事？”

“莎莎，我听你妈说，你在外面租房子住了，告诉我，为什么？”

“小姑，不为什么，我就是觉得自己大了，想有一个独立空间。而且你知道，我现在在酒吧工作经常很晚才回家，可是不管多晚我妈准在沙发上等着我呢。我怕影响她休息，也不喜欢这样被人‘监管’着……”

欧阳袅叹了口气说：“有妈妈惦记着多幸福啊，你这孩子呀。莎莎，不管你做什么决定，记住了一条，不能伤妈妈的心，知道吗？”

“小姑，放心吧，我懂。”

“懂就好。最近小姑也有些忙，你乖乖的，别给我出幺蛾子。记住了啊。”

挂了电话，欧阳莎莎才发现，孟森已经走了。环视小小的空间，想想刚刚发生在这里的甜蜜一瞬，欧阳莎莎咬着嘴唇美美地一笑，继而一昂头，潇洒地打了一个响指。

陆天的病情很不乐观，欧阳袅每天给脑内科护理部打电话，只要杨丽霜前脚走她就后脚到。守在陆天的病床旁，静静地看着他，她的心就是满足的。没有人能理解，她习惯了每天上班见到他，见不到心就会慌。从前是这样，现在也是这样。

“欧阳护士长，您来了？”一个小护士端着治疗盘进来，打着招呼。欧阳袅知道，她和陆天的感情在医院不是秘密。

“是要给他刮胡子吗？我来吧。”欧阳袅说着，接过治疗盘，小护士笑，转身走了。

“陆天，记得你开玩笑说，如果有一天你住院了，一定让我给你备皮。瞧，被你说中了，我现在给你刮胡子，好不好？”说着，欧阳袅把毛巾围在他的脖子上，用刷子把泡沫抹在他的下巴上，拿起刮胡刀轻轻地刮着，一边刮一边说：“陆天，你知道吗？我以为自己这一辈子都没机会和你如此亲近呢……你的胡子好硬哦，我轻一点儿，不会弄破的……听话啊，马上就好了。”

欧阳袅很职业地伺候着陆天，并没有发现杨丽霜因为忘了东西又折身回来了。

“真不要脸。”

听到这句恶狠狠的话，欧阳袅惊异地抬起头，一瞬间的慌乱之后便镇定了下来，说：“你回来了？我给他刮刮胡子。”

“欧阳袅，你真贱。”

“或许吧，其实人都是贱的。想想当年，要不是有人明明知道陆天爱的不是她，偏偏用自己父亲的关系网缠住他，也许陆天就不会有今天了。”

“欧阳袅，你什么意思？”

“也没什么意思，我就是想说，这人啊，都贱。陆天贱，一生都在为了名利折腰；我贱，爱着一个辜负了我的人不回头；你，杨丽霜，也贱，围着一个不爱你的男人转。咱们呀，谁也别说谁。”

“你——”

杨丽霜被气着了，看着欧阳袅不紧不慢地侍弄着陆天，口中说着带刺的话，俨然她才是陆天亲近的人，真是岂有此理。缓了缓神，杨丽霜阴阳怪气地说：“平时看你欧阳袅温柔似水的，今儿怎么变了？原来你平时都是在装啊，现在陆天躺在这儿了，你也没必要装了，再装也没人理会了，是不是？”

欧阳袅头也没抬地说：“要不你也装一回试试？我相信，有的人再装也是藏不住本性的。”

杨丽霜彻底被打垮了，大声嚷道：“欧阳袅，你有种把这个废人抬你们家去。”见欧阳袅没搭腔，杨丽霜冷笑着说：“不敢了，是吧？有的人只是说的好听。陆天，你睁开眼看看，当你躺在那一动不动的时候，只有你的老婆不是‘猫哭耗子假慈悲’。你最喜欢的那个可心的人，她能为你做什么？”

“陆天，你愿意陪我回家吗？”欧阳袅并不理会杨丽霜的大喊大叫，而是轻轻地对陆天说：“你要是愿意，我就接你回家，我们的家，好吗？”

杨丽霜一听，以为听错了，逼问了一句：“欧阳袅，你再说一遍？”

欧阳袅抬起头，看着杨丽霜，一字一句地说：“我想照顾陆天后半辈子，你不会不同意吧？”

“你和我玩真的？”杨丽霜万万没想到欧阳袅会说出这样的话。

“我不是玩，我是认真的，丽霜，你认了吧，陆天一直都是我的，他把最好的时光给了你，以后的日子就让我来陪他吧。”欧阳袅轻轻地说着，语音柔软而坚定。

“你，你简直就是个疯子。”杨丽霜不知道自己该怎么回答，手指颤抖着指向欧阳袅，忽然泪流满面，“欧阳袅，行，你够狠，这么多年了，你一直是我的心头刺，想拔掉却碰不得……今儿陆天躺在这儿，老天爷做证，如果他说想娶你，我就同意离婚……即使他是个空壳，我也会让给你的，只要你敢要。”说完，扭头跑出病房，再也没回来。

当欧阳袅把自己的意思说给哥嫂听的时候，大家都沉默了。这个妹妹是疯了，陆天健康的时候人家不要你，如今躺在床上了你偏要捡回来。这世上哪有这样的事？

“不行，小袅，这也太欺负人了。一个废人，要他干吗？”欧阳林首先沉不住气了。

“就是啊，她杨丽霜也太精明了吧？”陈琼说。

欧阳海说：“这是后半辈子的事，不能草率。小袅，你要慎重，不能头脑发热。”

“是呀，小袅，你大哥活着的时候最放心不下的就是这事，你再想想吧。”李妍也说。

欧阳袅看了看自己的亲人，从容地说："哥、嫂，我知道你们是为我好，首先，我不是头脑发热，也没有人欺负我，是我自己选择的。陆天的情况不是很好，他的恢复主要靠功能锻炼，我是学医的，我想，我能比杨丽霜做得好。其次，还有一个重要的原因，就是我想给自己一个交代……"

说到此，欧阳袅眼里有泪光在闪。亲人们你看看我我看看你，还能说什么？这个妹妹情路坎坷却爱得简单，她的一生是让人心疼的。

欧阳袅擦拭了一下眼角，说："还有一个问题和哥嫂商量，就是咱妈。医生说，咱妈病情好转几乎不可能了，以后她的身边也不能离人了，从前咱们几个人轮流陪着妈，我没什么事还可以多付出一些。现在，多了一个陆天，我怕自己忙不过来。所以，想和哥嫂商量一下，是请保姆还是咱们继续轮流陪着妈？"

"其实，我也有些忙不过来，多了一个孩子多了好多事。"欧阳林说。

"请保姆不是不可以，可是找一个合适的人照顾妈，挺不容易的。曾经问了很多人，人家一看咱妈的状况就都不愿意来了。"欧阳海很发愁。

"是啊，谁家还没点儿自己的事啊，咱妈挺拴人的。"陈琼说。

李妍一直没说话，等大家都说完了，她犹豫着说："要不，要不我陪妈吧。现在超市也不是很忙，离家也近，莎莎也不用我操心……就是，我就是怕照顾不好……"

"我看行，嫂子最会照顾人了，这主意挺好的。"陈琼抢先表态。

欧阳海瞪了她一眼，说："嫂子照顾妈我们是放心的，不过，这样嫂子会不会太辛苦了？超市的工作虽不忙也是挺累的。"

"是啊，大嫂，要不把超市的工作辞了吧，我们给你发工资。"欧阳林说。

李妍忙摆手："那可不行，照顾老人是应该的，怎么能要工资呢？"

欧阳袅说："三哥的话我赞成，照顾妈人人有份，有的出钱有的出力。如果我们请保姆也是要花钱的，还不一定顺心。现在大嫂肯伺候妈，拿工资也是应该的。"

“嗯，小袅说得对，这样吧，从这个月起，我们每家每月出一千块钱，算是大嫂的工钱。咱妈每月的养老金也给大嫂，用于日常花销。大嫂，要是不够，你尽管提出来，我们会再给的。”欧阳海诚恳地说。

李妍越发不好意思起来：“这样不太好吧？都是自家人，说钱显得多生分。”

“大嫂，把话说明白是对的。即使是这样，我们也很感激你，是你帮了大忙，解决了大困难了。”欧阳袅拉着李妍的手说。

陈琼没说话，没想到大嫂这一个月还真不少拿钱呢。回家的路上，她和欧阳海嘟囔说：“这倒不错，看护自家老人，白吃白喝还拿工资。”

“你去伺候妈，也给你发工资，也让你白吃白喝，你愿意吗？”

欧阳海的一句话堵住了陈琼的嘴，她知道，自己做不来。

一年后，陆天在欧阳袅的照料下，已经能说简单的话，并能坐着轮椅出门了。杨丽霜和陆天协议离婚，陆天和欧阳袅婚期在即。

“大嫂，你说婚礼当天咱妈能出席吗？”欧阳袅坐在一旁看着李妍给母亲梳头，问。

李妍笑着说：“老太太这几天精神可好了，你没瞧见吗？白头发少了，黑头发多了，准是啊，为自己闺女高兴呢。”

欧阳袅也笑了：“谢谢大嫂，这都是你的功劳。”

“谢啥，都是一家人。想想真是高兴，老天爷有眼啊，让陆天恢复得不错。这是你的福也是咱全家的。小袅啊，婚礼当天，咱妈要是状态好我就带她去，去不了的话，我就陪妈在家，你们可一定要好好热闹热闹才行。”

“嗯，谢谢大嫂。”欧阳袅眼中满是感激，这一年多的时间里，李妍全心照顾母亲，才使她能够全意照顾陆天。

“哦，对了，我给莎莎打个电话，她说给你定了一套婚纱，不知去拿了没有。这孩子办事呀，我总是不放心。”说着，拨通了欧阳莎莎的电话。

欧阳莎莎正从妇产医院出来，手里拿着一张化验单，听到电话响，站在人来人往中对李妍说："放心吧，妈，我下午就去拿。小姑这么大的事，我能不上心吗？我呀，在外面没事瞎逛呢，一会儿就回去了，挂了啊。"

阳光下，欧阳莎莎又看了看化验单，若有所思……

家里，欧阳袅笑着说："真是让莎莎费心了，其实我想穿旗袍的，这么大岁数了穿什么婚纱呀。"

"旗袍、婚纱咱都穿，一辈子就这么一次，一定要美丽够了才行。"李妍笑着说。

欧阳袅满脸幸福地点了点头。

婚礼当天。欧阳林的饭店里人头攒动。

欧阳袅一袭婚纱亮相时，所有的人都惊呼起来，她看上去温婉大方，身材妖娆，根本不像是人到中年的样子。

"小袅，祝福你。"欧阳袅回过头，看到杜小梅挺着大肚子走进来，惊喜地问："小梅，你要当妈妈了？真是太好了。"

"嗯，我的他决定回国发展了，他说，为了爱，就要有付出。"杜小梅轻抚着肚子说。

"是呀，为爱付出，值得的。"欧阳袅轻轻拥住自己的好朋友，杜小梅在她耳边说："小袅，傻女人一定会幸福的。"

两个人都笑了，眸子深处亮晶晶的。

"果果，给我们娘俩儿再拍一张。"王诺领着蹒跚学步的宝宝招呼着在人群中穿梭的欧阳果果。

陈琼在一旁说："他三婶儿，你别总是牵着她的手走来走去的，坐一会儿吧，刚学走步的孩子可是累人呢，要不我帮你抱一会儿？"

"没事，不累。宝宝看这边，让哥哥再给拍一张，笑一笑——"王诺弯着腰亲近着孩子乐此不疲。

坐在一旁的孟森拿出手机，偷偷地也拍了一张，悄悄地发了出去，收件人是：若巧。他给照片附了名字：安好。

这时，欧阳林走过来，喊着："果果，别在这儿拍照了，快去那边照应一下。"

"知道了。"果果说着把相机递给了莎莎，跑了出去。看在眼里的陈琼对欧阳海说："你说咱儿子还真行，他三叔刚才说，现在的饭店离得开他也离不开咱果果了。"欧阳海"嘿嘿"一笑，说："我儿子干什么像什么。"

陈琼更是美："那是。"说完，又不无担心地说："你说咱儿子会不会不安心帮他三叔料理饭店，还惦记着那个万晓萌？"

欧阳海看了看她："惦记着就惦记着，孩子过得好就行。未来的事谁说得准。"

"嗯，也是，谁能想得到王诺会变化这么大？"陈琼自言自语说，"只要我儿子高兴，他想留就留想去就去吧，去留都是缘分。"

正说着，李妍推着欧阳老太太进来，欧阳枭等忙迎上去。老太太摸了摸婚纱，很感兴趣的样子，欧阳莎莎问："奶奶，我小姑漂亮不？"

老太太仰着脸，看看这个又看看那个，身边都是她的亲人，可她却没有记忆了。只见老太太笑着一咧嘴，忽而又一撇嘴，像是要哭，李妍忙说："好了，好了，老太太高兴着呢。"

"新人婚宴开始，请大家入席——"

随着司仪的一声喊，欧阳枭在家人的陪同下推着陆天开始敬酒，所有的人都举起杯，真心地祝福这一对中年人平安幸福。

同一时间。束河古镇。

乔叶羽在酒吧唱着那首《只为途中与你相见》，一个身影悄悄闪进来，坐在角落里，静静地听着，他是来请求她原谅的，因为离别的日子里，他懂得了这首歌：

秋来了

叶子还没有落

我站在树下想着要怎样和你说
你是那么善良温和
你总是说世上的幸福和梦一样多
爱上你不是我的错
也许
春去秋来花开叶落
不为忘却，不为记得
只为途中与你相见

梦走了
阳光还在树梢
你在暖煦的空气里看着我走过
山长水远心念迢迢
我愿意在奔赴你的遥想中追寻
追寻深秋的许诺
其实
人来一世就是修行
不为得到，不为放下
只为途中与你相见

后记　屋檐下

故事总有落幕的那一刻，然而，生活会继续。

继续的生活里，还会有这样那样的情节发生在你知或不知的地方。因为这个世界，总会有我们的身体或思想触不到的角落。

那一日正午，在医院的门口遇见欧阳袅，她谦和地点头微笑。我知道，她是借着午休时间回家给陆天做饭的。陆天是她的宿命也是她的劫数，无可逃脱。

朋友们说，陆天是令男人羡慕的男人，而欧阳袅是让女人望尘莫及的女人。

生活中有很多故事，我们以为只能出现在小说里，殊不知，故事，从来都是有血有肉的，始终在日子深处贴着光阴的脉搏，书写着某个人或某类人的真实轨迹。

我自认不是一个很好的小说写手，我不擅长编故事，也不喜欢制造冲突，我的小说人物都是有生活原型的，情节的画面感也不是凭空而来。我一直相信，生活本身有太多的可能在我们的意识之外，屋檐下有太多的悲欢离合，就在身边。

隔着书页，透过文字，人性的那些美好和善良，在尘世的起起伏伏中犹如波澜下的潜流，听不到声音却跃然纸上，滋养着故事的内蕴。正如老舍先生所说，生活是种律动，须有光有影，有左有右，有晴有雨，滋味就含在这变而不猛的曲折里。

合上书稿，我在想：光影掠过，陆天会给欧阳袅梦寐以求的爱情吗？孟森会不会成全莎莎的只爱不婚？王诺和养女的亲情能不能一路安然？王进和乔叶羽的重逢是喜还是忧？还有李妍、陈琼、杜小梅、万晓萌、杨丽霜和若巧，这些不同阅历的女人，她们都能寻到属于自己的精神支点吗？

没有人能够预知生活，小说之外，人生是一种修行。

行走在路上，当一个个鲜活的灵魂与我们擦肩而过，不贪求、不执念，以随缘的心态站在故事的渡口，那些相逢和际遇会使生命愈发丰盈。其实，无论爱与恨都是一种花开，花开花落都是果，而最初的因，是在生命的某处转角，我会遇见必经的你。

是的，那些亲缘、那些相爱、那些疼痛，都是人生旅程的一部分。此生与之相见，进入幸福取景框，时光总是将泪水和笑容定格成温暖的模样。

这就是我的小说，也是我们的生活。